FOLIO POLICIER

Patrick Delperdange

Si tous les dieux nous abandonnent

Gallimard

Patrick Delperdange vit et travaille à Bruxelles. Prix Simenon pour son roman *Monk*, prix du Jeune Théâtre pour *Nuit d'amour* (Éditions Actes Sud Papiers), il a publié une quarantaine d'ouvrages, dont *Chants des gorges*, paru aux Éditions Sabine Wespieser et couronné par le prix Victor-Rossel, récompense littéraire la plus prestigieuse de Belgique francophone.

Céline

La voiture s'est engagée sous la voûte des arbres qui enlaçaient leurs branches par-dessus la chaussée, et le clair de lune grisâtre a disparu. J'ai observé son profil du coin de l'œil, sans bouger la tête. Il se tenait penché vers l'avant, les mains agrippées au volant, immobile, les paupières réduites à des fentes. Il aurait tout aussi bien pu être endormi. Dans la lueur bleutée montant du tableau de bord, les rides de son visage semblaient tracées au feutre noir.

Il a dû sentir mon regard car il s'est tourné vers moi.

« Si je n'étais pas passé par là, vous y seriez encore, ma petite dame.

— Oui. Merci. Je commençais à me faire du souci, effectivement.

— Pas de quoi. Je veux dire, pas de quoi me remercier. J'en aurais fait autant pour n'importe qui. »

J'ai eu un petit rire, avant de comprendre que sa remarque n'était pas ironique.

« Il va se remettre à neiger, a-t-il ajouté. Et avec le froid... »

Il a haussé les épaules, manière de terminer sa phrase.

« Vous pouvez me déposer en ville, ai-je déclaré, je trouverai un endroit où passer la nuit. Je ne veux pas vous ennuyer plus longtemps.

— Quand vous m'ennuierez, je vous le ferai savoir. Et j'aimerais bien comprendre de quelle ville vous parlez. Si c'est de Valmont, il n'y a rien qui permette d'en parler de la sorte. C'est juste une dizaine de bâtisses rassemblées autour de la nationale. Si quelqu'un accepte de vous loger à cette heure-ci, je veux bien manger mon chapeau. »

Je n'avais jamais entendu parler de Valmont, mais si ce qu'il affirmait était exact, je n'y trouverais rien de ce que je cherchais. Pas de lit où m'étendre à l'abri du froid et du vent, pas de douche chaude, pas de repas. Sans doute même pas de nourriture. En imaginant même qu'il existait une épicerie dans les environs, elle devait être fermée depuis longtemps.

« J'ai une chambre, a repris le vieux. À condition que vous ne craigniez pas de dormir dans une pièce remplie de fantômes.

— Vous en faites partie ? »

Il a fait cliquer ses lèvres.

« Pas encore.

— Contente de l'apprendre.

— Il y a ma femme qui est morte dedans. Je veux dire, elle n'y est plus, bien sûr. Mais c'est dans ce lit qu'elle a rendu son dernier soupir. »

J'ai attendu un moment. La voiture glissait sur la chaussée, lentement, sans à-coups, les cônes des phares découpant la nuit de plus en plus noire.

« C'est ce qu'on dit dans ces cas-là, a-t-il ajouté d'une voix changée. Le dernier soupir. Reste à espérer que c'était le dernier pour elle. Parce que de mon côté, j'ai continué d'en entendre. Je crois bien qu'ils ont jamais cessé.

— Ça fait longtemps ? »

Il n'a pas répondu. Peut-être ma voix s'était-elle perdue dans le ronronnement du moteur. Le coin de sa bouche, celui que je voyais, se retroussait en une grimace qui faisait jouer les rides sur sa joue.

J'ai pris mon sac à dos posé sur le sol entre mes jambes, je l'ai ouvert et j'ai écarté le pull ensanglanté et le couteau enveloppé de son manchon de cuir, le couteau que je n'avais pas osé replacer à ma ceinture après ce qui s'était passé, avant de sortir la bouteille de genièvre que j'avais emportée en partant, et qui était pratiquement vide.

Je l'ai portée à mes lèvres et j'ai bu ce qu'il restait d'alcool. Le patelin dont il avait parlé est apparu dans la lumière, des bâtiments bruns de deux ou trois étages placés de part et d'autre de la route. Il y en avait sans doute davantage que ce qu'il avait déclaré, mais aucun ne semblait habité. Derrière leurs rideaux soigneusement tirés, toutes lampes éteintes, les habitants de Valmont s'étaient calfeutrés pour la nuit, en prévision de la neige qui allait tomber.

La maison du vieux se trouvait à la sortie de la petite cité campagnarde, au bout d'un sentier caché par deux rangées de grands arbres qui remuaient doucement dans le vent. Il a arrêté la voiture au milieu d'une cour entourée de constructions sur trois de ses côtés. Il s'agissait d'une ferme mais j'ai vite compris qu'elle n'était plus utilisée depuis pas mal de temps. Peut-être même des années. Plusieurs portes bâillaient sur leurs gonds, des vitres étaient fendues, des tuiles s'étaient envolées. Des tas de foin pourrissaient, massés contre les murs. Les phares se sont éteints et nous avons été plongés dans l'obscurité.

Le logis occupait le bâtiment central. Le vieux a allumé une grosse lampe accrochée au-dessus de la porte, qu'il a ensuite ouverte. Il est entré chez lui sans attendre. J'ai levé les yeux au ciel, mon sac à dos suspendu à mon épaule. Des nuages s'effilochaient dans la lueur de la lune. Au-dessus d'eux, ce n'était qu'une masse sombre et inerte, sans la moindre étoile visible. J'avais l'impression d'avoir parcouru des milliers de kilomètres depuis que j'étais partie, d'avoir atteint un autre pays, loin de ce que j'avais fui. Et pourtant, je me suis tournée vers le chemin creux que nous venions d'emprunter pour arriver jusqu'ici, craignant d'apercevoir une silhouette cachée au milieu des arbres.

« Décidez-vous ! a crié le vieux. Je ne vais pas laisser ouvert toute la nuit ! »

Il faisait plus chaud à l'intérieur que je ne l'avais imaginé. Un gros poêle à bois occupait un angle de la pièce, surmonté d'un tuyau qui montait vers le plafond avant de former un coude et de partir vers la gauche, pour chauffer le reste de la maison. On ne pouvait pas dire que c'était le confort moderne. Je ne savais même pas qu'il existait encore ce genre de chauffage. Le vieux m'a jeté un bref regard alors que je refermais la porte derrière moi.

« La chambre est par là.

— Merci.

— Pfff. »

Il paraissait soudain excédé. Il a posé la bûche qu'il s'apprêtait à glisser dans le poêle.

« Si vous souhaitez qu'on s'entende, ma petite, arrêtez de me remercier à tout bout de champ. Ça en devient gênant.

— Entendu. Je m'appelle Céline. »

Il a hoché la tête, soupesant le prénom que je venais de prononcer, comme s'il essayait de voir si ça évoquait quelque chose dans ses souvenirs. Peut-être avait-il un jour connu une autre Céline. C'était sûr que, de mon côté, je n'avais jamais fréquenté de vieux dans son genre. Pratiquement aucun vieux, d'ailleurs. En tout cas, pas de cet âge. Il devait sans doute être près des quatre-vingts.

« Vous allez loin ?

— Pardon ? »

Il a claqué la porte en fer du poêle après avoir poussé la bûche à l'intérieur.

« Je me doute bien que vous n'êtes pas venue passer des vacances à Valmont en plein hiver.

— D'accord. Je vais loin, oui. En effet.

— Si vous êtes encore partante pour une petite rasade, après la gorgée que vous avez bue, j'ai une bouteille de rhum entamée. On dira que c'est pour fêter l'année nouvelle. Ça vous dit, Céline ? »

Il n'a pas attendu ma réponse. Il est passé dans la pièce voisine, a allumé. J'ai entendu cliqueter des verres.

« Bon, a dit le vieux en revenant. Vous comptez rester plantée là jusqu'à demain ? Venez donc vous asseoir.

— Vous ne m'avez pas dit votre nom. »

Il m'a interrompue d'un geste de la main.

« Je ne dis rien à personne depuis longtemps, Céline. Laissez-moi un petit temps pour m'habituer, d'accord ? Je ne me parle plus qu'à moi-même, ce qui fait que je ne dis plus grand-chose. Qu'est-ce qu'il y aurait à raconter ? Je ne vais pas passer mon temps à refaire l'histoire. »

J'ai pris le verre qu'il venait de me servir, un dé à coudre empli d'alcool brun.

« Léopold, a-t-il ajouté. C'est Léopold qu'on m'appelle. Mais je ne me souviens plus de la dernière fois qu'une femme m'a appelé comme ça. »

Josselin

Il n'y avait plus une goutte de marc dans la bouteille depuis bien longtemps, mais vu que je ne savais pas à quoi occuper mes mains, je l'ai prise et je l'ai retournée au-dessus de mon verre et j'ai attendu un bon moment, sans rien dire. Je sentais le regard de Maurice, mais il ne disait rien non plus, alors on entendait le murmure de la télé qu'il n'éteignait jamais, rangée sur l'armoire à côté des peaux de lapin qui sèchent.

« On ne pourra pas dire que je lui ai pas fait ses quatre volontés, a fait Maurice.

— C'est peut-être ça, ton tort », j'ai dit.

Et aussitôt, j'ai su que j'aurais mieux fait de continuer à me taire, parce que tout ce qu'il attendait, c'était d'entendre une voix pour lui prouver qu'il y avait bien quelqu'un dans la cuisine avec lui.

« Putain de bordel ! il a dit en tapant du poing sur la table. Je ne sais pas ce qui me retient de lui courir au cul pour la ramener ici par la peau du dos. Et c'est pas ce petit enculé de serveur à la noix qui pourrait m'en empêcher, ça je peux te l'assurer.

Après tout, il a pas de droit sur elle, non ? Tout ça parce qu'il baise mieux que moi, ou quoi ? Qu'est-ce qu'elle peut en savoir, d'abord ? On n'a pas couché depuis des mois, ptêtre que j'ai appris des trucs en douce depuis la dernière fois. »

Il s'est arrêté juste au moment où il a vu que j'ouvrais la bouche pour lui répondre. En fait, je ne tenais pas à lui répondre, je n'avais pas la moindre idée de ce que je pouvais lui dire. Tout ce que je souhaitais, c'était qu'il arrête de me parler de ses parties de cul avec Madeline, parce que je voulais pas en savoir trop à ce sujet. Vu que Madeline, j'y avais pensé plus souvent qu'à mon tour, ces derniers temps, et que j'aurais préféré pas être son frère, à Maurice. Le barman du *Moonlight*, lui, il avait pas eu ce problème. Bon, à présent il avait plus de boulot, parce que son patron l'avait viré en apprenant l'affaire, mais il avait Madeline. J'arrivais pas à décider s'il avait gagné au change.

Plus couché depuis des mois ? Je commençais à saisir l'air qu'elle avait, Madeline, ces derniers temps. Quant à Maurice, je le connaissais trop bien pour lui faire une remarque à ce sujet. On devrait jamais rien connaître de ce genre de détails, concernant son frère. Ça, je le pensais avant, et je le pensais encore plus maintenant qu'il était là devant moi, le visage renfrogné comme un vieux chien, le poing serré sur la table, avec un air qui vous invite à le provoquer si vous tenez vraiment à vous créer des ennuis.

« Tu sais où ils sont ? » il m'a demandé, Maurice.

J'ai haussé les épaules.

« J'ai rien entendu dire. Mais ils sont plus en ville, en tous les cas. Ça sert à rien de t'exciter. »

Maurice s'est levé en faisant trembler la table et les verres et la bouteille vide que j'avais reposée et que j'ai attrapée avant qu'elle tombe.

« Je vais lui dire ma façon de penser », a marmonné Maurice.

La dernière fois que j'avais essayé de le faire changer d'avis, il avait failli me donner un coup de serpe en plein front, alors là, tout ce que j'ai fait, c'est le suivre dans la nuit en priant le ciel pour qu'ils soient partis sans demander leur reste, Madeline et son serveur. Mais allez compter sur le ciel pour vous exaucer. Autant demander à un lapin de vous jouer du violon.

Céline

La neige s'était accumulée au bas de la porte, chassée par le vent qui avait soufflé toute la nuit. J'ai fait quelques pas, en serrant contre moi les pans de ma petite veste. Le soleil se reflétait sur la mince couche de flocons en train de fondre et m'éblouissait. J'ai marché vers les arbres, une main glissée sous ma veste pour la porter à mon ventre, et j'ai tâté délicatement ma peau du bout des doigts, pour ne pas réveiller la douleur. Je ne sentais pratiquement plus rien, une vague gêne quand j'appuyais à hauteur de ma vessie.

« Le café est prêt ! » a lancé Léopold derrière moi.

Je suis revenue vers la maison.

Il se tenait sur le seuil, vêtu d'un pantalon propre et d'une chemise à carreaux rouges et bleus qui portait encore des marques de plis. Il avait boutonné le col jusqu'en haut et un peu de la chair flasque de son cou débordait de l'étoffe raidie par le repassage.

Au cours de la nuit, je l'avais entendu aller et venir un bon moment dans le séjour, alors que je m'étais enfermée dans la chambre de gauche.

Assise au bord du lit, un lit si haut que mes pieds ne touchaient pas le sol, dans l'obscurité presque parfaite de la pièce, je guettais les bruits venant du dehors, mais je ne percevais que les rafales de vent qui se cognaient aux murs et faisaient cliqueter les vitres dans leurs châssis. Toute cette ferme était si vieille qu'on avait l'impression qu'elle allait tomber en poussière d'un instant à l'autre.

« Bien dormi ? »

Il servait deux bols de café, à la grande table.

« Pas du tout, ai-je dit en souriant. Ça m'arrive souvent, quand je me retrouve dans un endroit inconnu.

— Moi non plus, je n'ai pas fermé l'œil, a dit Léopold. Je déteste le bruit du vent. Ça me pousse à ruminer des bêtises.

— Au moins, il faisait chaud. Vous aviez raison, il valait mieux que je ne passe pas la nuit dehors.

— Je n'ai pas grand-chose à vous offrir d'autre que du café, a-t-il ajouté au bout d'un moment. Je ne suis pas un gros mangeur. Surtout le matin.

— Vous m'avez déjà offert assez de choses comme ça, Léopold. »

Il a hoché la tête.

Le café était très clair dans le bol. J'y ai jeté deux morceaux de sucre et ce qu'il restait d'une bouteille de lait que Léopold avait rapportée de la cuisine.

J'ai avalé le tout rapidement, et je suis retournée dans la chambre que j'avais occupée. Mon pull achevait de sécher, étalé sur le dossier d'une chaise, dans la lueur du soleil. Je l'avais plongé dans l'eau froide du petit lavabo aménagé dans un angle de la pièce. Il n'y avait bien sûr pas de salle de bains. Il n'y avait même pas de baignoire, ni de douche. À se demander comment faisait le vieux Léopold pour se tenir propre. Et pour sa lessive ? Je pense qu'il devait mettre lui aussi ses vêtements à tremper dans un évier.

Il restait des auréoles brunâtres sur mon pull à l'endroit où le sang avait séché. La laine était encore humide et lourde, malgré mes efforts pour l'essorer. J'ai rangé le pull dans mon sac à dos, repoussant tout au fond la gaine de cuir d'où dépassait le manche de corne du couteau. J'aurais préféré ne plus jamais avoir à porter ce vêtement, mais je ne pouvais pas me montrer difficile, vu ma situation.

« Je ne suis qu'un vieux bonhomme, a dit Léopold quand il m'a vue ressortir de la chambre, avec mon sac sur le dos. Vous allez me trouver idiot, mais j'aimerais bien savoir ce que vous comptez faire en partant d'ici, Céline.

— Je n'en sais trop rien, ai-je dit. Excusez-moi.

— Vous voulez que je vous dépose quelque part ?

— Non. C'est gentil.

— Ah, ben, alors. Tant pis », a fait Léopold.

Il s'est levé et est allé dans la cuisine. J'ai patienté un moment, mais il ne s'est plus montré. Il devait être vexé par mon attitude.

J'ai quitté la maison, traversé la cour en dépassant la voiture, et pris la direction de la chaussée que nous avions suivie la veille, après avoir laissé le village derrière nous. La neige commençait à fondre et se transformait en flaques. Une odeur de fumée flottait dans l'air froid.

La route était déserte. On aurait cru que personne ne l'avait empruntée depuis des semaines, ou des années. Je n'apercevais aucune trace de pas sur le bas-côté où je marchais, ni même de sillons de pneu sur la bande de bitume parsemée de neige grisâtre. Il m'a fallu un temps pour me rappeler que nous étions dimanche et que la plupart des gens étaient sans doute chez eux, devant un feu ouvert, à siroter des boissons chaudes, en grignotant du pain grillé.

Je n'avais pas fait plus de deux kilomètres, sans rencontrer âme qui vive, quand le soleil a soudain disparu derrière un voile nuageux. Quelques minutes plus tard, les premiers flocons se sont mis à tomber en grosses poignées cotonneuses qui ont rapidement recouvert la route. La neige se plaquait sur mon visage, au point qu'il m'a fallu m'abriter les yeux de la main pour ne pas être aveuglée. J'ai senti un frisson remonter le long de mon dos jusqu'à mon cou. J'ai dévalé le talus pour me faufiler entre les troncs en bordure de la chaussée, j'ai ouvert mon sac pour y prendre mon pull, et je l'ai enfilé, tout en sachant que cela n'allait pas me procurer beaucoup de chaleur.

Au bout d'un long moment, j'ai compris que la tempête n'allait pas s'arrêter de sitôt et que je ne gagnerais rien à rester sous le couvert des arbres, d'autant que de la neige fondue commençait à tomber en gouttes glacées se glissant entre les branches.

Je remontais sur le bas-côté enneigé quand j'ai entendu un aboiement dans le lointain, venant vers moi. J'ai essayé de discerner l'animal qui l'avait poussé, au travers des rafales de flocons qui tourbillonnaient avec fureur. Les aboiements ont repris, plus vifs et plus brutaux. Il devait s'agir de deux chiens, qui s'agaçaient l'un l'autre.

Je ne sais pourquoi, j'ai cherché autour de moi un bâton, une pierre, une chose avec laquelle je pourrais me défendre. J'ai aperçu une branche tombée dans les fourrés, et en voulant me pencher trop rapidement pour m'en saisir, j'ai glissé dans une flaque et j'ai valsé sur le côté. La douleur s'est soudain réveillée dans mon bas-ventre, comme si elle n'avait attendu que cela pour se rappeler à mon bon souvenir.

Les chiens sont apparus au milieu des flocons et se sont aussitôt lancés sur moi, en poussant un grognement sourd. Toujours allongée sur le sol boueux, j'ai pointé la branche vers eux. Un des chiens, un berger à la robe fauve, a poussé un long aboiement furieux, tandis que l'autre, au poil plus sombre, presque noir, se figeait pour m'observer de ses yeux pétillants, la gueule ouverte sur ses crocs, la langue pendante, des bouffées de vapeur s'échappant de sa bouche.

J'ai voulu me remettre debout, et le chien fauve s'est jeté sur moi. Ses mâchoires se sont refermées sur le bas de ma jambe, que je venais de tendre vers lui pour le repousser. J'ai senti ma chair se déchirer, comme on cisaille un bout de viande à l'aide d'une lame.

J'ai abattu ma branche sur le crâne du chien, qui s'est éloigné en grognant, avant de revenir vers moi, décidé à me mordre à nouveau. L'autre chien avait disparu, en tout cas je ne le voyais plus. Du bout de ma branche que je tenais à deux mains, j'ai donné un nouveau coup au berger fauve, de toutes mes forces. Il a reçu le choc sur l'épaule, et s'est écarté en couinant.

Dans une volte-face nerveuse, il s'est détourné et est soudain parti au pas de course sur la chaussée, retournant d'où il venait.

Je me suis mise à trembler, j'ai baissé les yeux vers ma jambe. Mon pantalon était déchiré et l'on apercevait la blessure qui saignait déjà, tachant le tissu et coulant dans ma chaussure. J'ai senti ma tête tourner, j'ai voulu me retenir, mais il n'y avait rien, il n'y avait plus rien, rien que du blanc tout autour de moi, rien que du froid et de la neige et du blanc, à perte de vue.

Léopold

D'accord. C'était un prétexte pour sortir et pour aller voir ce qu'elle était devenue. Je m'étais tout à coup fourré en tête de changer les bougies de l'Opel, comme si elle avait besoin de ça. J'ai donc été chercher ma caisse à outils dans l'appentis derrière la cuisine, et j'ai fait le tour par l'arrière pour revenir dans la cour, où j'avais laissé la voiture en rentrant la veille.

J'ai marché lentement, en jetant des regards aux environs. Des plaques de neige s'étalaient dans le champ qui descendait jusqu'au ruisseau, entre les touffes de chardons que je n'avais plus coupés depuis des mois. Je suis arrivé à l'entrée du chemin et j'ai espéré la voir, entre les peupliers, mais il n'y avait rien, jusqu'au bout, là où ça débouche sur la chaussée. Je l'aurais vue si elle s'était tenue là, avec sa veste rouge qui attirait l'œil, comme je l'avais vue hier en revenant du garage de Profondeville, recroquevillée comme un petit moineau tombé du nid, assise le long de la route, la tête entre les jambes.

J'ai posé ma caisse à côté de l'Opel, et puis je me

suis dit que j'allais la démarrer pour m'assurer une dernière fois que ça valait la peine de lui changer ses bougies. C'est comme ça que je me suis retrouvé au volant, et que j'ai roulé vers la chaussée sans même y penser. La neige est repartie à tomber quand j'ai atteint Valmont. Céline n'était nulle part, et je me suis dit que j'étais idiot d'avoir cru qu'elle allait prendre cette direction, après ce que je lui avais servi la veille au sujet du village. C'était pas faux, d'ailleurs. Il n'y a rien à faire à Valmont, à part compter les jours jusqu'à ce que ça s'arrête.

J'ai fait demi-tour et, dans le va-et-vient des essuie-glaces qui n'arrivaient déjà plus à dégager le pare-brise, j'ai repris dans l'autre sens. Tant qu'à faire, je pouvais pousser jusqu'à Saint-Boniface, voir si des gens s'étaient décidés pour la messe. Ça m'a fait sourire tout seul dans ma voiture, l'idée que j'étais prêt à m'abuser moi-même au point de penser à cette église, rien que pour avoir une raison de patrouiller dans le coin à sa recherche.

J'ai repensé à son visage et à ses yeux qui m'épiaient en coin pendant que je conduisais pour rentrer. Je ne savais pas que ça m'avait manqué autant. Ça s'était réveillé alors que ça ne bougeait plus depuis si longtemps que je m'étais imaginé que c'était mort.

J'étais si distrait que j'ai bien failli ne pas voir les deux chiens de Maurice qui ont soudain surgi devant moi au milieu de la bourrasque. J'ai freiné pour ne pas les écraser et j'ai senti l'Opel qui se mettait à chasser. Mais la couche n'avait pas encore eu le temps de durcir, et la chaussée n'était pas si glissante. Mes roues se sont arrêtées à une dizaine de centimètres du fossé. Les chiens se sont mis à aboyer comme des enragés qu'ils sont, je lui ai déjà dit et répété mille fois, à Maurice, de tenir ses fichus molosses. Il ne faudra pas qu'il vienne jouer les imbéciles quand ils auront attaqué une bête ou même une personne. Ils sont assez mauvais pour ça. Je crois même que Maurice les a dressés pour.

Je suis sorti de l'Opel pour les chasser et les forcer à rentrer chez eux, de l'autre côté du bois des Martyrs que traversait la chaussée.

La neige tombait dru et il était presque impossible d'y voir à plus de dix mètres. La tache de sang était presque recouverte quand je l'ai aperçue, de l'autre côté de la route. Large comme une assiette. Et rouge. Comme la veste de Céline. C'est ce qui m'a fait marcher jusque-là, malgré la tempête et le froid.

J'ai observé le sang un instant, dans le silence si particulier aux chutes de neige, où tous les bruits semblent étouffés.

Et puis, j'en ai vu d'autres, qui dévalaient le talus jusqu'aux premiers troncs.

Et puis j'ai vu Céline, allongée à plat ventre comme une morte, les cheveux étalés dans la boue neigeuse.

Josselin

J'ai remis la pompe en place et j'ai fermé le réservoir, puis j'ai été régler l'essence au bureau. Le petit Moriau était occupé à grommeler en lisant un gros bouquin et il a mis un temps à s'apercevoir que j'étais là. Il m'a regardé comme s'il voyait à travers moi. Ce gamin est fêlé depuis qu'il est tout petit, je crois bien que les coups que Moriau lui a donnés ont un peu fracassé son crâne.

Le fait est que c'était une Bible qu'il tenait dans ses mains. Sans doute qu'il aurait préféré être à l'église en ce dimanche matin, avec les vieilles qui tiennent encore assez sur leurs quilles pour se traîner jusque-là. Et pas rester dans cette cahute du matin au soir en guettant le client.

« C'est pour aujourd'hui ou pour demain ? qu'a crié Maurice dans la bagnole. Je me les pèle, là, j'sais pas si tu te rends compte. »

J'ai jeté trois billets de vingt sur le comptoir et le petit Moriau m'a rendu la monnaie.

« M'sieur François ? qu'il a dit. Je peux vous demander quelque chose ? »

Il n'y a pas grand monde qui m'appelle François. Comme qui dirait que ce gamin était le seul à des lieues à la ronde. C'était mon père, Monsieur François, un point c'est tout. Même s'il était mort depuis lurette. Moi, je suis juste Josselin depuis le début, et je pense bien que ça va continuer.

« Qu'est-ce qu'il y a qui te chiffonne ? j'ai dit. Mais fais vite, il y a Maurice qui m'attend. »

Le petit Moriau a d'abord refermé sa Bible, comme si le foutu bouquin pouvait entendre ce qui se racontait aux alentours.

« Est-ce que vous croyez à l'enfer ? » il a fini par lâcher.

J'ai bien failli me mettre à rigoler. L'enfer ? Ben, dites donc. Mais il avait l'air si sérieux que je me suis retenu.

« Pas vraiment, j'ai dit. Tu devrais plutôt demander ça au curé. C'est lui, le spécialiste. »

Le petit Moriau a hoché la tête.

« Je ne comprends pas bien ce qu'il dit », il a fait.

Il est vrai que ce qui sort de la bouche du curé ne ressemble pas vraiment à des phrases. C'est une espèce de bouillie où une chatte ne reconnaîtrait pas ses petits. À croire qu'il a la langue trop épaisse et les joues trop grosses pour servir à ça. Faut dire qu'avec ce qu'il s'enfile en douce, ça se comprend.

J'ai entendu démarrer le moteur de la bagnole et je me suis dit que Maurice allait partir sans moi, si bien que j'ai quitté le bureau dare-dare.

J'ai grimpé sur le siège avant, et Maurice est parti aussitôt, avant même que la portière soit refermée. Mais il a dû freiner brutalement en arrivant sur la chaussée, parce qu'une Opel venait de déboucher du tournant, fonçant à toute blinde.

« Bordel de merde, a fait Maurice. C'est cet enfoiré de Léopold. Qu'est-ce qu'il lui prend ? Il a le feu au cul, ou quoi ?

— Le feu de l'enfer », j'ai dit.

Maurice s'est tourné vers moi, l'air de se demander si je devenais cinglé moi aussi. Je me suis contenté de sourire, j'allais tout de même pas lui espliquer ce qui m'était passé par la tête.

On est arrivé à la ferme, et les chiens de Maurice se sont amenés en courant devant la bagnole. J'ai aussitôt vu que le berger boitait salement de l'avant et Maurice l'a vu aussi.

Il s'est penché sur le chien qui s'était couché en voyant arriver son maître. Maurice est le seul qui arrive à contenir ces fichus clébards, dès qu'il lève un doigt, ils s'étalent devant lui comme des carpettes. Je ne sais pas ce qu'il leur a fait pour qu'ils l'obéissent comme ça. À part ça, c'est des bêtes furieuses qui ont déjà tenté plus d'une fois de me sauter à la gorge. Ça m'étonnait donc pas que quelqu'un lui ait filé un gnon, au berger.

« Il a reçu un coup de bâton ou queque chose », a dit Maurice entre ses dents.

Il s'est redressé, le visage mauvais, pour observer les alentours. Il valait mieux qu'il y ait personne dans le coin, parce que je le sentais près à casser la gueule de celui qui avait osé toucher à son chien.

Le berger a voulu se relever, et il est retombé dans la terre mouillée avec un petit glapissement.

On aurait dit qu'il avait tenu de toutes ses forces

jusqu'à l'arrivée de Maurice, et que là il lâchait prise. Sans doute qu'il avait un os ou deux de brisés. Sans doute qu'il pourrait plus jamais courir. C'était pas moi que ça chagrinerait.

Maurice l'a pris dans ses bras, et le chien s'est mis à lui lécher la joue. J'ai pensé à Madeline, qui avait dû poser ses lèvres à cet endroit et puis j'ai arrêté de penser à elle, parce qu'il y avait déjà des images toutes faites qui me remontaient dans la tête et que je préférais ne pas me lancer là-dedans en présence de Maurice. Comme si je craignais qu'il lise dans mes pensées. Tout pareil au petit Moriau qui avait peur que sa fichue Bible l'entende parler. Ptêtre qu'après tout, j'étais aussi fêlé que lui.

Et l'enfer, mon gars ? Hein ? C'est-y qu'il existe ou bien non ?

Céline

J'ai ouvert les yeux en sentant la douleur me pincer et j'ai failli envoyer mon pied dans l'air pour me défendre, et puis j'ai compris que je n'étais pas allongée sur le plancher d'une cabane pourrie avec un type qui me frappait. J'étais couchée sur une banquette et, à côté de moi, il y avait le vieux qui me tenait la main. Léopold. Son nom m'est revenu d'un coup.

Je ne comprenais rien à ce que je faisais là.

« Tout va bien se passer maintenant », a dit Léopold.

Et il s'est mis à me triturer les doigts. Je sentais sa peau sèche et ridée sur ma main.

« Une chance que tu sois passé par là », a dit une voix.

J'ai voulu me redresser pour voir qui venait de parler, mais une nouvelle brûlure est alors montée de ma jambe jusque dans mon bas-ventre.

Quand j'ai pu à nouveau regarder, au travers de mes paupières brouillées, j'ai vu le type occupé à examiner mon mollet. Il portait un tablier blanc comme plus aucun docteur n'en porte. Il faut dire qu'on était à la campagne. Sans doute que les gens ne le prendraient pas au sérieux s'il n'enfilait pas ce genre d'uniforme.

Il a levé la tête vers moi et il m'a souri, mais ce n'était pas le genre de sourire rassurant.

« Il semblerait que vous ayez perdu beaucoup de sang, a fait le médecin.

— Je n'en sais rien, je n'ai pas pris le temps de mesurer. »

Il a hoché la tête sans rien ajouter.

C'est alors que j'ai compris que je ne portais plus mon jeans. Il gisait sur le sol et il semblait bien qu'il était en morceaux, comme s'il avait été découpé aux ciseaux. Mon pull était relevé sur mon ventre et ma culotte n'était pas assez large pour dissimuler les traces rougeâtres et bleues qui marquaient la peau de mes cuisses. L'intérieur de mes cuisses et la bande de chair autour de mon nombril. Là où j'avais reçu les coups de genou.

« Je vais désinfecter les plaies », a repris le médecin en partant vers une étagère en métal rangée contre un mur.

La pièce était son cabinet. J'ai croisé le regard du vieux Léopold. Il a hoché la tête, sans que je comprenne bien ce qu'il voulait dire.

« J'ai été attaquée par des chiens, ai-je dit. Deux grands chiens. Un berger et un autre, tout noir.

— C'est les chiens de Maurice, a dit Léopold. Je les ai croisés avant de tomber sur Céline. Je savais bien qu'un jour ils s'attaqueraient à quelqu'un. »

Le médecin est revenu vers la banquette, avec un flacon et une grosse boule d'ouate.

« Il faudrait faire une injection de sérum antitétanique, a-t-il déclaré. Mais je n'en ai plus pour l'instant. Vous irez en acheter demain à la pharmacie. Aujourd'hui dimanche, elle est fermée, bien sûr.

— D'accord », a dit Léopold, comme si c'était à lui que le docteur parlait.

Et puis le désinfectant a touché mes blessures et j'ai failli tourner de l'œil. J'ai senti mes mâchoires qui se serraient si fort que j'ai cru que mes dents allaient se fendre.

« Vous vous appelez Céline, c'est bien cela ? » a demandé le docteur.

J'ai remué la tête.

« Bon, Céline, entendons-nous bien. Je veux bien croire que vous avez été mordue, ces plaies-là correspondent à ce que peuvent faire les canines d'un chien. Mais les ecchymoses et les contusions que vous portez un peu partout, ce n'est pas un chien qui peut en être la cause.

— Je suis tombée, ai-je dit.

— Vous êtes très maladroite, à ce compte.

— Je n'arrête pas de tomber.

— D'accord. »

Il est reparti vers son étagère.

« Je pense qu'il vaut mieux recoudre la plus large des plaies que vous avez au mollet. Pour les autres, un bandage devrait suffire.

— Merci, a dit Léopold d'un ton empli de reconnaissance. Je ne savais pas ce qu'il valait mieux.

Filer directement chez toi, ou bien aller te chercher à l'église.

— Je n'y vais plus depuis un bon bout de temps, Léopold, a répondu le médecin. Toi non plus, dirait-on.

— Il n'y a plus rien là-bas qui peut m'aider.

— Tu trouves ton aide ailleurs, à ce qu'on m'a raconté.

— On raconte pas mal de choses, a dit Léopold. Et je tiens à te faire savoir que c'est toi le premier qui. »

Il a haussé les épaules sans terminer sa phrase.

« Je vais vous faire une anesthésie locale, a repris le docteur en plantant une seringue dans un minuscule flacon. Ensuite, je refermerai les bords de la plaie avec quelques agrafes. Cela vous convient-il, Céline ?

— Je n'ai pas de quoi vous payer, ai-je dit. Je préfère vous prévenir.

— Oh, pour ça, a fait Léopold. Faut pas vous inquiéter. Vraiment. Faut pas vous inquiéter. »

Et au ton de sa voix, je me suis dit qu'au contraire, je ferais bien de commencer à m'inquiéter de ce qui lui arrivait, au vieux Léopold.

Josselin

Il faudrait rester au creux du nid, dans sa chaleur sèche et un peu moisie. Il faudrait ne jamais aller voir ailleurs, mais je ressens de temps à autre l'envie de me frotter à d'autres peaux que la mienne. C'est ainsi que ça se met en place, la plupart du temps. Le moment où je m'en aperçois, quand je sens dans le bas de mon ventre le tressaillement qui déplace mes entrailles, à ce moment-là, il est déjà trop tard. Plus moyen d'empêcher le reste de suivre. À se demander si ce n'est pas un vilain diable qui m'a joué ce tour. Ou bien un ange du bon Dieu acharné à ma perte. Il n'a pas de visage mais je le reconnais dès qu'il se présente, parce qu'une odeur de terre moite me monte aux narines. C'est lui qui me lance sur la route, plus vorace qu'un jeune chiot.

Les chiens le sentent, d'ailleurs. Ceux de Maurice viennent me flairer quand je m'en reviens de là-bas, fourrant leur truffe dans mon entrejambe. Est-ce qu'ils faisaient de même à leur maître quand il lui arrivait encore de coucher avec Madeline ? J'aurais jamais laissé une femme comme elle pendant des mois sans m'en occuper. Rien que de penser à sa bouche, j'en avais des frissons. J'avais rien dit à Maurice, mais j'avais ma petite idée de l'endroit où ils avaient calté, avec son serveur. Je le connaissais un peu, je lui avais parlé, c'était le genre de gars qui s'imagine que sa vie intéresse tout le monde, et ça n'avait pas été difficile de lui faire croire que j'étais sans malice.

Mais de là à y emmener Maurice, dans l'état où il était, c'était pas ce qui était préférable. Je voulais d'abord vérifier par moi-même si je m'étais pas trompé sur leur compte. Ptêtre qu'elle aurait envie de revenir, Madeline, quand elle en aurait assez de son serveur et de ce qu'il lui faisait. Je pourrais arranger l'affaire au mieux pour tout le monde. Voilà ce que je me disais.

Il faut bien que quelqu'un se dévoue pour s'occuper des choses telles qu'elles vont, depuis que le Seigneur a détourné les yeux de ses créatures.

Léopold

La plupart des sapines avaient moisi, depuis le temps. Elles étaient rangées en pile sous la fenêtre de la grange, attendant que je m'attaque à la cuisine. Elles avaient attendu longtemps. Même le meilleur bois finit par se piquer. Je lui avais promis une vraie cuisine. Elle ne l'a jamais vue. Faut dire qu'elle ne voyait plus grand-chose.

J'ai rejeté les solives derrière moi, l'une après l'autre, avant d'en trouver une qui pouvait convenir. Après tout, il ne fallait pas tant de matière. Je l'ai emportée jusqu'à l'établi, à l'autre bout du bâti. Les outils étaient toujours là où je les avais laissés. C'est étonnant comme les choses restent à leur place.

Ça m'a fait du bien de me remettre au travail. Mes doigts passaient sur la planche à mesure que je la ponçais, pour en sentir le poli qui devenait de plus en plus agréable au toucher. Je n'avais pas pris les mesures, mais je me fiais à ce que j'avais pu voir. Après tout, si ça n'allait pas, il suffirait de retailler quelques centimètres.

Les murs auraient été en sapin, c'était ce que j'avais imaginé. Et puis, pour le plancher, sans doute quelque chose de plus précieux. J'y avais pas vraiment réfléchi. Parce que c'est à ce moment-là que les affaires avaient commencé à mal tourner, pour Jeanne. Et puis pour moi aussi, par la même occasion. La cuisine, elle nous était sortie de la tête.

J'ai découpé une forme triangulaire pour qu'on puisse y passer l'avant-bras. J'avais jamais fabriqué quelque chose qui ressemblait à ça, mais avec un peu de jugeote, c'était pas compliqué. Je l'ai prise en main, et je me suis appuyé dessus. Je devais me pencher un peu pour que ça aille, mais Céline était plus petite que moi, ça je le savais.

J'ai fini le ponçage et j'ai fouiné dans la caisse où je mettais les bouts de tissu que Jeanne me donnait pour m'essuyer. J'en ai roulé plusieurs l'un sur l'autre et j'ai attaché le tout à l'endroit où allait porter son aisselle. Je veux dire l'aisselle de Céline. Pas celle de Jeanne. Non. Non. Pas Jeanne. Elle, elle était partie. Arrête, Léopold. Si tu t'embarques là-dedans, on n'est pas rendu.

Je me suis secoué et j'ai contemplé mon travail. Peut-être qu'un repose-pied aurait été utile. Mais j'étais impatient de voir ce que ça allait donner, si bien que je suis sorti de mon atelier et que j'ai pratiquement couru jusqu'à la maison, j'ai même manqué m'étaler dans une flaque de neige à moitié fondue. Il avait recommencé à geler.

Je suis entré dans la grande pièce et je l'ai vue qui sortait de la chambre. Elle portait une des robes que je lui avais trouvées. Je les avais laissées sur la chaise pendant qu'elle dormait. La piqûre de Jeanson l'avait assommée, et aussi ce qu'elle avait subi, avec ces satanés chiens de Maurice qui l'avaient attaquée et qui avaient bien failli lui foutre sa jambe en l'air.

« Je ne sais pas vraiment si ça me va, elle a dit en venant vers moi en clopinant.

— J'ai peut-être pas l'œil pour tout, mais en ce qui concerne cette robe, je peux vous dire qu'elle a l'air d'avoir été faite pour vous », j'ai dit.

Jeanson avait été obligé de découper son pantalon pour lui soigner le mollet. Et Céline n'avait pas de vêtements de rechange. Elle n'avait à peu près rien avec elle. Comme si elle avait dû partir sans demander son reste.

« Je n'ai pas l'habitude », a-t-elle ajouté.

Mais j'ai bien vu, à son sourire, que ça lui plaisait également. Elle était encore plus jolie dans cette tenue qu'avec le vieux pantalon. On voyait sa jambe entourée du bandage. Et puis, on voyait un petit peu plus de ses formes. J'avais pas pu m'empêcher de regarder quand Jeanson l'avait déshabillée.

Et puis, je me suis souvenu de ce que je tenais. Je me suis avancé vers elle et je lui ai tendu la béquille. Céline l'a prise et l'a glissée sous son bras, et c'était exactement la bonne dimension, il n'y aurait rien à revoir, j'avais visé juste du premier coup.

« C'est vous qui avez fait ça ? elle a demandé.

— Vous allez pouvoir marcher, j'ai dit. Le temps que ça cicatrise. »

Elle a fait quelques pas dans la grande pièce. Elle

est allée s'asseoir à la table, en posant la béquille à côté d'elle. Elle a porté les doigts à ses narines.

« C'est du sapin, a dit Céline. Ça sent bon. Merci, Léopold. »

J'ai haussé les épaules, après avoir hésité à dire une bêtise de plus.

« Merci pour tout, elle a ajouté. Pour m'avoir emmenée chez ce docteur. Pour avoir payé, et pour m'avoir accueillie chez vous. Et merci encore pour la béquille.

— C'est bon, j'ai dit. Arrête avec ça, tu veux.

— On se tutoie ? elle a demandé.

— Je pense que c'est ce que je viens faire », j'ai dit.

Et puis, je suis sorti parce que je ne tenais pas à ce qu'elle découvre l'état dans lequel je m'étais mis.

Josselin

Je suis repassé par la grand-rue, mais il n'y avait toujours personne. L'épicerie était même pas encore ouverte, à se demander ce que fabriquait le gérant. J'arrivais jamais à me rappeler son nom. Il était pas du coin, il avait débarqué un jour, il y avait deux ou trois mois de ça, et puis on n'avait plus vu la vieille Rillette. Elle s'appelle Henriette, en vrai, mais tout le monde l'a toujours appelée Rillette, rapport à la charcuterie. Elle était déjà vieille quand j'étais tout gamin, faut croire qu'elle avait dans les cent ans, ou je sais pas quoi.

J'allais tout de même pas aller jusqu'à la station pour m'acheter à boire. Je pouvais emprunter la voiture à Maurice mais il était pas d'humeur, rapport à Madeline et puis aussi son chien, alors, il valait mieux que je me débrouille tout seul. Je longeais la pharmacie en me demandant s'il y avait rien là-dedans que je pouvais acheter de buvable quand j'ai vu Léopold en sortir. Et à côté de lui, il tenait une fille qui marchait avec une béquille. Elle avait la jambe bandée et elle s'accrochait à Léopold qui avait un visage que je lui avais jamais vu.

Ils ont marché sur le trottoir en venant vers moi. Je regardais la fille et c'était encore pire qu'avec Madeline. Qu'est-ce qu'elles ont à être comme ça, les filles ? Elles cherchent les emmerdes, ou quoi ? Je me suis pas reculé ni écarté, et ils ont fini par se trouver devant moi, et la fille, elle avait des cheveux coupés court comme un garçon, et ça faisait bizarre et en même temps c'était parti, il y avait pas de doute, j'étais déjà en vrille.

Léopold, il a fini par m'apercevoir, et puis son air a complètement changé, comme s'il venait de tomber sur une merde ou je sais pas quoi.

« T'as une invitée ? » je lui ai demandé avec un sourire.

Il faut sourire aux gens, même à ceux qui vous considèrent comme moins que rien.

« Ton frère, a dit Léopold.

— Quoi ?

— Maurice », a repris Léopold comme si j'avais pas saisi de qui il voulait parler.

Il semblait en rage, tout à coup. Il tenait le bras de la fille comme s'il avait peur qu'elle s'envole dans le ciel pareille à une baudruche et qu'il la revoie plus jamais.

« Ses chiens sont des sales bêtes », a dit Léopold.

La jambe de la fille, elle était bandée sous le bord de sa robe. D'où c'était qu'elle sortait, j'en avais pas la moindre idée. En tout cas, pas de Valmont, ni de Beauchamp. Des pareilles, il y en a pas dans le coin. J'ai assez fouiné pour le savoir.

Et puis, la pièce est tombée. J'en ai eu un petit claquement dans la nuque. C'est toujours comme ça que ça se passe. À croire que j'ai un truc de vivant à cet endroit, qui remue quand je pige.

« C'est elle qu'a tapé le berger de Maurice ? j'ai demandé.

— Il a failli me broyer le mollet, a dit la fille. Qu'est-ce que j'étais censée faire ? Me laisser dévorer par ce molosse ?

— Maurice, il est pas content, j'ai dit. Je peux te l'assurer. Son chien, il y tient comme à la prunelle. Il est pas content, parce que le berger il a l'épaule cassée, d'après moi. »

J'avais la gorge plus sèche encore qu'en arrivant au village. L'idée de l'état que cela allait mettre Maurice, ça me desséchait comme si je venais d'avaler une bouchée de sable.

« Qu'il s'estime heureux que je ne porte pas plainte », a dit Léopold.

« Pourquoi, t'es son père ? » j'ai pensé, mais comme d'habitude dans ces cas-là, j'ai rien dit tout haut.

D'ailleurs, je savais déjà la réponse, un père ne regarde pas sa fille de cette manière. Ou bien il s'expose à des problèmes. Mais bon, chacun ses idées.

« T'as raison, j'ai dit à la place. Je m'excuse. Il faudrait les abattre, ces deux-là, je le pense depuis longtemps. »

Léopold a paru se demander s'il avait bien entendu. Je me suis tourné vers la fille.

« J'espère que ça va aller, j'ai dit. Vous avez pas eu trop mal ? »

La fille, elle a hoché la tête, elle devait repenser à la scène ou je sais pas quoi, quand les chiens lui avaient sauté dessus. Mais d'où c'est qu'elle venait, celle-là ?

« On va passer à l'épicerie, a repris Léopold. Ça ira, Céline ? Tu peux encore marcher un petit moment ? »

Elle a répondu oui avec la tête, mais c'était pas si certain qu'elle allait pas tomber dans les pommes la minute d'après.

Elle restait plantée là sans rien dire, en respirant doucement.

« Je suis sûr que Maurice, il va comprendre, j'ai ajouté. Après tout, ses chiens, ils ont pas le droit d'attaquer les gens. C'est toujours ce que j'ai pensé.

— Il a intérêt à ce que ça ne se reproduise pas », a dit Léopold.

Et puis, ils sont partis en direction de l'épicerie. Léopold lui tenait le bras, à la fille, et elle s'appuyait de l'autre côté sur sa béquille, et bon, il fallait pas être grand clerc pour comprendre que ça allait pas se clôturer de cette manière.

Céline

Je n'aurais pas dû rester là, il valait mieux que je m'éloigne plus encore, mettre plus de distance entre moi et ce qui s'était passé. C'était ce que je me répétais pratiquement à chaque heure de la journée. Ma fille, prends ton sac et file d'ici à la minute même, sans quoi, tu risques gros. Je n'avais fait que… Combien ? Cinquante kilomètres ? Cent ? En comptant la marche au milieu de la nuit, puis le trajet dans le camion qui s'était arrêté en klaxonnant et dont la portière droite s'était ouverte pour m'inviter à grimper dans l'habitacle. Le chauffeur s'était montré sympathique, c'était un gros rougeaud qui devait être proche de la retraite, il avait l'âge d'être mon père, mais au premier geste qu'il avait eu dans ma direction, ça avait tout réveillé d'un coup, et j'avais bondi de la cabine et j'avais bien failli me casser le cou en tombant de cette hauteur, en plus de tout le reste. Par chance, le camion ne roulait pas trop vite. Comme si j'avais pu croire que c'était assoupi. Je crois bien que le chauffeur n'avait pas pensé à mal. Peut-être pas. Il voulait simplement poser la main sur mon bras, comme on peut le faire quand on parle avec quelqu'un. Des gens font ça. En tout cas, rien qu'à l'idée qu'il me touche, ça m'avait rendue dingue, et j'avais sauté du camion, et je m'étais retrouvée en train de valdinguer dans les buissons couverts de neige et ça n'avait rien arrangé.

Donc peut-être quarante ou cinquante kilomètres dans le camion, difficile de savoir avec certitude, en plus des dix quinze que j'avais faits pendant la nuit en marchant, en courant plutôt, en essayant de courir, en courant de tout ce qui me restait de force, au milieu de la nuit de plus en plus noire et de plus en plus humide, avec les jambes qui tremblaient, et les bras qui tremblaient, et le ventre qui tremblait. Comme si je n'allais plus jamais m'arrêter de trembler de la tête aux pieds. Mais bon, ça avait fini par se calmer. C'est pour ça que le geste du camionneur m'avait eue par surprise, j'avais réagi avant même de comprendre ce qui se passait, et sans doute que le gars s'était dit que j'étais folle, il avait balancé mon sac par la portière et il était reparti en m'abandonnant au milieu de cette forêt. Je n'avais pas la moindre idée de la direction que nous avions prise.

Et puis à nouveau la marche alors que la neige se mettait à tomber dru, au point qu'au bout d'un moment je ne voyais plus qu'à peine la route devant moi et que j'avais failli glisser de nombreuses fois dans le fossé. Le soleil ne s'était pas montré de toute la journée et je m'étais dit que c'était fini, une fois pour toutes, bel et bien fini, plus jamais de soleil dans le ciel, rien que la nuit sombre et puis la neige qui vient se plaquer sur votre visage et qui vous aveugle. Où étais-je ?

Impossible de savoir. À quatre-vingts kilomètres sans doute de mon point de départ. Moins de cent en tout cas, même en comptant large. Pas assez pour que ça vaille le coup. Trop dangereux de rester dans les environs. Les recherches avaient sans doute déjà commencé. Je pensais bien avoir franchi la frontière à un moment ou un autre, mais comme les douanes n'existaient plus, c'était difficile à dire. Après tout, ça ne changeait pas grand-chose.

Ça ne s'était pas assoupi, ça restait tapi là, au fond de moi, ne demandant qu'un prétexte pour surgir à nouveau, comme un animal féroce qui attend le meilleur moment pour bondir hors de sa tanière. J'avais l'impression de cacher en moi une bête inconnue et c'était sans doute ça le plus insupportable. Comme si j'avais été changée une fois pour toutes, avec le sentiment que je ne serais plus jamais pareille à ce que j'avais été jusque-là. Impossible de revenir en arrière. À cause de ce qu'il m'avait fait et à cause de ce que je lui avais fait.

Mais le vieux Léopold me tenait pour marcher et il me prenait le bras pour m'aider à me lever de table et il passait son bras sous le mien pour me soutenir quand je menaçais de m'affaler, et ça ne me faisait rien. C'était sans doute pour ça que je ne m'étais pas enfuie en courant. Comme si je ne risquais rien avec lui. Comme si ses mains posées sur moi ne signifiaient rien, comme s'il était étranger à tout cela et à tout ce qui m'était arrivé. Même si je savais que je me trompais.

J'avais commis beaucoup d'erreurs jusqu'ici, et je savais que j'en commettais une de plus, et de le savoir ne changeait rien, au bout du compte. Ça valait bien la peine d'avoir fait des études de socio pour un résultat pareil. Elles ne m'avaient jamais servi à rien, d'ailleurs. Même pas pour trouver un boulot convenable, surtout pas pour ça. Je me retrouvais coincée dans ce patelin perdu, avec l'angoisse de voir débarquer les gens qui devaient être à mes trousses après ce qui s'était passé. Je le savais, et je ne parvenais pas à agir pour tenter d'empêcher ça.

Et quand les choses finiront par arriver, eh bien tu ne pourras t'en prendre qu'à toi-même, espèce de pauvre idiote.

Léopold

Il y a eu un bruit dans la cour, le vacarme d'une voiture qui arrivait, si bien que je me suis secoué, et j'ai compris que je venais de rester un bon bout de temps sans bouger, assis à la table, devant ma tasse de café devenue froide. J'ai failli appeler : « Jeanne ? T'es là ? » Et puis je me suis retenu parce qu'elle était bel et bien partie, et que ça m'était tout à coup sorti de la tête.

Je me suis levé et je suis allé voir qui pouvait bien venir à une heure pareille. La journée tirait à sa fin, le ciel était gris-noir et un vent frisquet faisait trembler les branches nues des bouleaux. J'ai allumé la grosse lampe au-dessus de la porte. La voiture à Maurice était occupée à virer au milieu de la cour, en faisant valser des flaques de neige fondue. J'ai marché dans cette direction, je ne pouvais pas distinguer qui se trouvait au volant, mais de toute manière, il n'y a que Maurice qui la conduit, cette voiture. C'était un break Volvo noir qu'il avait racheté aux pompes funèbres. Qu'est-ce qu'il manigançait donc, à venir chez moi à cette heure-ci ?

C'est à ce moment-là que l'image de Céline m'a traversé l'esprit.

J'ai tourné la tête de tous côtés. Dans la grande pièce derrière moi, il faisait sombre et je ne suis pas arrivé à la voir. La Volvo s'est arrêtée avant de quitter la cour et elle n'a plus bougé, un peu de fumée blanchâtre sortant du pot d'échappement.

« Qu'est-ce que tu fous là ? j'ai demandé. T'as pas intérêt à me faire chier, Maurice. »

Et puis, sans doute que j'avais crié trop fort, parce que je me suis mis à tousser à ne plus pouvoir m'arrêter. Quand j'ai réussi à relever la tête, je me suis essuyé le coin de la bouche, et j'ai vu la silhouette appuyée sur sa canne qui débouchait de derrière la grange. Sans doute que Maurice l'a vue lui aussi, parce que la voiture s'est remise en marche, en tournant vers elle.

« Nom de dieu ! Espèce de salopard ! »

Je suis retourné dans la grande pièce aussi vite que j'ai pu et j'ai tiré le fusil du placard où il est rangé. Il avait plus servi depuis nombre d'années, je ne me souvenais d'ailleurs plus du dernier coup que j'avais tiré avec, mais je l'avais entretenu, en me disant qu'un jour ou l'autre il me serait utile. On aurait bien juré que c'était pas plus tard qu'aujourd'hui.

J'ai encore toussé un bon coup en revenant dans la cour, j'ai senti des glaires me remonter dans la gorge et j'ai forcé pour avaler avant que ça m'étouffe.

Maurice était sorti de la voiture et il marchait vers Céline, le doigt pointé sur elle. Il a senti que j'approchais et il s'est tourné, il a vu le fusil que je tenais à deux mains, et il a souri, un sourire qui est resté coincé là, en lui retroussant un peu les lèvres, à la manière d'un chien découvrant ses crocs avant de mordre.

« Fais pas cette gueule, j'ai dit. Je compte pas te tirer dessus tant que tu fais pas le mariole.

— C'est qui ? il a demandé.

— C'est certainement pas tes affaires, j'ai dit en réponse. Mais si tu t'imagines que tu vas passer ta rage sur elle et que je vais te laisser faire sans bouger, tu te trompes, Maurice. Je dirais même plutôt que c'est elle qui aurait des raisons de se plaindre de toi et de tes chiens. Je t'avais prévenu qu'ils étaient devenus méchants, à force.

— Pourquoi tu te mêles de ça ? a encore demandé Maurice. Première fois que je te vois si intéressé par autre chose que tes pilules. »

J'ai senti ma mâchoire qui se serrait.

« T'occupe pas de mes pilules, j'ai dit. Et rentre chez toi, à cette heure.

— C'est ce qu'on va voir », il a dit.

Il a fait un pas en direction de Céline qui s'est reculée, le dos au mur de la grange.

« Maurice ! j'ai crié. Je te dis de plus bouger !

— T'oserais jamais me tirer dessus, il a dit.

— Ben, je te conseille de pas risquer le coup. »

Je sentais la toux qui menaçait de revenir, et je faisais mon possible pour l'empêcher.

« Qu'est-ce que tu fous là ? » a encore demandé Maurice en s'adressant à Céline ce coup-ci.

Elle était appuyée sur sa béquille et elle avait l'air

perdue, fragile et douce comme une petite caille tout juste sortie du nid.

« De quel droit est-ce que vous me tutoyez ? elle a rétorqué d'une voix sèche. Et de quel droit est-ce que vous me posez des questions ? Vous débarquez ici avec l'idée de faire la loi, c'est ça ? Vous vous prenez pour qui ? Fichez le camp avant qu'on appelle la police. »

Maurice en est resté comme deux ronds de flan. Il a ouvert la bouche pour répondre, mais il n'y a rien qui est sorti.

« Tu ferais bien de surveiller tes chiens, j'ai ajouté. Parce que tu risques des ennuis. Ils se sont mis à attaquer les gens, Maurice, je sais pas si tu sais.

— Je te ferai signe quand j'aurai besoin de tes conseils, il a dit. En attendant, toi, t'as intérêt à ne pas te trouver sur mon chemin. »

Il pointait de nouveau Céline du doigt.

« Je n'ai aucune envie de croiser votre chemin, elle a dit. Il y a des gens qu'on préfère ne pas rencontrer si on veut passer une bonne journée. »

Maurice a réfléchi à ce qu'elle venait de déclarer. Il ne savait pas si elle se moquait de lui ou quoi.

« Les ennuis, c'est toi qui vas les avoir, a-t-il dit en désignant Céline. Et toi aussi, il a ajouté à mon adresse. Compte sur moi. »

Après quoi il est remonté dans sa Volvo sans rien dire de plus, il a démarré et il a fait marche arrière en faisant gémir son moteur.

Il a dérapé en repartant vers le sentier et la lueur de ses feux arrière a rapidement disparu vers la nationale.

« Il va falloir que tu fasses attention à lui, ai-je dit. Il est si bête qu'il peut être dangereux.

— J'en ai buté des plus cons », a dit Céline.

Après quoi, elle est partie en clopinant vers la grande pièce.

J'ai attendu un moment, pour voir si Maurice avait pas l'intention de revenir pour régler ça une fois pour toutes, mais il n'y avait plus aucun bruit dans les environs, à part celui des rafales de vent qui se glissaient entre les troncs et qui gémissaient comme des damnés. Le jour s'était couché pour de bon, et la lumière était celle d'un monde où plus rien n'aurait jamais lieu. Mais je savais au fond de moi que ça n'était pas vrai. Quoi qu'on pense, le monde vous réserve toujours des surprises. Vous vous imaginez que c'est bel et bien fini, que plus rien ne va jamais vous atteindre, et puis, soudain, ça se remet en branle. Et c'est comme si votre sang recommençait à couler dans vos veines, alors que jusque-là il était resté figé.

J'ai aspiré un grand coup. L'air froid a pénétré mes poumons. La toux s'en était allée. Un vol de colverts, rangés en triangle, a traversé le ciel en silence, et je l'ai suivi du regard jusqu'à ce que les oiseaux disparaissent de l'autre côté des bois sombres.

Je suis revenu dans la grande pièce. Céline était occupée à sortir les paquets de victuailles qu'on avait achetés en ville. Il y avait une poêle sur le réchaud et une casserole d'eau était en train de bouillir.

Je me suis assis à la table et j'ai vidé mon fond

de café froid. Le fusil était posé devant moi. Ce n'était pas encore ce soir qu'il allait resservir. J'étais en train de me demander si j'aurais eu la force de tirer. Sans doute que non.

« Il a raison, a dit Céline sans se tourner. Je risque de t'attirer des ennuis en restant ici.

— C'est lui qui ne tient pas ses chiens, j'ai dit.

— N'empêche qu'il va vouloir se venger, c'est évident. Et je ne tiens pas à ce que ça te retombe dessus.

— Et alors ? »

Je redoutais la réponse, mais il fallait bien que je pose la question.

« Je partirai demain matin, elle a dit au bout d'un temps. Je ne te dis pas merci parce que j'ai compris que tu n'aimais pas ça, mais c'est tout comme. »

Je me suis levé et je me suis approché d'elle. Elle était occupée à éplucher des pommes de terre. Je l'ai prise par l'épaule pour la forcer à me regarder.

« Céline, j'ai dit. Je ne sais pas si tu comprends. Depuis que tu es là…

— Je sais », elle a dit en souriant.

J'ai remué la tête.

« Non, tu ne sais pas. Tu veux que je te dise ? C'est comme si… Comme si je n'avais plus besoin de rien d'autre.

— D'accord, elle a dit très doucement. C'est de ça qu'il voulait parler, l'abruti, avec ses pilules ? Qu'est-ce que tu prends ? »

J'ai hésité. Mais il fallait bien que je lui explique, sans quoi elle s'en irait et je retomberais à nouveau au fond du pays des morts.

« Ça calme, j'ai fait sans vraiment répondre. Ça calme les voix que j'entends dans ma tête et qui me font penser que je deviens fou, Céline. Ça calme à peu près tout. »

Josselin

Il n'y avait plus que deux gars accoudés au comptoir et puis moi. Il était près de onze heures et d'ordinaire, à cette heure-là, le *Moonlight* est désert. Faut croire que ceux-là avaient pas prévu de travailler le lendemain matin. Moi, c'est autre chose, le boulot qu'il m'arrive de faire, c'est jamais le matin, donc c'était bon.

Je préférais m'installer le dos au mur, à la table du fond, même si ça obligeait le barman à traverser la salle pour venir m'apporter ma commande. La musique s'est arrêtée et les gars ont continué de parler à voix haute, et dans le silence j'ai entendu le plus gros dire à son pote :

« Qu'on vienne pas me dire que c'est pas dégueulasse. Un type aussi vieux avec une fille pareille. Mais dis donc. »

Puis il s'est arrêté parce qu'il s'est rendu compte qu'il parlait trop fort. Il s'est même tourné dans ma direction, en train de se demander si j'avais pu l'entendre ou quoi.

L'air de rien, j'ai avalé ce qui restait dans mon

verre, et le barman a rebranché la musique et les types se sont remis à discuter, mais je n'ai plus rien entendu. Bon, j'avais saisi de quoi il retournait, fallait pas être grand clerc pour comprendre. Ça jasait plus encore que d'ordinaire, à travers Valmont et même jusqu'à Beauchamp. Les gens avaient un os à se mettre sous la dent, comme on dit, et ils lâcheraient pas l'affaire avant de trouver autre chose sur quoi ragoter.

Je connaissais pas vraiment le gros, mais l'autre, je l'avais croisé plus d'une fois, et c'était pas à la messe, je peux vous l'assurer. Le fait est qu'il était sans doute pas le mieux placé pour faire la fine bouche. C'était jalousie et rien d'autre. Je me suis levé et je suis allé poser mon verre sur le comptoir et j'ai fait un signe au barman pour qu'il me serve.

Le gros type s'est penché et il m'a souri.

« Je trouve qu'il y en a qui manquent pas d'air, j'ai lâché en remuant un peu la tête pour qu'il pige que j'étais de tout cœur avec lui.

— C'est justement ce que j'étais en train de dire, il a fait.

— Tu le connais, toi ? a demandé l'autre. T'habites à côté, non ?

— C'est plutôt mon frère Maurice, j'ai dit. Mais je peux vous dire qu'il en voit des vertes et des pas mûres.

— Dans le genre ? » a demandé le gros.

Le barman a rempli mon verre, et le gros lui a dit : « Mets celui-là sur mon compte, tu veux ?

— Il a vu des trucs ? a demandé son pote.

— Je crois bien qu'elle se balade à poil toute la

journée», j'ai fait, en me demandant si j'en mettais pas une trop grosse couche.

Mais ils se sont mis à ricaner l'un et l'autre, preuve qu'ils avaient mordu comme des pauvres ablettes affamées devant un ver de vase.

«Tu l'as vue, toi? qu'il m'a encore demandé.

— Faudrait être aveugle», j'ai dit.

Le gros a pris une tête dégoûtée.

«Pourquoi qu'elle s'est mise avec ce vieux? qu'il a demandé. Il a du fric?

— J'ai entendu dire qu'elle avait fait des trucs pas catholiques», j'ai espliqué.

Le gros a réfléchi. Ça allait pas trop vite dans sa tête, sans doute que c'était pas juste du cerveau qui la remplissait et qu'il y avait aussi pas mal de graisse à cet endroit-là.

«Il la tient comme ça? a repris l'autre, qu'était visiblement plus futé.

— Le salopard, qu'a fait le gros.

— Tu sais de quoi il s'agit?» a encore dit l'autre.

J'ai bu une gorgée pour les laisser mariner un moment.

«Si je le savais, ptêtre que j'en aurais profité», j'ai dit en claquant mon verre sur le bois laqué du comptoir.

Et on est tous partis à rire, ce bon vieux rire entre hommes avec des gueules qui me rappellent toujours les singes que j'avais vus, au zoo. Si ils avaient pu sortir leur bite de leur pantalon, là, au milieu du *Moonlight*, je pense qu'ils l'auraient fait, pour commencer à s'astiquer en pensant à ce qu'ils feraient à la fille à la place au vieux Léopold.

Céline

Les canards étaient trois et ils poursuivaient une cane beaucoup plus petite qu'eux. Elle était couleur gris-brun de la tête au bout de la queue tandis que les mâles portaient une collerette d'un vert brillant et des plumes noires et blanches. Ils essayaient tour à tour de grimper sur la cane, en émettant de petits cris rauques et déçus quand elle faisait un bond de côté. Je les ai regardés disparaître derrière un bosquet, sans cesser d'émettre leurs cancans.

La berge du marais était couverte d'un tapis de verdure qui luisait de rosée. On aurait dit que l'hiver se terminait, même s'il faisait encore assez froid. La lumière était douce, juste avant que le soleil apparaisse au-dessus des arbres. J'ai planté ma béquille dans la terre spongieuse et puis, sans effort, sans même réfléchir à ce que j'étais en train de faire, je l'ai posée là et j'ai escaladé la berge. Je ne sentais pratiquement plus aucune douleur dans le mollet. Les cicatrices ne se voyaient plus qu'à peine.

J'ai traversé le champ laissé à l'abandon et j'ai marché en direction de la rangée d'arbres qui me servaient de repère pour retrouver la ferme. J'ai pris une longue inspiration, humant l'air frais du petit matin. Je me sentais si contente d'avoir enfin pu me débarrasser de la béquille que je n'ai pas entendu la voiture qui venait par l'arrière. J'ai fait un pas de côté, et j'ai pratiquement senti l'aile du véhicule me toucher la cuisse en me dépassant.

Au volant se tenait Maurice et je pense que si j'étais restée au milieu du sentier, il me serait passé dessus sans même ralentir. Je l'ai entendu qui rigolait en s'éloignant. La tête de son frère est apparue par la vitre du passager, il m'a regardée et il m'a adressé un geste comme pour s'excuser, mais je savais bien qu'il ne fallait pas compter sur son aide. Il n'aurait rien fait pour empêcher Maurice de m'écraser, j'en étais certaine.

Le cœur battant, j'ai rapidement pris le chemin de la ferme. Je n'avais plus eu affaire aux chiens de Maurice depuis le jour où ils m'avaient attaquée, et les rares fois où j'avais croisé Maurice au village, il avait fait mine de ne pas me voir. Ce qui me convenait parfaitement.

Je suis entrée dans la grande pièce et j'ai bu un verre d'eau fraîche, et Léopold est sorti de sa chambre. Il avait l'air hagard, comme s'il ne se souvenait plus de l'endroit où il se trouvait. Il m'a observée de manière insistante, en hochant la tête, avant de murmurer : « Jeanne… Où est-ce que, où est-ce que tu étais ? »

Je ne savais jamais quoi répondre dans ces cas-là, et j'avais décidé de me comporter comme si je n'avais pas entendu, jusqu'à ce qu'il retrouve ses esprits.

« Je vais faire des œufs au plat, ai-je dit. Je meurs de faim. Tu en veux ?

— Bien sûr, a-t-il répondu au bout d'un moment, en se frottant le crâne. J'ai passé une mauvaise nuit.

— C'est le vent », ai-je ajouté.

Il m'a de nouveau regardée, mais du coin de l'œil cette fois, pendant que je m'affairais à sortir du frigo la barquette d'œufs et la motte de beurre.

« Vent ou pas vent, a repris Léopold, il y a des affaires qui ne vous laisseront jamais en paix. »

J'ai pris la poêle au-dessus du réchaud et j'ai fait fondre un peu de beurre. Je n'avais jamais été très grande cuisinière, à vrai dire, je n'aimais toujours pas ça, mais Léopold semblait apprécier ce que je préparais, et il fallait bien que je lui rende d'une manière ou d'une autre tout ce qu'il avait fait pour moi.

« Il faudra qu'on retourne pêcher dans le coin de l'autre côté de Valmont, a-t-il ajouté. À l'étang du Bercail. C'est le bon moment, juste au début du printemps.

— Je n'ai jamais pêché de ma vie, ai-je dit en souriant. Tu dois confondre.

— Comme si c'était hier, a-t-il déclaré sans tenir compte de ce que je venais de dire. J'ai encore le goût des tartines au fromage blanc sur les lèvres. Et des radis. »

Le beurre avait fondu dans la poêle et j'ai cassé un œuf, puis un autre, et l'odeur m'est montée au nez et j'ai soudain ressenti un haut-le-cœur, au point que j'ai été forcée de me contenir pour refouler ce qui venait de remonter dans ma gorge.

Je me suis écartée du réchaud, et je me suis passé une main sur le front. J'étais en nage.

« Est-ce que tu peux me dire où tu as rangé les cannes à pêche ? a encore demandé Léopold. Ça fait un petit temps que je ne les ai plus vues. Ne me dis pas que tu as encore été les fourrer au grenier ? »

Je suis partie en courant vers ma chambre, mais je ne suis pas arrivée à temps devant le petit lavabo. Je me suis mise à vomir, la tête penchée, une main sur les lèvres pour essayer de retenir ce qui débordait de moi.

Quand je suis revenue dans la cuisine, les œufs étaient si brûlés dans la poêle qu'ils ressemblaient à du goudron et une fumée âcre emplissait la grande pièce. Léopold n'avait pas bougé. Il a levé la tête et m'a souri comme si tout était on ne peut plus normal.

Josselin

On peut pas dire que ça puait, c'était bien pire. Dès qu'on approchait à moins de dix mètres de la maison, on avait cette odeur qui vous venait aux narines, un mélange de crottes de chien, de sueur et de viande pas fraîche. Je vous jure, c'était à croire qu'il était devenu cinglé, Maurice.

Je lui avais déjà seriné un millier de fois, il fallait qu'il réagisse, il pouvait pas continuer de cette manière. Mais Maurice en avait jamais fait qu'à sa tête. Ce coup-là, on peut dire qu'il avait légèrement dépassé les bornes. J'arrivais encore à lui faire quitter la maison de temps à autre pour aller boire un verre ou deux au *Moonlight*, mais il avait plus de goût à ça, c'était clair.

En tout cas, c'était pas comme ça qu'il réussirait à la récupérer, sa Madeline. Même si il y avait pas grand-chance qu'elle repointe son nez dans la région. Mais avec les femmes, il faut s'étonner de rien. Elle était plus avec son serveur, à ce que j'avais entendu dire, mais c'était pas pour ça qu'elle avait rappliqué chez Maurice. Elle serait d'ailleurs pas restée une minute dans le boxon qu'était devenu cette baraque, depuis que le berger avait été blessé.

Maurice s'en était occupé comme si c'était son bébé. Faut croire qu'il était déjà en train de dérailler un peu avant cette affaire, et que ça avait fait qu'empirer son état. Il avait installé le clebs dans le salon, au milieu du canapé où jusque-là il prétendait pas que je m'assoie quand j'avais un pantalon pas trop propre. Et le chien était resté crapoté dans ce satané divan, avec Maurice qui lui apportait sa pâtée et qui l'essuyait avec des larmes dans les yeux quand le berger avait chié ou pissé. C'était ça, une large partie de la puanteur, il y avait pas à chercher longtemps.

Maurice, il avait essayé de soigner la blessure du chien, mais sans doute qu'il avait pas trop la notion d'un vétérinaire, parce que je crois qu'il avait fait pire que mieux, avec une sorte de bandage qu'il faisait tremper dans un désinfectant, et qu'il enroulait autour de l'épaule du berger. On voyait que ça lui faisait pas trop de bien, parce que j'avais assisté à une des séances, et le chien avait bien failli lui attraper la main et lui planter les crocs dedans alors que Maurice était occupé à l'enrouler dans les pansements, pareil à un gros boudin enveloppé de gaze blanche. Je vous jure, si ça avait pas été à se flinguer de voir ça, de voir son propre frère se mettre à perdre la boule et de rien pouvoir faire.

Je serais bien venu m'installer à demeure chez lui, Maurice, d'autant que j'avais plus trop de quoi me payer une chambre, même chez la vieille Josiane, même avec le crédit qu'elle acceptait de me faire en échange de petits services, mais le fait est que les odeurs avaient commencé à me chavirer l'estomac. À croire que le chien était en train de pourrir de l'intérieur. En tout cas, il bougeait plus du tout du canapé, et Maurice dormait à côté de lui sur un lit de camp, je comprenais pas comment il pouvait supporter ça.

J'en étais à espérer que le chien clamse le plus vite possible, après quoi on reprendrait les choses à zéro avec Maurice, en espérant qu'il retrouverait ses esprits. La seule autre chose qui le faisait tenir, en plus de s'occuper du berger blessé, c'était de penser à Céline. Faut croire qu'on était queques-uns à y penser, à celle-là. À peu près tous les types qui arrivaient encore à bander pensaient à elle, d'après ce que j'avais pu comprendre en parlant autour de moi. Et ptêtre même que ceux qui bandaient plus se faisaient quand même des idées avec elle dedans, en comptant que ça allait réveiller les morts.

Bon, faut avouer que je m'étais bien servi de ça aussi, quand la vieille Josiane montait jusqu'à ma chambre avec son déshabillé en dentelle transparente. La tête à Céline venait se plaquer sur ses joues flapies et les nibards de Céline prenaient la place de ses vieilles pendouilles, et c'était le cul de Céline que j'écartais des deux mains et pas les fesses molles de Josiane.

Mais Maurice, lui, c'était pas de cette manière qu'il y songeait, à Céline. Je pense qu'il avait plutôt dans l'idée de lui faire payer ce qu'elle avait fait à son chien. C'était même sûr et certain. Et il se contenterait pas de lui flanquer une torgnole ou quoi. Il ruminait des vengeances plus cruelles.

Léopold

L'étang du Bercail n'était plus qu'une large flaque de vase brune et verdâtre, et ça n'avait plus grand-chose à voir avec l'endroit où je venais pêcher. On aurait dit que la Blondeuse s'était asséchée ou bien qu'elle avait été détournée de son cours. Je n'avais pas mis les pieds dans le coin depuis bon nombre d'années, il faut l'avouer. J'avais perdu l'envie de pêcher depuis que Georges n'était plus là, d'autant plus que Jeanne n'appréciait pas trop les carpes qu'il m'arrivait de ramener.

« De toute manière, j'ai dit, étang ou pas, on n'aurait pas pu lancer l'hameçon, vu que tu n'as pas retrouvé les cannes. »

Elle se tenait un peu à l'écart, comme si elle craignait de déraper sur la berge et de valser à l'eau. Le temps était frais, mais on sentait qu'il suffirait d'un rien pour que le soleil se montre et qu'il commence à faire vraiment doux.

J'ai écarté les buissons qui proliféraient autour de l'étang, et j'ai essayé de repérer le cours de la Blondeuse. Ça sentait la terre humide, alors qu'il n'avait pas plu depuis plusieurs jours, à croire que le sol était comme une grosse éponge remplie d'eau.

« On avait l'habitude de venir se promener ici le dimanche, j'ai ajouté en me tournant vers elle.

— Je m'appelle Céline », elle a dit.

J'ai souri.

« Bien sûr. »

J'ai fini par dénicher le filet saumâtre qui alimentait l'étang. Il avait pris une couleur rouille, avec des reflets huileux, et s'écoulait comme à regret en direction de l'étang. Aucun poisson n'aurait pu survivre dans une eau pareille. La Blondeuse n'avait jamais été très abondante, mais là, c'était la fin. Sans doute que dans un an ou deux, le lit serait complètement à sec. Et l'étang achèverait de pourrir une fois pour toutes.

« Il y a quelqu'un, elle a soudain dit derrière moi. Il y a quelqu'un qui vient.

— Quoi ? »

Je me suis retourné un peu trop vite, alerté par le ton de sa voix, et mon pied s'est enfoncé dans la vase et j'ai failli basculer de côté.

« Léopold, ça va ?

— Oui, oui », ai-je répondu pour ne pas l'alarmer.

Mais en fait, je ne parvenais plus à retirer mon pied du trou dans lequel il s'était coincé. J'ai plié la jambe et j'ai essayé de porter mon poids sur mon bras gauche, en tirant de l'autre main sur ma cuisse. J'avais déjà de la boue jusqu'au mollet. J'ai senti un tressaillement douloureux dans ma poitrine alors que je faisais l'effort de ramener ma jambe.

Mon pied a fini par se dégager avec un bruit de gargouille. J'ai poussé un soupir en me redressant.

« Vous êtes toute seule ? a demandé une voix que je ne connaissais pas.

— Non, a-t-elle répondu. Je suis… Je suis avec un ami.

— Ah bon ?

— Léopold ! a-t-elle crié. Qu'est-ce qui se passe ?

— J'arrive », ai-je dit, en examinant ma chaussure et le bas de mon pantalon gluants de vase.

J'ai retraversé la ligne de buissons et j'ai aperçu un grand gaillard qui portait des lunettes noires et une fine barbe qu'on aurait crue dessinée sur la peau de ses joues et de son menton.

« Tu es tombé ? m'a-t-elle demandé.

— C'est vicieux, ces terrains-là. »

Je sentais mon pied trempé à l'intérieur de ma chaussure.

« Je crois bien que je me suis perdu, a dit le type avec un geste en direction du chemin où j'avais laissé l'Opel.

— Vous ne connaissez pas le coin ? » ai-je demandé.

Il a eu un petit rire sec, comme pour se moquer.

« Oh, ça, non. Je ne suis pas d'ici. Pas du tout d'ici. Disons que je me balade.

— C'était un endroit agréable, dans le temps. »

Il n'a pas eu l'air convaincu par cette idée.

« Si on rentrait ? a demandé Céline.

— Déjà ? On vient d'arriver.

— Je peux vous demander un service ? » a repris le type.

Il a soulevé ses lunettes noires et il a souri à Céline.

« Quel genre ? a-t-elle répliqué.

— Vous êtes en voiture, non ? Elle est bien à vous, l'Opel garée là-bas ? »

Céline m'a regardé sans répondre.

« C'est exact, ai-je fini par dire.

— Est-ce que vous pourriez me remettre sur le chemin de Valmont ? a repris le gars. Parce que ça fait une plombe que je tourne en rond dans la campagne, et j'ai l'impression que je ne retrouverai pas ma route tout seul.

— Valmont, c'est par là, a-t-elle dit. Ce n'est pas très compliqué. Dès que vous arrivez au bout du sentier sur lequel vous vous êtes arrêté, vous prenez à droite. »

Le type a hoché la tête. Avec ses lunettes sur le front, il avait l'air encore plus con qu'au début.

« Ça m'a l'air facile, dit comme ça, a-t-il déclaré.

— Léopold ! a fait Céline en venant vers moi. Tu saignes ? »

Ce n'est qu'à ce moment-là que j'ai senti le goût dans ma bouche. J'avais la langue pâteuse. D'habitude, ça vient quand je tousse trop fort, mais là, c'était sans doute à cause de l'effort que je venais de faire pour dégager mon pied. Je me suis frotté le bord des lèvres, mais le sang avait déjà coulé sur mon menton.

« Je me suis mordu la langue, ai-je dit. Ne t'en fais pas, c'est rien.

— Vous saignez souvent comme ça ? a demandé le type.

— Pourquoi ? Vous êtes médecin ? a fait Céline.

— Pas vraiment, a dit le gars. Mais à votre place, j'irais en voir un.

— Rentrons, a-t-elle dit. Si tu ne te sens pas bien, il vaut mieux t'allonger.

— C'est bon, c'est passé, ai-je dit. Je n'ai pas envie de m'allonger. Si on allait plutôt prendre un verre à Valmont ? On pourrait montrer le chemin à ce monsieur perdu. »

Elle a hésité. Le ciel s'est soudain dégagé, et le soleil est apparu dans un trou au milieu de la couverture de nuages.

Céline est partie en direction du sentier et je l'ai suivie. Au passage, le type m'a adressé un clin d'œil, sans que je comprenne ce que ça pouvait bien signifier. Il était sans doute aussi idiot qu'il en avait l'air.

Il avait laissé sa voiture juste derrière l'Opel. C'était un gros tout-terrain BMW bleu aux vitres teintées. Il m'a semblé apercevoir quelqu'un sur le siège passager, mais c'était difficile à dire à cause des reflets.

J'ai voulu prendre le volant, mais elle m'en a empêché.

« Je vais conduire, Léopold. Je crois que ça vaut mieux, non ? »

Elle tendait la main pour que je lui donne les clés.

« Tu sais conduire maintenant ?

— Il y a pas mal de choses que je sais faire et que tu n'imagines même pas », a-t-elle rétorqué.

Elle semblait fâchée pour une raison ou une autre. Elle fronçait les sourcils. La lumière est venue l'éblouir en face, et elle a baissé le pare-soleil, tout en regardant dans le rétroviseur. Le type était rentré dans son véhicule.

Céline s'est retournée pour l'observer.

« Qu'est-ce que...

— Quoi ? ai-je demandé.

— Il n'est pas tout seul », a-t-elle ajouté.

Puis elle a mis en marche et elle a démarré aussitôt, très vite, sans attendre que le type nous suive. J'ai entendu le moteur de la BMW gronder derrière nous.

Au bout du sentier, Céline a pris sur la gauche et elle a accéléré en poussant les vitesses. J'ai jeté un coup d'œil par-dessus mon épaule. Le tout-terrain est apparu débouchant du sentier, puis je l'ai perdu de vue au moment où Céline virait à nouveau à gauche, en faisant crisser les pneus.

« Qu'est-ce qui te prend ? » ai-je demandé.

Elle se cramponnait au volant, elle n'a pas répondu. Elle a continué de foncer sur la route sinueuse qui traverse la forêt, frôlant à chaque virage les branches basses et les bosquets d'épineux.

« À ce rythme-là, on va se prendre un arbre, j'ai dit. T'as peur de quoi ? »

Ses lèvres étaient pincées comme si plus jamais un mot n'allait en sortir.

Je me suis frotté le coin de la bouche avec mon mouchoir, et je l'ai rangé dans ma poche sans même vérifier ce que j'avais pu essuyer. Sans doute des traînées de sang brun, comme d'habitude. Ce n'est jamais très abondant. Ça m'a fait songer à la Blondeuse qui avait disparu peu à peu et que plus personne bientôt ne connaîtrait plus. Tant que ça coule, c'est que c'est en vie, que je me suis dit, mais c'était une drôle de façon de se rassurer, et ça n'a guère marché.

On a fini par déboucher au milieu des champs. Céline a ralenti, puis elle a roulé jusqu'à la grange où les Chastain mettaient leur foin, dans le temps. Ils étaient tous morts, les Chastain, Georges le premier, ça faisait dans les dix années de ça, et le dernier des fils était parti et la grange tombait en ruine.

Céline a arrêté l'Opel devant la grande porte dont un des battants bâillait au point qu'on pouvait craindre qu'il s'effondre d'un moment à l'autre. Plusieurs ardoises du toit avaient été emportées lors de la grosse tempête, et plus personne n'avait pris la peine de venir réparer.

Céline est sortie de la voiture et elle s'est appuyée à la portière, et j'ai vu que sa main était agitée de petits mouvements nerveux.

« Tu m'expliques ? j'ai dit.

— Expliquer quoi ?

— Pourquoi tu t'es encourue comme ça. C'est ce type qui t'a fait peur ?

— J'ai cru reconnaître quelqu'un dans sa voiture. Quelqu'un que je préfère ne plus jamais rencontrer.

— À mon avis, t'as plutôt cru voir un fantôme, ai-je dit. Pour détaler à cette allure. »

Elle s'est rassise au volant. Elle a remué lentement la tête, plongée dans ses pensées.

« Oui, qu'elle a fait. Un fantôme. C'est sans doute ça. »

Elle s'est passée une main sur le ventre sans rien ajouter. Une corneille est venue se percher sur le toit de la grange aux Chastain et s'est mise à croasser tant et plus, preuve qu'on la dérangeait dans ses occupations. Et elle a continué de criailler de la sorte jusqu'à ce que Céline remette l'Opel en marche pour rentrer chez nous.

Céline

Si ça n'avait tenu qu'à moi, j'aurais filé sans même repasser à la ferme chercher mon sac et mes affaires. J'avais déjà attendu trop longtemps, et voilà qu'arrivait ce que j'avais redouté depuis plusieurs semaines. Mais Léopold avait l'air vraiment mal en point. Depuis qu'il était entré dans l'Opel, il était affalé sur le siège à côté de moi, le visage pâle comme de la craie, et il respirait difficilement. Le sang qui avait coulé de la commissure de ses lèvres n'était pas un signe de grande santé, c'était clair. C'était ce qu'avait dit le grand barbu, et il avait raison. Est-ce que Michel m'avait retrouvée ? Et comment ? Il avait dû poser des questions à gauche et à droite. Les gens avaient parlé. Les gens aiment parler, et dans cette campagne peut-être encore un peu plus qu'ailleurs.

J'ai repris la direction de Valmont, en guettant les véhicules qu'on croisait, prête à repartir en trombe, mais le 4 × 4 ne s'est pas montré. Peut-être que je m'étais trompée après tout, en croyant le reconnaître à l'intérieur de la bagnole. Peut-être que ça n'avait rien à voir, que ce gars barbu était vraiment perdu dans le coin. Et que la personne restée dans l'habitacle n'avait rien à voir avec lui. Une illusion. Un fantôme, comme avait dit Léopold. Peut-être. Je préférais ne pas jouer le coup là-dessus.

Je me suis garée sur le terre-plein devant la grosse bâtisse aux fenêtres décorées de voiles de dentelle. On aurait dit que Léopold s'était endormi. La chair de ses joues était rentrée à l'intérieur, avec des poils de barbe gris qui pointaient çà et là. Il respirait encore, en tout cas.

J'ai grimpé les marches du perron et j'ai sonné, mais personne n'est apparu. J'ai essayé de voir s'il y avait quelqu'un à l'intérieur, en me penchant pour scruter au travers de la vitre translucide de la grosse porte en fer.

« C'est pourquoi ? » a demandé une voix venant d'en haut.

Une femme se tenait penchée à la fenêtre du premier.

« Le docteur ? ai-je dit. Est-ce que le docteur est là ?

— Le docteur est en visites, a répondu la femme.

— Je suis avec Léopold, ai-je ajouté en montrant la voiture.

— Hmm, a fait la femme. Je sais.

— Vous savez ? Vous savez quoi ? »

Elle a haussé les épaules. Elle avait des bras boudinés dans les manches d'une robe trop étroite.

« Je sais qui vous êtes, elle a repris.

— Ouais, bon, ai-je dit. Je crois que Léopold est en train de faire un malaise. Il faudrait l'examiner.

— Ça ne m'étonne pas, a dit la grosse dame.

— Puisque vous savez tout et que rien ne vous étonne, vous pourriez me dire où je peux trouver le docteur, parce que je n'ai pas vraiment de temps à perdre à discuter de ça avec vous. »

Elle a refermé la fenêtre d'un coup sec sans répondre. J'ai patienté un moment, avec l'espoir qu'elle apparaisse derrière la porte vitrée, mais elle ne s'est pas montrée. J'ai tapé sur la paroi, tout en sachant que ça ne servait à rien. Cette histoire commençait à me mettre les nerfs en pelote. Vous pouvez vous dire que quand les choses se mettent à déconner, ça dégénère très vite.

Je ne savais même pas s'il y avait un autre médecin dans la région.

La grosse n'est pas réapparue. Je suis revenue vers l'Opel et j'ai alors vu une voiture qui s'avançait sur le terre-plein, et au volant j'ai reconnu le docteur qui avait soigné mes morsures.

Je n'ai pas attendu qu'il quitte son véhicule et je suis allée ouvrir sa portière.

« Léopold n'est pas bien, ai-je dit. Il a craché du sang. »

Le médecin a hoché la tête d'un air entendu.

« Léopold est un vieil entêté.

— Et alors ?

— Il aurait dû faire soigner ses poumons depuis longtemps. »

Il m'a écartée pour sortir. Il avait l'air vieux lui aussi, fatigué, les cheveux plaqués sur son crâne, la peau luisante de sueur. Tous les habitants de ce pays ne semblaient plus vivre que par habitude. Il fallait que je parte, il fallait que je quitte cette région occupée à crever, surtout depuis que je savais ce que j'avais dans le ventre. Une raison de plus pour ne pas rester dans le coin plus longtemps.

« Vous allez l'examiner, non ? ai-je demandé en voyant le médecin se diriger vers chez lui. Il est là, dans l'Opel.

— Je l'ai examiné à plusieurs reprises déjà au cours des dernières années, a-t-il répondu. Je ne vois pas ce que je pourrais découvrir que je ne sais déjà.

— Mais vous êtes un salaud. Je vous dis qu'il va mal.

— Oh, mademoiselle, a-t-il répliqué. Je ne pense pas que vous soyez la personne la plus indiquée pour porter des jugements de morale.

— Espèce de con. Vraiment. Je ne sais pas si quelqu'un vous l'a déjà dit, mais vous êtes un gros con.

— Bien évidemment, a-t-il déclaré. Venant d'une spécialiste, cette affirmation ne peut être que la pure vérité. »

J'ai failli lui envoyer mon poing au visage. Ça n'a tenu qu'à un fil. Il se tenait là devant moi, dans son costume de croque-mort, une grimace sur le visage. Derrière lui, à travers la vitre translucide, j'ai vu sa grosse femme engoncée dans sa robe à fleurs, comme une baudruche prête à éclater, qui guettait la scène par la porte entrebâillée.

J'ai couru me mettre au volant et j'ai démarré. Léopold n'avait apparemment pas rouvert les yeux depuis que j'étais sortie de l'Opel. Il se tenait la poitrine d'une main, et l'autre pendait entre les sièges comme s'il cherchait à empoigner le frein à main.

J'ai filé jusqu'à Valmont. J'étais à peu près sûre qu'il n'y avait pas d'autres docteurs dans ce foutu patelin, si bien que j'ai continué sans m'arrêter, à près de cent à l'heure. On était samedi et c'était jour de marché sur la place. Les derniers commerçants repliaient leurs étals. J'ai failli écraser deux ou trois personnes qui rentraient chez elles avec leurs achats.

Je ne me souvenais plus de ce qu'il y avait de l'autre côté de Valmont. C'était comme si j'avais inconsciemment rayé tout ça de ma mémoire. Effacer les traces. Là, je revenais en quelque sorte sur mes pas. À combien de kilomètres se trouvait le village le plus proche ? Il aurait mieux valu partir dans l'autre sens, mais il était trop tard à présent pour faire demi-tour.

On a traversé la forêt au milieu de laquelle Léopold m'avait trouvée engourdie par le froid et la neige. Ce coup-ci, c'était lui qui était mal en point et moi qui tenais le volant.

Je l'ai senti bouger, toujours affalé sur le siège passager. J'ai ralenti pour ne pas nous envoyer dans le décor et je me suis tourné vers lui pour voir ce qu'il lui arrivait. Il avait la bouche entrouverte. Il a cillé un moment, avant de fixer son regard sur moi.

« Jeanne, il a murmuré, Jeanne, fais quelque chose. J'ai mal. »

Je n'ai rien répondu, parce que avant que j'aie trouvé la bonne réplique, un trait de lumière a soudain fusé d'entre les arbres, pour venir éclairer l’Opel. Cette lueur s’est répandue dans l’habitacle, douce, orange et veloutée, et ça a fait naître au bas de mon dos un frisson qui m’est remonté jusque dans la nuque.

Josselin

Le samedi, des fois, à cause du marché ou je sais pas quoi, on voit des têtes qu'on connaît pas. Des gens qui viennent à Valmont pour traîner ou pour boire un verre, à croire qu'ils ont vraiment que ça à foutre dans la vie. Alors que je donnerais mon bras gauche pour me tirer de ce patelin de merde une fois pour toutes. Mais pour aller où ? Le fait est qu'à Valmont je peux m'en sortir plus ou moins. La seule fois où j'avais passé une quinzaine en ville, j'avais bien failli crever sans que les gens s'en aperçoivent. J'aurais bien vendu mon cul pour avoir à bouffer, mais il y a personne qu'en avait voulu.

J'étais installé à ma table au fond du *Moonlight*, scrutant les gens qui allaient et venaient, quand j'ai vu Maurice qui entrait. Il est venu s'asseoir à côté de moi et il a pris mon verre et il l'a vidé d'un coup.

« C'est les chiottes qui puent comme ça ? il a demandé.

— Richard, il a jamais trop forcé sur le nettoyage », j'y ai répondu.

Depuis que sa Madeline s'était tirée avec le

serveur, il avait plus mis les pieds au *Moonlight*, Maurice. La semaine passée, un gros saoulard était tombé sur la porte des chiottes et il l'avait à moitié arrachée. Richard, le patron, avait pas encore pris la peine de la remettre en place ni rien, si bien que ça circulait pas mal, question relents. D'un autre côté, Maurice, il dégageait lui aussi queques odeurs pas trop appétissantes, ça avait pour ainsi dire imprégné ses fringues depuis qu'il chouchoutait son foutu clébard. Mais faut croire que c'est toujours la puanteur des autres qu'on sent, et pas la sienne. C'est un genre de leçon qu'on devrait jamais oublier.

« Il faut qu'on discute, a fait Maurice. Qu'est-ce que tu bois ? »

Il était prêt à me payer un verre, et ça signifiait qu'il avait un truc pas normal à me demander. Maurice, il se fend d'un verre juste quand il est sûr de le récupérer au double. C'est comme ça qu'il a réussi dans la vie.

Sans attendre que je réponde, il est allé au comptoir et il a ramené deux verres et une bouteille de whisky. La dernière fois que Maurice s'était payé une bouteille entière, je crois bien que c'était quand Madeline avait accepté de se faire planter des faux nichons, c'est dire si ça remontait. Le truc pas normal qu'il comptait me proposer, ben, ça allait carrément être de l'inédit.

Il m'a servi un verre à ras bord, et je l'ai bu aussitôt avant qu'il se ravise.

« Je pensais bien te trouver ici », qu'il a dit.

Ça m'a soudain fait penser qu'il était sorti de chez lui, ce qu'était pas arrivé depuis lurette.

« Ton chien ? j'y ai demandé. Il va mieux ou quoi ? »

Maurice, il a serré les dents puis il a bu une large rasade avant de lâcher :

« Je l'ai enterré pendant la nuit.

— Ah.

— Elle va pas l'emporter au paradis, il a précisé.

— C'est rapport à Madeline, ce que tu veux me parler ? j'y ai demandé. Tu voudrais qu'on se mette à sa recherche ? Je t'ai déjà dit que ça servait à rien de la ramener de force.

— C'est pas ce sujet-là, qu'il a fait. C'est l'autre salope, chez Léopold. »

Maurice, il y avait queque chose dans ses yeux que je parvenais pas à saisir, un genre de voile comme s'il avait trop bu. Je l'avais déjà vu plus d'une quand il avait trop bu, mais ce voile-là, c'était nouveau. Il avait pas dû dormir de la nuit, avec son chien et tout. Ptêtre même qu'il avait pleuré, qui sait ? Je l'avais jamais vu pleurer, mais il faut un début à tout.

« Qu'est-ce que tu as dans l'idée ? j'y ai demandé.

— Je vais la flinguer, qu'il a dit au bout d'un moment. Et si tu veux la sauter avant, te gêne pas. De toute manière, elle ira pas se plaindre.

— Je sais pas si t'es au courant, mais on peut pas tuer les gens comme ça, Maurice. Le Seigneur a pas prévu qu'on puisse faire la justice de soi-même.

— Tu sais où tu peux te le mettre, ton Seigneur ? qu'il a dit, mauvais.

— Ouais, ben c'est dommage pour toi. Sans compter que tu risques de te faire choper par la flicaille. Tu peux pas débouler comme ça chez Léopold et lui tirer dessus, à la fille Céline.

— C'est pour ça que j'ai besoin de toi », il a fait.

Il m'a resservi à ras bord, mais qu'il croie pas que c'est en me bourrant la gueule qu'il arriverait à me faire changer d'avis sur la question.

« Si on retrouve pas le cadavre, c'est comme si c'était rien passé, a dit Maurice.

— C'est à voir, j'ai dit.

— C'est tout vu.

— Le Seigneur en sera informé, mais sans doute que c'est le moindre de tes soucis. »

Il a ricané.

« Ça, c'est bien sûr.

— Et Léopold ? j'ai ajouté. Il va jamais accepter de te laisser faire à ta guise. Il y tient, à la Céline.

— Il y a aussi un compte avec Léopold, qu'il a dit. Il peut faire partie du règlement. C'est pour ça qu'il vaut mieux qu'on soit deux. »

J'ai froncé les sourcils.

« Quel compte il y a avec Léopold ?

— Histoire de famille, il a dit.

— Celle de toi et moi ? »

Il a haussé les épaules.

« Ben oui. Sinon, je dirais pas ça.

— Quoi ça ?

— En plus de ça, je sais qu'il a planqué des lingots quelque part, Léopold.

— Des lingots ? De quoi tu causes ?

— De l'or, qu'il a dit en me regardant bien en face. Tu saisis ? Léopold, il a des lingots d'or.

— Comment tu sais ça ?

— C'est le père François qui me l'a dit. »

J'y pigeais plus grand-chose.

« Pourquoi c'est-y qu'y me l'a jamais dit, à moi ? »

Maurice, il a haussé les épaules.

« Fais-moi confiance, Josse. Je sais ce que je dis. »

Ça commençait à faire beaucoup de confiance, de mon côté, surtout.

« Si t'es pas partant, il a repris, je me débrouillerai tout seul. J'ai décidé. Mais faudra plus venir pleurer quand tu seras dans la merde.

— Je crois qu'on ferait bien d'y penser encore un peu, j'ai dit. Ressers-moi donc, que je réfléchisse. Où qu'on irait s'en débarrasser, du cadavre, d'après toi ? »

Mais bon, avec ce qu'il venait de me dire, rapport à ce que je pourrais faire à Céline avant qu'il la flingue, Maurice, c'était devenu difficile de me concentrer sur autre chose, j'avoue.

Léopold

Ce jour-là, on était partis dans la voiture à Georges, il avait une Ford Capri blanche avec des sièges baquets et sa femme disait qu'il avait fait une folie d'acheter ça, parce qu'ils étaient pas riches à l'époque, ils l'avaient jamais été, vu que Georges dépensait tout ce qu'il gagnait avec leur ferme, leurs vaches et le lait. C'était lui qui payait tout quand on allait pêcher et il se contentait pas de payer les bouteilles de bière et les sandwiches aux œufs et au jambon, il payait aussi les extras, c'est ainsi qu'il les appelait, c'était les filles de chez Louise qu'on allait voir quand on en avait marre de pêcher, ce qui arrivait d'ordinaire le samedi en début de soirée, et si Jeanne avait jamais su ça, elle en avait jamais rien dit et moi non plus.

Ce jour-là, il faisait chaud et les mouches se posaient sur vos bras et votre nuque, énervées par la canicule, décidées à vous piquer malgré les grands gestes qu'on ne cessait de faire pour les chasser, et Georges avait décidé qu'on ne pouvait pas pêcher dans ces conditions, il était allé s'allonger à l'ombre en piochant régulièrement dans la glacière pour en tirer les bouteilles une à une, tandis que je m'acharnais à lancer mon fil encore et encore, comme si je voulais avoir une excuse pour m'arrêter quand j'aurais attrapé la première truite, mais ça n'était même pas arrivé. Je portais mes cuissardes et je percevais la fraîcheur du courant au travers du caoutchouc et de temps à autre quelques gouttes qui me sautaient au visage quand je faisais un mouvement pour lancer. Puis, j'avais senti quelque chose venir se cogner à ma cuisse et j'avais baissé les yeux et j'avais vu le cadavre d'un renard qui flottait à la surface, le ventre boursouflé, des touffes de poils partant en charpie, et malgré tout, le regard fixé sur moi.

J'avais fait un bond en arrière et j'étais tombé dans la flotte, et je m'étais secoué de toutes parts pour me débarrasser de cette charogne qui s'accrochait à moi. Et en me redressant j'avais entendu le rire de Georges et je crois bien que s'il avait été à côté de moi je lui aurais envoyé mon poing à la gueule alors que j'avais jamais fait ça pour qui que ce soit.

Je ne sais pas pourquoi j'acceptais qu'il paie tout, à chaque fois qu'on allait pêcher, mais c'était ce qui s'était passé depuis la première fois, et après ça, on n'en avait plus reparlé. Il gagnait pas beaucoup, mais je gagnais encore moins, il faut le dire, je n'avais jamais été très vaillant, même si j'essayais de donner le change en passant des journées entières dans les champs, pour faire croire à Jeanne que je travaillais, alors que je passais le plus clair de mon temps à rêvasser, perché sur mon tracteur.

Je m'étais redressé en toussant pour chasser l'eau qui m'était entrée dans la bouche et dans le nez, et j'avais suivi des yeux la dépouille du renard emportée par les eaux froides, elle tournoyait sur elle-même avec une lenteur tout à fait horrible, semblant regretter de s'éloigner, et je sentais encore le choc sur ma cuisse, je me suis retourné pour voir s'il n'y en avait pas d'autres qui venaient vers moi, comme si on avait jeté à la rivière une meute entière de renards morts pour les envoyer dans ma direction, et ce soir-là, chez Louise, j'avais même pas pu me concentrer assez pour faire honneur à l'extra et ça s'était terminé en parfaite déconfiture.

L'orage avait éclaté pendant la nuit, alors que Georges ronflait dans la tente et que j'étais éveillé dans l'obscurité la plus profonde, clignant des yeux pour tenter d'apercevoir les montants métalliques et la toile mais sans rien distinguer, plongé dans un noir si épais qu'on aurait pu le toucher, la main entre mes cuisses à vérifier si j'allais encore pouvoir un jour me servir de cet engin mou pour autre chose que pisser, quand j'ai vu le premier éclair illuminer la toile comme si on venait d'allumer un feu brusquement au-dessus de la tente.

Je me suis tourné vers Georges et j'ai vu ses yeux renvoyer l'éclat de lumière vers moi et il avait le visage fin et le museau en pointe d'un renard et son regard était tout pareil à celui que m'avait jeté la carcasse pourrissante de l'animal dans la rivière. Si bien que j'ai eu un sursaut de frayeur, sans comprendre ce qui m'arrivait, et mon cœur s'est mis à battre et j'ai senti une sueur glacée m'inonder le front. Je suis sorti de la tente, épouvanté par ce que je venais de voir, et la pluie s'était mise à tomber et en quelques instants j'ai été trempé de la tête aux pieds, avec au-dessus de moi le fracas de l'orage. Le vent rugissait dans les arbres et les branches ployaient et se mêlaient les unes aux autres dans une sarabande infernale, illuminées de temps à autre par les éclairs cisaillant le ciel, émergeant des obscurités pour y replonger aussitôt, vous laissant des taches de phosphore au fond des yeux.

Au bout d'un moment, je ne sais combien de temps ça m'a pris, j'ai réussi à me calmer suffisamment pour me pencher à nouveau dans l'ouverture de la tente. Georges s'était tourné et il était aussi immobile qu'un tas de pierres.

En m'éveillant au petit matin, j'ai compris que je m'étais endormi sans même m'en rendre compte. Georges avait déjà mis de l'eau à bouillir pour le café quand j'ai émergé de la tente. Le soleil montait au-dessus des arbres rincés par l'orage, une odeur de nouveau monde flottait sur le pré dans lequel on s'était installés, et aucun de nous n'a jamais évoqué ce qui avait bien pu se passer au cours de cette nuit-là.

Céline

Il y avait juste assez dans le vieux portefeuille de cuir de Léopold pour régler le médecin que j'avais fini par trouver, en demandant à gauche et à droite et en perdant beaucoup de temps en m'égarant dans la région que je ne connaissais qu'à peine.

Ce médecin-là était un jeune type d'une trentaine d'années qui avait l'air aussi docteur que moi, même s'il y avait une plaque sur sa porte. Il m'a contemplée d'un drôle d'air fouiller les poches de Léopold et sortir l'argent pour le payer, sans faire de commentaires.

Léopold avait plus ou moins repris connaissance depuis qu'il avait reçu sa piqûre. D'après le médecin, il avait fait une attaque cardiaque, en plus d'autre chose, liée à l'état de ses poumons, ce qui expliquait le sang qu'il crachait. Il fallait l'emmener au plus vite dans un hôpital, parce que ce docteur n'avait pas les moyens de le soigner là dans son cabinet tout neuf où il n'y avait à peu près qu'une banquette pour allonger les malades et une balance. Il avait rédigé une longue note qu'il avait glissée dans une enveloppe avant de me la tendre en échange de l'argent que je lui remettais. Il m'avait aidée à transporter Léopold jusqu'à la voiture, en me répétant une fois de plus de ne pas tarder à hospitaliser mon père. J'avais dit que c'était mon père. Il avait l'âge pour ça. Il aurait dû m'avoir assez tard, genre vers les quarante-cinq ou cinquante. Tout à fait différent de mon vrai père. Qui n'avait que vingt ans et des poussières de plus que moi. Pour ce que j'en savais.

Je ne connaissais même pas le nom de la ville où je m'étais arrêtée pour trouver ce docteur. Quant à l'hôpital, le Saint-Jean, il se trouvait au croisement des deux routes principales qui sillonnaient la région, à une dizaine de kilomètres, d'après le médecin qui avait tenu à me fournir des explications détaillées sur la manière d'y arriver, et que j'avais aussitôt oubliées.

Je me suis remise au volant après avoir couché Léopold sur la banquette, en repoussant les cannes à pêche et le panier avec le pique-nique que j'avais préparé le matin. Quand j'ai laissé le docteur derrière moi, le soleil entamait déjà sa descente derrière les grands arbres. Je me sentais malade moi aussi, je devais retenir des haut-le-cœur comme si j'allais vomir d'un moment à l'autre, et en même temps j'avais faim et soif. Pour combler le tout, un mal de tête s'était installé à l'arrière de mon crâne. J'ai soudain songé au fait que je n'avais plus que quelques centimes sur moi et que je n'avais pas les papiers de Léopold et que sans doute ils n'accepteraient pas de le prendre en charge à l'hôpital.

J'ai donc repris le chemin de la ferme avant d'arriver à l'embranchement dont m'avait parlé le médecin. Je savais que Valmont devait plus ou moins se trouver de l'autre côté de la forêt qu'on était en train de traverser, même si pour moi tout ça se ressemblait encore au point qu'on pouvait confondre.

J'ai vu un panneau annonçant Beauchamp et j'ai compris que je ne m'étais pas trompée. J'ai aspiré un grand coup, en espérant ne pas arriver trop tard à cet hôpital, après avoir fait ce crochet jusqu'à la ferme. Je roulais à toute vitesse sur les routes sinueuses, en dépassant les autres voitures sans faire très attention, ce qui m'a valu des appels de phares et des coups de klaxon de celles qui venaient en face, obligées de freiner pour ne pas me rentrer dedans.

Josselin

Je me suis redressé d'un coup en entendant quelqu'un me siffler comme pour appeler un chien. J'étais dans le salon de Maurice, affalé dans son vieux fauteuil, en train de réfléchir à je sais pas quoi. J'ai été si surpris que mes pieds ont cogné la table basse quand j'ai voulu me relever et mon verre s'est renversé et le whisky s'est mis à couler par terre. On avait emporté la bouteille pas tout à fait finie en partant du *Moonlight*.

« Ça sert à rien d'attendre plus longtemps, qu'a dit Maurice en revenant dans la pièce, occupé à remonter sa brayette. Puisque c'est décidé, on va y aller tout de suite. T'es prêt ? Je vais charger le fusil.

— Où c'est qu'on va ? »

Il m'a jeté un regard mauvais.

« Me dis pas que t'as déjà oublié, Josse ? On va régler son compte à la petite pute qui vit chez Léopold.

— J'ai pas eu l'impression d'avoir décidé que dalle », j'ai dit.

Je me demandais si j'allais reboire tout de suite

ou bien attendre un peu avant d'embrayer. Le fait est que j'avais la gorge pire qu'ensablée.

« T'es qu'une mauviette, a fait Maurice en quittant la pièce. Viens encore pleurnicher à l'avenir, tu trouveras à qui parler. »

Il est sorti en faisant claquer la porte bien fort derrière lui pour indiquer qu'il était déçu par moi et tout ça.

Ça sentait encore un peu le chien crevé dans la pièce, même si Maurice avait nettoyé, comme s'il voulait plus avoir la moindre trace de ce clébard autour de lui depuis qu'il était mort. D'ailleurs, il s'était même débarrassé de son autre chien, ou ptêtre que celui-là était parti de lui-même vu que ces derniers temps Maurice était si occupé par soigner le berger qu'il ne lui filait plus trop à bouffer. J'avais jamais saisi pourquoi il y avait plus que le chien blessé qui comptait à ses yeux. Je sais pas, ptêtre que de voir cette bête en train de crever lui avait rappelé des trucs. On a beau dire, c'est queque chose de comprendre qu'on connaît pas vraiment son propre frère.

Je me suis frotté dans le cou, j'étais resté trop longtemps plié dans ce satané fauteuil à écouter Maurice me seriner des histoires de quand il était avec Madeline et qu'il lui faisait ses quatre volontés et tout le reste, ce qu'était pas tout à fait vrai, parce que je me souvenais quand même des fois où il la tapait un petit peu quand elle obéissait pas assez vite à son goût.

J'ai avalé le fond de la bouteille direct au goulot, puis je suis allé dans la cour pour voir si Maurice était déjà parti. La lune était presque pleine au-dessus des arbres du fond. J'avais les yeux qui piquaient un peu et j'ai cru voir une ombre qui se glissait sur le sentier. Derrière moi, la maison était grise dans la lueur de la lune, toute tranquille, on n'aurait jamais pu deviner qu'il s'était passé là-dedans des affaires pas trop catholiques. Mais le Seigneur a détourné le regard bien des fois de sa créature, et spécialement quand celle-ci laisse s'exprimer toute la vilenie qu'elle a en elle. Le Seigneur a été dépassé par sa créature, et c'est pas par gaieté de cœur que je pense tout ça, faut bien le savoir, c'est pour l'avoir vu et l'avoir senti dans ma propre chair et dans celle des autres. Le Seigneur a été stupéfait de voir ce que devenaient ses créatures, parce que même avec toute sa science et tout son savoir, il ne pouvait pas se douter de quoi elles étaient capables. Bon, c'était pas tout ça, mais il fallait que je soye auprès de mon frère, si jamais il lui arrivait des bricoles, voilà ce que je me suis dit. Et aussi que j'allais ptêtre quand même pouvoir profiter des faveurs à la Céline, quand elle aurait le canon du fusil de chasse à Maurice pointé sur sa jolie petite frimousse.

J'ai marché en direction de la ferme à Léopold, derrière le rideau de peupliers qui dansaient dans le petit vent. La lumière de la lune jetait des taches comme du lait sur le sentier et j'avais l'impression de flotter à un petit centimètre au-dessus du sol, mais sans doute que c'était un effet du whisky, on sait jamais si on en a trop bu finalement. Je me suis glissé entre deux peupliers et je suis resté dans l'ombre en plissant des paupières pour voir si Maurice m'avait devancé et s'il était déjà arrivé à la ferme.

Quand le Seigneur s'est rendu compte de son erreur, il a essayé par tous les moyens de mettre fin aux agissements dépravés de sa créature, pour en terminer une fois pour toutes avec cette expérience qui se révélait de plus en plus désagréable. Mais malgré les efforts acharnés du Créateur, sa créature a résisté et elle a poursuivi sa funeste carrière au long des siècles et des siècles. Et c'est comme ça que le mal s'est répandu sur la terre et continue de le faire à chaque jour qui passe. Si vous voulez savoir pourquoi le mal est si répandu d'un bout à l'autre de la terre, il n'y a pas d'autres explications, vous pouvez bien vous creuser la cervelle, vous trouverez rien de plus véridique. Le Seigneur est pas bon, oh, ça non, il est au contraire acharné à la perte de sa créature, il est en rage de pas pouvoir s'en débarrasser et c'est pour ça qu'il la laisse agir à sa guise et qu'elle peut exercer sa vilenie et sa noirceur innommable sur ses semblables.

J'ai longé la rangée de peupliers jusqu'à l'entrée de la cour de la ferme à Léopold. Tout le monde semblait pour l'heure endormi, parce qu'on ne voyait nulle lumière dans la bâtisse. J'arrivais à marcher sans faire le moindre bruit, les pieds bien collés au sol ce coup-ci, les vapeurs du whisky s'étaient envolées d'un coup. J'y étais venu plus d'une fois, chez Léopold, du temps que sa femme elle était encore vivante. Elle m'aimait bien, la Jeanne, je sais pas trop pourquoi, elle me regardait avec un air de gentillesse quand elle avait l'impression que je le voyais pas, elle m'offrait une tasse de café et puis des biscuits, et on se parlait. Une fois, elle m'avait même donné de l'argent, des billets qu'elle avait sortis d'une boîte en fer avec le fils du Seigneur sur sa croix. Tout ça pendant que Léopold était aux champs. On aurait cru qu'elle me trouvait intéressant. Mais ça avait rien à voir avec la sorte d'intérêt que me portait la vieille Josiane. Non, non, la Jeanne, c'était un peu comme si elle s'imaginait que j'étais de sa famille. Ils avaient pas eu d'enfants, avec Léopold.

Quand j'ai été sûr qu'elle était bien vide, la maison, je suis entré dans la grande pièce et j'ai respiré. Je savais pas où c'est que Maurice avait bien pu passer. Ptêtre qu'il était parti faire le tour de la bâtisse, ce que je ne lui souhaitais pas, parce que la plupart des bâtiments étaient en sale état et menaçaient ruine, c'était rien de le dire. Le Léopold, il avait tout laissé aller à vau-l'eau et les toits des granges s'étaient peu à peu effondrés, les gerbes avaient moisi dans l'ombre et les rats s'étaient installés comme chez eux. Je le savais, parce qu'il m'arrivait de venir zieuter de temps à autre, dans l'idée d'apercevoir un spectacle ou l'autre, en particulier la Céline qui serait dans une attitude propice, sans trop d'habits sur elle en particulier. C'est comme ça que j'avais plusieurs fois croisé les rats, en train de fureter eux aussi, mais pas en quête de la même chose que moi, j'imagine.

Il se peut qu'on sente les choses rien qu'en respirant. Je me tenais dans un coin de la pièce, sans plus bouger qu'un mort. Le clair de lune entrait par les fenêtres et tout était bien calme aux environs. J'aurais pu rester là pendant des heures, à me souvenir des fois où je me tenais assis à la table, avec la Jeanne qui allait et qui venait, posant les tasses et la cafetière et la petite soucoupe avec les biscuits sucrés. Je suis passé dans la chambre de droite, parce que la porte était restée ouverte. Ça sentait le vieux, ce qu'était normal vu l'âge à Léopold. J'ai aperçu le grand lit et une image m'est passée devant les yeux avec Céline dedans et puis Léopold, mais c'était pas possible alors j'ai chassé cette affaire de mon esprit. Puis, vu que Céline m'était passée par la tête, ça a plus été possible de l'en tirer. Elle habitait là depuis des mois et c'était sûr qu'il y avait queque chose à faire avec ça, même si je tenais pas à être pris en train de fouiner si jamais quelqu'un rappliquait.

Je suis sorti de la chambre, j'ai traversé la grande pièce en me gardant de me cogner aux chaises et je suis allé dans l'autre partie de la maison. Avant même d'entrer là, j'ai su que c'était la chambre où qu'elle dormait, la petite Céline. C'était un vrai parfum qui flottait dans l'air, comme un fruit mûr mais juste assez, et ça m'a fait penser à la fente qu'elle avait entre les cuisses et à son cul bien rond et ma main s'est posée sur mon entrejambe et j'étais déjà dur rien qu'avec ça, preuve que c'était bien une petite salope et rien d'autre.

Elle rangeait ses culottes dans le tiroir d'une commode, fallait pas être très malin pour les dénicher. J'en ai pris une et je l'ai portée à mon nez.

J'avais l'impression d'avoir le visage contre sa chatte et si ça continuait, j'allais me branler dans cette chambre, ce qui était pas recommandé. J'ai pris quatre ou cinq culottes, j'en ai même trouvé une qui attendait d'être lavée, ce qu'était encore mieux, d'une certaine façon. J'ai mis le tout dans un sac à dos qu'était accroché au dossier d'une chaise, parce que je tenais quand même pas à être vu en train de me balader avec des culottes de fille dans mes poches. Et le sac, je l'ai enfilé à mon épaule avant de m'en retourner voir où c'est que Maurice avait bien pu passer.

Puis, vu que tout était toujours aussi tranquille, je me suis dit qu'il y avait pas de mal à y rester un peu plus dans cette chambre où que la fille avait habité. Si bien que je me suis allongé sur le plumard et que j'ai pris le gros polochon contre moi et que je l'ai serré et il avait l'odeur de ses cheveux et de sa peau et c'était comme si c'était Céline que je tenais dans mes bras, bien gentille et bien accueillante, et puis, voilà, de fil en aiguille comme on dit, l'affaire s'est faite, en douceur, avec plus de douceur et de tendresse que ce que j'avais pu connaître jusque-là, au point que j'en ai eu les larmes aux yeux.

Céline

J'ai fini par apercevoir la longue rangée d'arbres menant à la ferme et je m'y suis engagée avec soulagement. Léopold était resté allongé sans plus bouger, émettant de temps à autre de petits soupirs, qui me rassuraient sur le fait qu'il était toujours en vie.

J'ai laissé l'Opel juste devant la porte et je suis entrée dans la grande pièce, je suis passée dans la chambre de Léopold, où je n'avais jamais mis les pieds depuis que j'étais arrivée. Ses vêtements étaient posés sur des chaises rangées comme de petits soldats, le long du mur, avec ses chaussettes et ses caleçons. Je savais qu'il gardait son argent dans une boîte à biscuits métallique, avec la reproduction d'une peinture sur le couvercle, une scène avec Jésus sur sa croix. Je m'étais dit que c'était un drôle de truc à mettre sur une boîte de biscuits la première fois où je l'avais vue. Léopold avait été la chercher pour me donner un peu de liquide pour les courses, et j'avais entraperçu ce qu'elle contenait, j'espérais que j'y trouverais les papiers que je cherchais.

Je n'ai pas eu à fouiller longtemps, Léopold avait mis la boîte au-dessus de la grosse garde-robe au fond de la chambre. J'ai grimpé sur le rebord, et alors que je m'emparais de la boîte à biscuits j'ai eu soudain un vertige, des taches noires me sont passées devant les yeux, et j'ai bien failli tomber à la renverse. Une vague de nausée m'a de nouveau fait chavirer l'estomac.

Et puis, j'ai entendu le bruit de moteur d'une voiture qui approchait de la ferme.

Je n'ai pas pris la peine de contrôler ce que contenait effectivement la boîte, j'ai quitté la chambre de Léopold et je suis sortie. Dans la lumière jaunâtre de la lune, j'ai vu un gros véhicule qui s'arrêtait au beau milieu de la cour et j'ai reconnu la voiture de Maurice, ce long break qui ressemblait à un corbillard.

Je crois que j'ai failli lâcher la boîte. Ma poitrine s'est serrée et j'ai senti le sang battre dans les veines de mon cou. Maurice a poussé la portière et il a marché vers moi, le sourire aux lèvres.

« Où c'est que tu comptes aller ? m'a-t-il demandé.

— Je ne vois pas en quoi ça vous regarde. »

Il s'était placé en travers de mon chemin.

« Tu te casses avec le fric ? a encore demandé Maurice. Et Léopold, il est au courant ? Il est où d'ailleurs ?

— Je l'emmène à l'hôpital, ai-je dit. Il vient d'avoir une crise cardiaque. Laissez-moi.

— Attends une seconde. »

J'avais ouvert la portière de l'Opel. Maurice a tendu la main pour s'emparer de la boîte à biscuits.

« Qu'est-ce qu'il y a là-dedans ?
— Des papiers.
— Ah. »
Il semblait trouver ma réponse très drôle.
« C'est lourd, non ?
— Quoi ?
— Les lingots d'or, c'est assez lourd. On est étonné quand on en prend un en main. »
Un instant, je me suis demandé s'il n'était pas devenu fou, au bout du compte.
« Je suis désolée, je dois y aller, ai-je dit. On a déjà perdu assez de temps comme ça.
— Donne-moi ce truc », a-t-il répliqué en essayant d'attraper mon poignet.
C'est à son ton que j'ai compris que c'était en train de mal tourner.
Si bien que j'ai sauté au volant, j'ai jeté la boîte sur le siège et de l'autre main j'ai tiré la portière. Du bout du doigt, j'ai réussi à pousser sur le bouton de fermeture. Maurice s'est aussitôt mis à taper du poing sur la vitre, de plus en plus fort, alors que je cherchais à faire démarrer le moteur. Il tapait si fort que l'Opel s'est mise à tressauter. Mes doigts tremblaient, serrés sur la clé de contact, et au moment où le moteur a pris, j'avais oublié que j'étais en vitesse, si bien que la voiture a fait un bond avant de caler.
« Sors de là ! » a hurlé Maurice.
J'ai bien cru qu'il allait faire voler la vitre en éclats d'un seul coup de poing. Son visage est apparu, bouillant de rage, juste derrière la vitre. J'ai fait repartir le moteur, en embrayant cette fois, puis

j'ai enfoncé la pédale de l'accélérateur et l'Opel a de nouveau bondi. J'ai viré sur la droite et elle s'est mise à déraper dans la poussière sèche de la cour, dans un mouvement incontrôlable. J'ai empoigné le volant des deux mains tout en écrasant le frein, et j'ai réussi à éviter de justesse la voiture de Maurice.

Il avait eu le temps de faire le tour de son véhicule et il est soudain apparu juste devant moi. Il tenait une carabine qu'il a pointée dans ma direction, visiblement prêt à tirer. Je pense que si j'avais réfléchi un quart de seconde, je me serais arrêtée. Mais je n'ai pas réfléchi. Mon cerveau était engourdi et c'était mes muscles qui prenaient les décisions, il faut croire.

Au lieu de freiner, j'ai poussé le moteur qui s'est mis à rugir, toujours en première, et j'ai foncé droit sur Maurice et il a compris que je n'avais aucunement l'intention de lui obéir, il a fait un drôle de plongeon de côté à l'instant même où le pare-chocs de l'Opel le touchait aux genoux, il a disparu de ma vue, puis j'ai senti un choc dans le volant, alors que la voiture se soulevait sur la gauche, il y a eu un cri, l'Opel est partie en zigzaguant vers le sentier bordé d'arbres, et dans le rétroviseur j'ai vu Maurice étendu dans la poussière qui roulait sur lui-même de manière étrange, j'avais mon sang qui tapait dans mes oreilles, j'ai fait tourner l'Opel à gauche en grimpant sur la chaussée, sans même regarder s'il arrivait d'autres voitures, j'ai foncé, j'ai foncé pour m'éloigner aussi vite que possible, en me disant et me disant, sans cesse : mais est-ce que je dois toujours laisser derrière moi des gens morts, toujours derrière moi des hommes morts, est-ce que ce sera sans fin, encore et encore, des cadavres d'hommes derrière moi, sans fin, sans fin, sans fin ?

Josselin

Bon, ben, finalement, le whisky ne m'était pas encore sorti des veines, faut croire, parce que quand j'ai entendu crier, il m'a fallu un petit temps pour me rendre compte que j'étais allongé sur le lit de la Céline, avec le long coussin entre les cuisses et puis le pantalon baissé et les fesses à l'air.

Je m'étais endormi après la petite séance qui s'était terminée comme de bien entendu. D'ailleurs, j'étais encore raide et j'étais tout prêt à remettre ça si jamais elle déboulait dans la chambre. Mais il y avait queque chose qui clochait dans le tableau, et c'est en songeant à ça que j'ai reconnu la voix de qui c'est qui criait comme un putois et qui m'avait réveillé.

C'était Maurice, il y avait pas de doute là-dessus.

J'ai bondi du lit en me rhabillant tant bien que mal, sautillant comme un biquet pour remonter mon pantalon. J'ai senti queque chose ballotter dans mon dos, et j'ai vu que j'avais toujours le sac en toile accroché à mon épaule, là où que j'avais mis les culottes. Je m'étais couché dans le lit avec le sac dans le dos, ce qui m'avait en rien dérangé pour faire ma petite affaire. J'ai pas pris la peine de m'en débarrasser et je suis sorti de la chambre pour aller voir ce qui lui arrivait à Maurice, pour gueuler de la sorte.

Et puis je l'ai vite compris, la raison.

Maurice, il était allongé dans la terre devant l'entrée de la ferme, il rampait dans la fange comme un verrat en quête d'une saloperie à bouffer, ce qui était pas son genre d'ordinaire. Il faut dire que d'ordinaire, il avait pas la jambe gauche tournée de cette manière bizarre. J'ai été si surpris par ce spectacle que je suis resté comme deux ronds de flan, à le regarder se tortiller devant moi.

« Aide-moi donc ! qu'il a fini par hurler. Tu vois pas que j'ai la jambe écrabouillée ?

— T'es tombé ? j'y ai demandé.

— La salope, elle m'a roulé dessus », a dit Maurice.

J'ai pas eu besoin qu'il me fasse un dessin, de toute manière il était pas d'humeur à dessiner. C'était de Céline qu'il parlait. Mais c'était pas plus clair pour autant. Il était tout seul au milieu de la cour à Léopold, avec sa Volvo arrêtée la portière ouverte et le moteur qui tournait. Pas plus de Céline dans les parages que de plumes au cul d'une vache.

Je me suis penché pour le relever, mais Maurice il a poussé un cri plus fort dès que je l'ai retourné, preuve que je m'étais pas gouré, sa jambe, elle était bien foutue.

J'aurais jamais deviné qu'il pesait tant, Maurice, avant de l'avoir contre moi et d'essayer de le remettre d'aplomb.

« Mais t'étais dans la ferme ? il a demandé quand il a réussi à s'arrêter de gémir. C'est de là que je t'ai vu sortir, non ?

— Je jetais un œil, j'y ai dit. À l'intérieur.

— Et t'as rien entendu de ce qui se passait ici ?

— Faut croire que j'étais concentré sur ma tâche. »

J'ai un peu remué Maurice, et ça l'a aussitôt fait beugler, si bien qu'il a oublié de poser d'autres questions à ce sujet.

« Emmène-moi à l'hosto, qu'il a marmonné après ça. Il faut qu'on me plâtre ou je sais pas quoi, mais je peux pas rester comme ça. »

À petits pas, comme deux danseurs occupés à une figure très spéciale, on a avancé vers la Volvo à Maurice. Il poussait de temps à autre une gueulante quand la douleur remontait de sa jambe. J'étais pas certain qu'un plâtre allait pouvoir l'arranger, d'après l'état que je voyais sa jambe, mais après tout j'étais pas docteur, et surtout c'était pas le meilleur moment d'avoir une discussion à ce sujet, vu que Maurice se trouvait pas dans la disposition. Il faut savoir choisir ses moments, dans la vie.

Au bout de je sais pas combien, j'ai enfin réussi à le lâcher pour qu'il s'assoie dans la voiture, j'ai ensuite fait le tour et je me suis installé au volant.

Il aurait jamais accepté que je conduise s'il avait pas été dans cet état. Comme quoi, le malheur des uns fait le bonheur des autres, que je me suis dit. Et j'ai remercié le Seigneur des bontés qu'il prodiguait sans compter à mon égard.

Léopold

Ça n'avait rien à voir avec ce qu'on faisait, Jeanne et moi. Comme si je découvrais des parties de mon corps que je ne connaissais pas. De me glisser en elle faisait naître un tremblement dans mes reins et dans ma nuque, elle s'allongeait sous moi en m'attirant de ses deux bras et elle écartait les cuisses pour que je m'enfonce au plus loin, en poussant de petits gémissements au creux de mon oreille qui m'excitaient davantage encore que je ne l'étais.

Elle n'avait que le petit Maurice à l'époque, il avait même pas un an, je crois qu'il marchait tout juste. Je la rejoignais au milieu de l'après-midi, quand il était couché pour la sieste. Je laissais le tracteur sous un bosquet de saules et je traversais les champs jusqu'à la ferme des François, en prenant garde à ce qu'on ne me voie pas depuis la route, et j'attendais un moment à l'arrière du logis, accroupi derrière le gros chêne, avec une sorte de battement dans la poitrine, puis je la voyais qui venait sur le seuil de sa cuisine, faisant mine de jeter des épluchures aux poules, alors je me redressais et je partais vers la plus petite des granges, et l'instant d'après elle se jetait sur moi comme nulle femme ne l'avait fait avant elle et ne l'avait plus fait depuis et je soulevais sa robe et j'écartais sa culotte et on s'y mettait ensemble à en perdre la tête.

Et toujours après ça, l'odeur de foin coupé refaisait naître aussitôt en moi la sensation de ses cuisses qui me serraient le flanc et de ses bras qui m'entouraient et de sa fente si chaude quand j'y entrais. Ça nous avait pris quinze jours plus tôt, lors d'une fête à Beauchamp, un samedi soir après le marché. Jeanne était rentrée chez nous fatiguée et je terminais ma bière et elle était passée devant ma table avec un sourire, avant de sortir dans la cour avec les lampions qui remuaient au bout de leurs fils et les dernières personnes qui dansaient en riant. Elle avait suivi le chemin filant vers la rivière, elle s'était arrêtée et elle avait attendu que je la rejoigne. Le François était toujours en vadrouille et je crois bien qu'elle avait décidé de se venger d'être laissée seule avec son petit à devoir s'occuper de tout en son absence.

Je jouissais avec un grognement et je la sentais qui venait elle aussi, frémissant sous moi et serrant les lèvres pour étouffer sa plainte, les paupières mi-ouvertes, le regard loin, si loin, emportée par la vague. Elle me reprenait au bout d'un moment dans sa main et j'y croyais qu'à peine, mais ça revenait presque aussitôt, il me suffisait de sentir ses doigts me pétrir pour que je puisse à nouveau y arriver. Elle ouvrait son corsage et j'attrapais le bout de ses petits seins et ça la faisait frissonner, mais elle disait, encore, encore, oui, encore, vas-y, vas-y, encore.

J'avais les genoux qui tremblaient quand je repartais vers mon tracteur et je pensais déjà au lendemain en allant me laver les mains et le visage au petit ruisseau, l'eau glacée me faisant sortir de mes pensées. Au bout d'un temps, je lui ai proposé de partir ensemble, c'est dire si j'étais pincé. Je lui ai raconté que j'avais de l'argent, qu'on s'en sortirait, je crois même que je lui ai inventé une histoire d'or que j'aurais planqué à l'insu de Jeanne, parce que je sentais bien qu'elle hésitait. Puis, le François avait décidé de rester chez lui un moment pour régler les problèmes de la ferme, et il avait fallu qu'on arrête, et puis elle était tombée enceinte et le petit Josselin était arrivé.

Céline

Il n'y avait que de l'argent dans la boîte à biscuits, contrairement à ce qu'avait cru Maurice quand il avait parlé de lingots. Visiblement, il s'était fait des idées fausses au sujet de la fortune de Léopold. Il n'y avait pas d'or, non, mais des liasses de billets. Bien plus que ce à quoi je m'attendais. Plusieurs liasses en effet, retenues par de gros élastiques rouges. Je n'ai pas pris la peine de compter, mais la somme était rondelette. En tout cas, les papiers de Léopold n'y étaient pas et je ne comptais pas retourner à la ferme pour les récupérer. Pas tant que Maurice serait dans les parages. Je lui avais roulé dessus et j'étais sûre qu'il n'avait pas pris ça avec plaisir. Je me demandais comment faire pour ne plus entendre le bruit sinistre que la roue de l'Opel avait produit en écrasant la jambe de cet homme.

La nuit était tombée depuis un bon moment. Je roulais au hasard, sans plus rien reconnaître des environs. Il faut dire que ce n'était à peu près que des sapins partout qu'éclairaient les cônes des phares et des routes qui traversaient les forêts, et aucun des noms que je lisais sur les panneaux ne me disait quoi que ce soit, à part Valmont, mais là, je n'y retournerais pas. À un moment, j'ai cru que j'avais rebroussé chemin sans même m'en rendre compte, parce que j'ai aperçu une église qui ressemblait à celle que je connaissais pour l'avoir vue quelques fois au cours des dernières semaines. Mais le bâtiment était plongé dans l'obscurité et c'était difficile à dire sur sa simple silhouette se détachant sur le fond de ciel bleu nuit.

Je me suis arrêtée à une station-service située juste après l'église. J'avais l'impression que l'intérieur de mon crâne s'était mis à bouillir. Mon bas-ventre était devenu rigide, comme si mes muscles s'étaient tendus une fois pour toutes, pour protéger ce qui se nichait en moi. J'éprouvais des difficultés à respirer.

Penchée sur le volant, j'ai essayé de retrouver un peu de calme. Je n'osais même plus me tourner vers l'arrière pour voir si Léopold était toujours vivant, allongé sur la banquette depuis qu'on était partis de chez ce docteur. Même sans ses papiers, ils seraient bien obligés de l'accepter à l'hôpital, vu son état. Dès que j'aurais trouvé la façon d'y arriver.

Quelqu'un a tapoté la vitre et j'ai dû me retenir pour ne pas crier. Dans la lueur jaunâtre de l'enseigne de la station, j'ai distingué un gars d'une quinzaine d'années, le visage aussi rond qu'une pomme, les cheveux ébouriffés sur le dessus du crâne comme s'il ne s'était jamais coiffé de sa vie.

« Le plein ? » a-t-il demandé.

J'ai fait oui de la tête, sans réfléchir. J'avais été surprise parce que je ne m'attendais pas à ce qu'il y ait quelqu'un de garde en pleine nuit dans cette station perdue au milieu de nulle part. Mais ce n'était pas la première fois que je me disais que les gens du coin étaient un peu bizarres.

« Vous êtes allée trop loin, a ajouté le gros gamin.

— Pardon ?

— Le tuyau ne sera jamais assez long. »

Il a fait un vague geste de la main pour indiquer quelque chose derrière nous.

Dans l'éclat faiblard d'un néon poussiéreux, j'ai aperçu les pompes à quatre ou cinq mètres de l'endroit où j'avais arrêté l'Opel.

« D'accord. »

J'ai remis en marche et j'ai reculé lentement. Je n'ai pas pu m'empêcher de baisser les yeux sur Léopold, et dans la pénombre, j'ai cru voir un sourire sur ses lèvres. Il avait en tout cas les yeux fermés, et sa poitrine ne bougeait pas plus que s'il avait tout bonnement arrêté de respirer.

Le gamin a ferraillé un moment avec le bouchon du réservoir. Je suis sortie de la voiture. Le temps était très doux. Je me suis rendu compte que j'étais en nage. Mon T-shirt était humide sous mes aisselles et collait au bas de mon dos. J'avais le front trempé de sueur. Je ressentais une crispation dans le bras, d'avoir trop serré le volant. Je me suis adossée à l'aile de l'Opel, en respirant profondément et le plus calmement possible. Et puis, alors que le pompiste était occupé à faire le plein, j'ai senti une bouffée me monter aux narines, un relent d'essence brutal, et la seconde d'après, j'étais en train de vomir mes tripes sur les pavés devant les pompes. Je n'avais rien mangé depuis le matin, mais mon estomac contenait encore une sorte de liquide grumeleux qui m'a éclaboussé le bas du pantalon, tout en me poissant la bouche.

J'ai recraché les derniers filaments et je me suis essuyé avec le dos d'une main.

« Vous n'allez pas bien, madame ? a demandé le gamin.

— J'ai dû avaler quelque chose de contraire, ai-je dit. Excuse-moi, tu pourrais me dire où on est ?

— On est sur la terre du Seigneur », a-t-il dit d'une traite.

Je l'ai contemplé un moment. Ses joues rebondies lui donnaient l'air d'un hamster occupé à se constituer une réserve de graines pour l'hiver. Il avait prononcé sa dernière phrase sans la moindre ironie. Il avait l'air aussi sérieux qu'un pape.

« OK, ai-je ajouté. À part ça, l'hôpital le plus proche, tu sais comment je peux y arriver ?

— Peut-être, a fait le gamin avec un haussement d'épaules. Mais ça ne servira à rien.

— Qu'est-ce que tu veux dire ?

— On ne peut pas échapper à la voie qui nous est donnée.

— Je te remercie pour cette bonne parole. Tu as l'habitude d'aider les gens de cette manière ? Tu trouves ça bien ? »

Il a retiré le bec verseur du réservoir, qu'il a ensuite refermé soigneusement. Et très lentement.

J'avais juste envie de l'empoigner pour le secouer comme un prunier.

« Je sais bien que ça vous paraît étrange, madame, a-t-il ajouté. Mais ce que j'essaie de vous faire comprendre, c'est que le Seigneur Jésus veille à tout, et qu'il n'est pas nécessaire de s'agiter. »

J'ai laissé échapper un soupir.

« Je ne crois pas trop à ton Jésus, ai-je dit. Sans vouloir t'offenser. Jusqu'ici, il ne s'est pas vraiment occupé de moi et de mes problèmes.

— Vous n'avez sans doute pas eu confiance en sa bonté.

— D'accord. Je te paie l'essence ou je laisse ton seigneur régler ça ? Il paraît qu'il veille à tout. »

Il a simplement hoché la tête avec une bienveillance étonnante pour son âge, sans paraître le moins du monde choqué.

« Je comprends que ça soit angoissant, a-t-il fini par déclarer. Et que vous ayez envie de prendre ça à la légère. Mais si vous réfléchissez bien, vous en arriverez à la même conclusion que moi.

— Laquelle ? Vas-y, dis-moi, ça m'intéresse.

— Il faut remettre son sort entre les mains de Jésus, a-t-il déclaré.

— C'est un peu facile.

— Non, madame. Non. C'est au contraire la chose la plus difficile qui soit. Moi-même, malgré mes efforts, je n'y ai pas encore réussi. C'est une épreuve qu'il faut recommencer chaque jour et chaque heure qui passe. »

J'ai tiré un billet de la liasse que j'avais glissée dans ma poche et je lui ai tendu.

« Je te souhaite d'y arriver, ai-je dit. Sincèrement. Et merci pour les conseils, on va essayer de se débrouiller avec ça.

— C'est pour vous, l'hôpital ? a-t-il encore demandé. Vous êtes très malade ? »

Il semblait vraiment inquiet pour moi. Il était gentil, après tout, même avec sa tête farcie de bondieuseries.

« Non, ai-je dit, je crois que c'est passé. »

Il m'a rendu la monnaie.

« J'espère que vous allez trouver le chemin vers Notre-Seigneur, a-t-il ajouté.

— On va voir ce qu'il nous a réservé, ai-je dit. Bonne nuit. Ça m'a fait plaisir de discuter avec toi. »

Je me suis remise au volant. Et avant que j'aie démarré le moteur, j'ai entendu remuer sur la banquette, puis la voix de Léopold, une voix très basse, mais tout à fait distincte dans le silence de l'habitacle, une voix qui semblait revenue de très loin et qui disait : « Jeanne ? C'est toi ? J'ai quelque chose à te demander. Je vais m'en aller bientôt, Jeanne, très bientôt. Il ne me reste pas beaucoup de temps. J'ai quelque chose d'important à te demander avant de m'en aller. Tu m'écoutes ? »

Josselin

On a repris notre petite danse, Maurice et moi, pour l'amener jusqu'à l'entrée des urgences du Saint-Jean, et j'ai été bien soulagé de le déposer sur une chaise face au bureau où une grosse femme était occupée à ronfler quasiment, sans s'occuper le moins du monde de ce qui se passait. Il a même fallu que j'aille frapper à la vitre pour qu'elle sorte de sa cabine et qu'elle vienne voir ce qu'il avait, Maurice.

Elle a regardé sa jambe tordue et un petit peu aplatie vers le milieu et puis, sans rien dire, elle est repartie en se dandinant comme une grosse dinde, et Maurice a poussé un gémissement qui a continué encore et encore, à se demander s'il était pas en train de devenir maboul juste là.

Par chance, on était lui et moi dans la salle d'accueil qui ressemblait à un vieux réfectoire, avec des chaises en plastique et des affiches en train de se décoller sur les murs. On avait juste envie de s'en aller le plus vite possible, et c'est d'ailleurs ce que j'aurais fait si Maurice avait pas été dans son état.

Je savais pas quoi lui dire, et de son côté il paraissait pas capable de tenir le crachoir, preuve qu'il était salement amoché.

J'étais en train de relire pour la troisième fois un avis plaqué sur une des petites fenêtres quand la dondon est revenue dans la salle, suivie par le gars noir à qui j'avais eu affaire pour recoudre une blessure que je m'étais faite bêtement avec une scie à bois. On aurait dû interdire à ce type d'approcher des malades, parce qu'il était même pas capable de vous faire une piqûre sans vous planter son aiguille dans le bras une dizaine de fois. Ce coup-ci, il poussait un lit à roulettes, et il a bien failli m'écraser le pied gauche avec, tellement qu'il était malhabile en tout.

« Eh ben, voilà, j'ai dit à Maurice, ce coup-ci, tu vas être bien soigné, t'inquiète. Je connais le docteur, c'est un as, tu peux en être sûr. »

Le gars était en train de le coucher sur le lit.

« Tu vas pas me laisser tout seul ici ? qu'il a demandé Maurice, signe qu'il avait encore toute sa tête.

— Je vais m'asseoir tranquillement sur cette chaise, j'y ai répondu. Et je serai là pour te ramener chez toi quand on t'aura rafistolé. »

Bon, à la réflexion, j'aurais ptêtre pas dû employer ce terme-là, mais Maurice était déjà presque sorti de la salle, emmené par la grosse qui poussait le lit en soupirant, et je pense bien qu'il m'a pas entendu.

Céline

De toute manière, il n'avait plus sa tête, c'était clair. Il n'irait sans doute plus jamais bien. Il l'avait dit, il n'en avait plus pour longtemps, et je n'avais même pas osé prétendre le contraire. Il divaguait depuis un bon moment, allongé sur la banquette arrière et j'avais même cru qu'il ne reprendrait plus connaissance, après la crise cardiaque et puis sans doute l'attaque qu'il avait subies coup sur coup. Sans parler du sang que j'avais vu sur ses lèvres et qui devait remonter de ses poumons. Il était mal en point, et ce n'était rien de le dire. Mais il faut croire qu'il était plus coriace que prévu, le vieux Léopold. Parce qu'il n'était pas encore mort.

De là à l'emmener où il voulait, c'était hors de question. Je n'allais tout de même pas le faire voyager dans son état. Il avait bafouillé que c'était sa dernière volonté, quelque chose du genre, qu'il voulait revoir une espèce de trou perdu où il était né, peut-être même de retrouver quelqu'un qu'il avait laissé là en partant, je n'avais pas tout saisi de ce qu'il avait baragouiné entre ses dents serrées par la douleur qu'il devait éprouver. Il se tenait la poitrine et une grimace lui déformait les traits et il me fendait le cœur à s'obstiner comme ça à me parler, en m'appelant Jeanne et Jeanne, encore et toujours, sans même que je sache si c'était une ruse de sa part pour m'attendrir ou bien s'il me confondait vraiment avec sa femme.

J'avais fini par lui dire oui, oui, d'accord, on va y aller, dis-moi juste comment faire, et il avait indiqué une vague direction en marmonnant, de l'autre côté de la vallée, et puis, il avait ajouté, prends par la route des Déportés, comme si je connaissais le coin comme ma poche, mais j'avais encore dit d'accord, et je m'étais remise à rouler dans la nuit qui devenait de plus en plus profonde, comme si on s'enfonçait dans de la poix, même si je n'ai jamais su ce qu'était vraiment de la poix, une sorte de mélasse collante et puante, c'est ainsi que je la figurais, et je me suis dit, c'est exactement ça, ma fille, t'es de nouveau dans la mélasse collante, puante et noire, et on dirait que tu n'arrives plus à t'en sortir, depuis que tu es partie, tu as cru que tu allais pouvoir y échapper, mais c'est comme si tu étais maudite ou je ne sais quoi. Et puis, je me suis redressée et j'ai repris une bonne respiration, par la vitre ouverte entrait un air tiède et j'ai décidé de trouver coûte que coûte l'hôpital dont m'avait parlé le jeune médecin et d'y laisser Léopold et puis d'aviser, même si je savais plus ou moins en quoi ça allait consister.

Il s'était à nouveau recouché sur la banquette, une main pendant dans le vide, l'autre serrée sur sa poitrine toute maigre et les yeux fermés, la bouche légèrement entrouverte par où allait et venait ce qu'il lui restait de souffle. Si je ne réussissais pas à dénicher à temps ce fichu hôpital, je craignais qu'il ne meure sans avoir reçu le moindre soin, et je m'en voudrais toute mon existence, parce que après ça je n'aurais plus qu'à arrêter la bagnole quelque part et à m'enfoncer dans l'obscurité, à me remettre à marcher sans plus savoir où aller, aussi perdue que quand je m'étais enfuie après avoir poignardé Michel dans cette cabane au fond du grand jardin où il m'avait emmenée et où il s'était aussitôt jeté sur moi, tandis que j'entendais les bruits de la fête pas très loin, la musique et les rires et les voix des gens invités pour le réveillon de Nouvel An, et alors que je me débattais pour échapper aux mains et aux bras de Michel qui me serraient et qui tentaient par tous les moyens d'ouvrir mon pantalon pour le faire glisser sur mes cuisses, après quoi il m'avait bousculée si violemment que j'avais basculé en arrière et que ma tête avait cogné le bas du mur et quand j'avais repris plus ou moins mes esprits, il était allongé sur moi de tout son poids et j'avais les jambes écartées et j'avais dit non non non non, arrête, non non, arrête, Michel, arrête. Et je l'avais senti qui poussait pour venir en moi.

J'ai bien failli manquer le panneau annonçant l'hôpital. J'ai freiné sec et j'ai viré et je me suis engagée sur une allée bitumée qui avançait jusqu'à un bâtiment à toit plat, niché au milieu des arbres et qui n'avait absolument pas l'air d'un hôpital, mais il faut croire que c'était bien ça, parce qu'il y avait une ambulance garée devant l'entrée, et puis après ça j'ai aperçu une pancarte de travers qui annonçait : « Garde – Urgences », et en plus petit, « Merci de ne pas vous garer devant l'entrée », avec plusieurs voitures rangées juste au-dessous. Dont un énorme break qui faisait penser à un corbillard.

J'ai enfoncé la pédale du frein, en sentant une sorte de nœud se former dans mon ventre. Ce n'était peut-être pas le même, pas celui de Maurice. Peut-être un autre corbillard, attendant d'emporter un mort. Il y avait une chance que ce ne soit pas lui. Il y a des corbillards qui circulent autour des hôpitaux.

J'ai contemplé le break qui, dans l'obscurité, ressemblait à un gros crocodile noir prêt à bondir sur une proie. Je n'en pouvais plus. J'avais fait tout ce chemin à seule fin de trouver ce fichu hôpital et c'était pour retomber sur Maurice.

Puis la portière passager s'est ouverte brusquement et j'ai failli hurler, mais dans la lueur du plafonnier, j'ai reconnu celui qui venait de grimper dans l'Opel.

« Faut pas rester là, il a dit. Parce que vous risquez des ennuis, ma petite dame. »

C'était Josselin, le frère de Maurice, le gars un peu simplet qu'on découvrait toujours en train de vous mater dès que vous enleviez une pièce de vêtement, à croire qu'il vous guettait depuis des heures dans l'espoir d'apercevoir un bout de peau nue.

« Il y a Maurice qui vous cherche, il a repris en claquant la portière. Et je peux vous assurer qu'il est pas content d'avoir la jambe en purée.

— Il faut que je dépose Léopold, ai-je dit. Vous voulez bien m'aider ?

— Faut pas entrer dans l'hôpital, a dit Josselin. Si Maurice vous voit, il va vous flinguer. Il a un revolver, je vous jure. »

Il a mis son index tendu sur sa tempe, avec le pouce en l'air.

Il semblait effrayé par ce qui lui était arrivé. J'ai plissé les paupières pour observer la double porte qui donnait accès à la garde de l'hôpital.

« Démarrez, démarrez ! a crié Josselin en faisant des gestes de la main. C'est pas une blague. Maurice, il est devenu cinglé. »

J'ai cru voir la porte s'ouvrir et laisser passage à une grande silhouette. Il faisait sombre, mais on aurait dit celle de Maurice, effectivement. Tout se brouillait dans mon esprit. J'ai soudain ressenti une sorte de choc dans mon ventre, comme si quelque chose venait de me heurter de l'intérieur. Un petit coup asséné avec délicatesse, sans aucune intention de me faire mal. J'ai failli fondre en larmes.

C'était la première fois que je le sentais.

La première fois que je prenais vraiment conscience de ce que j'avais là, à l'intérieur. Une chose qui venait de faire un geste pour signaler sa présence. J'ai posé la main sur mon ventre arrondi et j'ai palpé comme si je voulais entrer en contact avec l'être en vie qui venait de m'adresser ce message, lui demander de m'en envoyer un autre, mais il ne s'est plus rien passé.

« Bon, poussez-vous », a dit Josselin.

Je l'ai laissé faire sans réagir. J'avais l'impression d'avoir les jambes en coton. J'avais le front couvert de sueur. Ma tête tournait. Je l'ai senti qui m'écartait du volant et qui se mettait à ma place. J'ai basculé sur le côté et mon épaule a cogné la vitre à droite et puis le moteur de l'Opel a rugi et je me suis pris la tête dans les mains, paupières serrées, en retenant à toutes forces ce qui s'échinait à sortir de moi et que j'avais retenu jusque-là sans même oser me l'avouer, ce qui se tenait tapi en attendant le bon moment pour jaillir, depuis l'instant où j'avais senti le manche du couteau à la ceinture de mon jeans, ce couteau qui était la seule chose qui me restait de lui et que je portais en permanence sur moi, un couteau qui ne m'avait jamais servi à rien, à part faire naître des images de mon père se penchant vers moi alors que j'étais couchée dans mon lit de bébé, des souvenirs qui n'existaient pas et que j'étais obligée de fabriquer pour les faire exister, des scènes qui n'étaient que le fruit de mon imagination, un couteau que je tirais de sa gaine de cuir et dont la seule vue de sa lame me plongeait aussitôt dans un état cataleptique, un soudain voyage dans le temps, jusqu'à l'époque où mon père n'était pas encore parti en nous laissant ma mère et moi, une lame restée brillante au fil de toutes ces années grâce à mes soins, un couteau que j'avais sorti pour le planter d'un coup tranchant dans les reins de Michel, je crois bien au moment même où il jouissait en moi.

Léopold

Sans doute que l'eau-de-vie qu'on avait bue était frelatée ou bien que le vieil Albert l'avait fabriquée avec du jus de chaussettes, parce que je ne me sentais pas très bien en rentrant du week-end de pêche avec Georges cette fois-là. Mais peut-être aussi que c'était le trop-plein qui faisait son office. On avait picolé pendant plusieurs heures la veille et je m'étais endormi sans même m'en rendre compte. Je m'étais réveillé avec des aiguilles de pin sur la joue, le corps ankylosé par le froid monté de la rivière au cours de la nuit, la nuque toute raide et la bouche pâteuse. Sans m'en rendre compte, j'avais dû basculer sur moi-même, engourdi par l'alcool et la fatigue, et Georges n'avait même pas pris la peine de me réveiller pour que j'aille m'installer sous la tente. C'était son genre, à Georges.

Je l'avais écouté parler dans le noir, tout en me resservant de temps à autre à la bouteille placée entre nous. « Léopold, qu'il disait, faut pas croire tout ce qu'on te raconte. Moi, je peux t'en apprendre des belles, si ça te chante. Les gens sont pas pareils à ce qu'on croit. T'as le sentiment que le gars que tu rencontres tous les jours en ville, tu le connais, en tout cas que c'est un homme avec des pieds et des mains et puis des veines et du poumon à l'intérieur, mais en fait, peut-être que ce gars-là, une fois rentré chez lui, il devient un chien ou un busard. Qui sait ? » C'était sa marotte, à Georges. Les gens qui se transforment en bêtes. J'aimais bien l'entendre me raconter ça. Il ne se rendait pas compte que je n'y croyais pas le moins du monde, mais c'était comme s'il m'emmenait sur une autre planète, avec ses fantaisies. J'aurais bien voulu me changer en animal, moi aussi, à cette époque. Devenir une sorte de bête féroce. Même si je savais que c'était impossible, je n'en caressais pas moins l'idée avec plaisir, en me figurant sous l'apparence d'un gros sanglier que tout le monde craint. J'étais sûr que ça plairait à Jeanne. Plus que ce que j'étais en tout cas. Vu le peu de cas qu'elle faisait encore de moi.

Le soleil venait de se lever quand on a traversé le bois des Martyrs et une petite brume blanche tremblotait au-dessus de la chaussée. Georges roulait lentement, comme s'il tenait à faire durer le plaisir avant de rentrer chez nous. C'est grâce à ça qu'on est pas rentrés dans la bagnole garée au beau milieu de la route, juste à la sortie de la bourgade, après un virage. On aurait dit que c'était fait exprès pour que la première voiture qui passe ne puisse pas l'éviter. C'était une Mercedes blanche que je n'avais jamais vue dans le coin.

Georges a braqué sans freiner pour ne pas risquer de déraper sur la chaussée humide, on a frôlé le flanc de la Mercedes à quelques centimètres, on a encore fait une dizaine de mètres puis il a arrêté la Taunus un peu plus loin. Georges a soupiré et il est sorti pour aller voir. Je me suis retourné, je l'ai vu se pencher à la vitre de la Mercedes après quoi il s'est redressé et il s'est passé une main sur le front. Dans la lueur du petit matin, environné du brouillard qui s'effilochait, il avait l'air plus grand qu'il n'était, plus mince, plus jeune, dans sa veste de cuir et le pantalon de velours beige qu'il portait invariablement depuis que je le connaissais. Je m'étais souvent dit qu'il devait en posséder plusieurs exactement pareils, même si je n'avais jamais osé le lui demander.

« Viens voir ça », a dit Georges.

Dans le silence qui plombait le bois des Martyrs autour de nous, plongé dans une obscurité grise d'où émergeaient les troncs plus clairs des arbres en lisière, immobiles comme des statues mais qui paraissaient attentifs à nos moindres gestes, sa voix était grinçante, presque métallique. J'aurais préféré rentrer chez moi et me mettre au lit, en prétextant un début de grippe ou je ne sais quoi. Ma tête cognait à hauteur de mes tempes et je comptais bien lui dire, au vieil Albert, que c'était la dernière fois que je lui achetais de son tord-boyaux.

J'avais la vague impression que nous aurions mieux fait de partir aussitôt, de nous éloigner de cette voiture blanche garée au milieu de la chaussée.

« Il y a quelqu'un là-dedans, a encore dit Georges. C'est une femme. On dirait bien qu'elle est morte. »

Josselin

C'était la bonne.

Il n'y en aurait pas de meilleure après ça, il n'y en avait jamais eu de meilleure, à part peut-être quand j'avais baisé la fille qui était venue travailler au magasin de la vieille Rillette pour les vacances, il y avait de ça quatre ou cinq ans, sa petite nièce ou quoi, j'avais pas insisté pour savoir. Mais bon, celle-là était un peu moche, et elle était pas mal grosse aussi, et quand elle s'était réveillée, elle avait regardé autour d'elle et elle avait failli m'arracher les yeux en comprenant ce qui s'était passé.

Mais ce coup-ci, c'était Céline qu'était à côté de moi dans la bagnole, et je tenais le volant, et on était partis pour je ne sais où mais en tout cas, c'est moi qui décidais. J'aurais pu aller n'importe où, j'aurais pu traverser le pays et me retrouver à l'autre bout, il n'y avait personne pour me dire quoi faire. Parce que Céline, en vérité, elle avait plus moufté depuis que j'avais pris sa place et que j'avais démarré en trombe. Elle se tenait crapotée sur le siège passager, avec les bras serrés autour d'elle, et elle fermait les yeux, même si je savais qu'elle dormait pas. Elle avait même pas remarqué quand je m'étais débarrassé du sac à dos que j'avais toujours sur mon épaule, et je tenais pas à ce qu'elle le voie, vu ce que j'avais fourré dedans, si bien que je l'avais remisé à l'arrière, en me disant que je le jetterais à la première occasion.

Je l'avais un peu blousée, Céline, en lui racontant que Maurice allait débouler et lui tirer dessus dès qu'il la verrait, parce qu'il était plus vraiment en état de courir, ni même de marcher d'après moi, après ce que lui avait fait subir le docteur aux urgences de la clinique. En arrivant là, moi le portant, à moitié écrasé sous son poids, on était tombés sur le type noir à qui j'avais déjà eu affaire. Il avait pas l'air d'avoir repris les études depuis qu'il m'avait charcuté, si bien que Maurice, il l'avait piqué deux ou trois fois avec une seringue où il y avait je ne sais quel produit, après quoi, il avait entrepris de remettre les os de sa jambe en place en tirant d'un côté et puis de l'autre, comme s'il était en train d'essayer de démembrer un poulet. C'est pour ça que j'avais pu m'éclipser sans qu'il s'en rende compte, Maurice, parce qu'il avait à peu près perdu toute notion de l'endroit où il était et qu'un peu de bave coulait de ses lèvres et que ses yeux tournaient sur eux-mêmes dans leurs orbites. Je ne sais pas ce qu'ils devaient voir, les yeux à Maurice, chavirés comme ça, mais ça devait pas être beau, vu la grimace qu'il faisait.

Donc je roulais dans la nuit et Céline était là aussi. Elle disait pas un mot, elle faisait pas un geste, mais on était ensemble et on allait dans la même direction, et rien que ça, c'était un genre de bonheur. On doit se contenter de ce qui vient, avait dit le Seigneur dans une phrase bien connue, et s'il l'avait pas prononcée comme ça, c'était l'idée. J'avais pas souvent eu l'occase de me trouver dans une voiture avec une si jolie fille à côté de moi, qui poussait pas des cris en ouvrant la portière pour se jeter dehors au risque de se casser la nuque. Le seul problème, c'était le vieux Léopold.

Il était derrière, allongé sur la banquette, et il disait des trucs. Il parlait, lui, il arrêtait pas d'ailleurs, c'était en continu, même si on ne comprenait pas la moitié du tiers de ce qu'il disait. On aurait dit qu'il avait décidé de devenir curé à la place de l'autre et de parler plus bizarre. Ça sortait encore et encore, et de temps à autre on arrivait à entendre un mot, et c'était rien que des « bientôt la fin » et des « avant de m'en aller », des machins du genre. Il avait pigé qu'il en avait plus pour longtemps, Léopold, et il avait envie que ça se sache. Ça faisait comme un bruit de fond, un genre de petite musique dans la voiture, avec Céline qui pipait pas, et moi non plus. Un bourdonnement de grosse mouche. Je me demandais quand ça allait s'arrêter. D'accord, j'étais aux anges d'avoir Céline à côté de moi et qu'on soye en train de partir ensemble, et je me figurais tout ce qu'on allait pouvoir faire, elle et moi, mais avec le vieux Léopold sur la banquette, c'était un peu plus compliqué, merci, Seigneur.

« Marinval, a soudain dit Céline d'une voix qui m'a fait sursauter. Ça vous dit quelque chose ?

— Marinval?»

J'avais jamais entendu parler. Ça devait être un patelin ou quoi. Il y a tellement de coins où les gens habitent. On peut pas les connaître tous.

«Pourquoi que vous demandez ça? j'ai dit.

— Il prétend que c'est là qu'il est né.

— Qui ça?

— Léopold.»

J'ai remué la tête pour faire signe que je comprenais, ce coup-ci, mais c'était pas tout à fait vrai. Restait à la laisser venir pour le reste. Si on les laisse, ils y viennent toujours. Suffit d'attendre, et ça, je savais.

«Il veut que je l'y emmène, a dit Céline au bout d'un moment.

— Qu'est-ce qu'il compte faire là-bas?»

Elle a haussé les épaules.

«Mourir, j'imagine. Ça ne vaut certainement même plus la peine de l'emmener à l'hôpital, dans l'état où il est. Je pense qu'il n'en a plus pour très longtemps. Et il m'a confié sa dernière volonté. Vous comprenez?

— Ben… Oui, c'est sûr.

— Si je m'écoutais, je l'emmènerais dans le premier hôpital et je m'en irais une fois pour toutes, mais je n'y arriverai jamais, on dirait. Il y a toujours quelque chose qui m'en empêche. Comme si le sort s'acharnait sur moi. Je ne vais jamais y arriver et puis voilà.»

Je l'ai entendue qui soupirait. On n'a plus rien dit pendant un bon moment. Finalement, la Céline, elle y venait pas si facilement.

« Vous voulez ptêtre qu'on y aille ? » j'ai fini par demander.

Elle a tourné la tête vers moi et elle a souri et ça m'a fait tout chaud, je vous jure, j'avais l'impression d'avoir sa main à un endroit tout spécial, rien qu'avec ce sourire, elle arrivait à me mettre dans un état pas possible, c'était à se demander si j'allais encore pouvoir conduire.

« Je ne peux pas vous payer, qu'elle a dit Céline.

— Oh, mais je fais pas ça pour l'argent, j'ai dit. Je tiens à vous rendre service, un point c'est tout. Marinval, c'est ça ?

— Oui. Vous savez comment y aller ? C'est loin d'ici ?

— Vous inquiétez plus de rien, Céline, j'ai dit. C'est comme si on y était. »

Il fallait que quelqu'un prenne soin d'elle, et ce quelqu'un, il y avait pas de doute, c'était moi.

Céline

J'ai ouvert les yeux et j'ai compris que je m'étais endormie. C'est le mouvement de la voiture qui m'avait réveillée, ou plutôt le fait qu'elle s'était mise à ralentir. Comme si le changement m'avait alertée qu'une chose était en train de se passer. Je m'étais laissée aller au sommeil. J'avais en tête une image en train de se dissiper, à la manière d'une fumée qui disparaît à mesure qu'elle monte dans l'air. J'aurais aimé la retenir mais tous mes efforts ne servaient qu'à la renvoyer plus vite encore de là où elle était venue. Il m'a semblé distinguer un visage en train de me parler. Celui de mon père. Mais il paraissait fâché contre moi, pour une raison que je ne comprenais pas.

Josselin se tenait toujours au volant de l'Opel. Le moteur tournait, mais la voiture était immobilisée au bord de la chaussée. Les phares plongeaient dans la nuit devant nous à perte de vue. Je n'avais aucune idée de l'heure, mais il faisait toujours très sombre. J'apercevais la masse obscure des arbres, de part et d'autre de la route, à croire que cette forêt n'en finirait jamais.

« On est arrivés ? ai-je demandé. C'est Marinval ?

— Pas encore, a dit Josselin. C'est un peu plus loin que ce que vous imaginez, Céline. Vous faites pas de bile, je vais vous y conduire. »

Il m'a souri. Je me suis retournée vers la banquette. Léopold y était toujours allongé, aussi immobile qu'une statue. On ne pouvait même pas voir s'il avait les yeux ouverts, mais il m'a semblé que non. J'ai hésité à tendre la main vers lui, puis j'ai renoncé. Et si je ne trouvais qu'une peau froide et sans vie ? Sans doute que ça finirait par survenir, mais je ne tenais pas à m'en assurer maintenant. Je me suis rassise sur mon siège.

« Pourquoi est-ce qu'on est arrêtés ?

— Je me suis dit que puisque tout le monde dormait, j'allais en profiter pour faire un petit somme moi aussi. Je suis bien crevé, Céline, j'arrive plus à garder les paupières ouvertes. C'est pas recommandé de conduire quand on est fatigué comme ça.

— Vous comptez dormir ici ? Au milieu de la forêt ?

— Y a pas de danger, a dit Josselin. Je connais bien le coin. Il y a parfois l'un ou l'autre sanglier, mais à cette époque-ci ils sont plus préoccupés par les femelles que par nous autres. »

Il a brusquement éteint les phares, puis le moteur, et nous avons été plongés dans le noir le plus profond.

Au bout d'un long moment, des silhouettes sont apparues sur le fond de ciel un peu plus clair. J'ai plissé les paupières pour examiner les environs. Ce n'était que des formes sombres, des branches lourdes qui se penchaient presque jusqu'au sol et qui se confondaient pour former une sorte de rideau impénétrable.

J'ai ouvert ma vitre. Une odeur de feuilles et de résine est entrée dans la voiture.

« Vous voulez que je prenne le volant ? ai-je dit à Josselin que j'entendais respirer doucement comme s'il était déjà endormi. Vous n'aurez qu'à m'indiquer la direction.

— Je pense qu'il vaut mieux pas, dans votre état », a-t-il répondu.

Il a remué sur son siège pour prendre une position plus confortable et je n'ai pas insisté. Dans mon état ? Que savait-il donc ? Est-ce que ma grossesse était déjà si visible ? Cinq mois et demi depuis que. Le 31 décembre, réveillon de Nouvel An et ses réjouissances. Tu parles. J'ai glissé une main sous mon T-shirt et j'ai tâté mon ventre. Il était devenu lisse, la peau s'était tendue, et il formait une sorte d'arrondi. Je n'avais pas encore décidé si je trouvais ça joli ou non. Sans doute que oui, au bout du compte. Il était de toute façon trop tard pour revenir en arrière.

Est-ce qu'il est si facile de disparaître ? Juste prendre son sac et glisser le couteau dedans, le couteau encore si dégoulinant de sang que je ne pouvais pas le remettre à ma ceinture, et puis prendre la direction du fond du jardin pour ne pas repasser devant tous les autres et pour ne pas répondre aux questions, le bras tremblant et les doigts engourdis à force d'être restés serrés sur le manche du couteau, après avoir repoussé Michel qui ne faisait plus un geste, sa masse étalée sur moi, et comme je m'en suis rendu compte au bout d'un long moment, son sang s'écoulant le long de sa hanche et venant imbiber mon pull de laine qui absorbait ça comme une éponge, impossible de retraverser la maison avec ces gens occupés à boire et à manger en attendant qu'il soit minuit pour s'embrasser et se souhaiter la bonne année, tu parles d'un réveillon, violée par un type que je croisais de temps à autre dans les soirées et que je trouvais pas mal, et qui de son côté devait guetter le meilleur moment pour me sauter dessus.

Dans l'obscurité de l'Opel immobilisée au milieu des bois, j'ai entendu Léopold bouger sur la banquette et ça m'a fait comprendre qu'il n'était pas encore tout à fait mort. Qu'est-ce que j'allais bien pouvoir faire de lui, quand on serait arrivés où il voulait aller, Marinval, je ne savais même pas ce qu'il comptait faire là-bas, je ne pouvais tout de même pas l'abandonner sur le bord de la chaussée et puis partir avec la bagnole. S'en aller, oui, ça c'était possible, on ne s'en rend pas compte, mais dès qu'on l'a fait, on comprend que c'est facile, après tout c'était ce qu'il avait fait, lui, partir une fois pour toutes sans plus nous donner signe de vie. À moi, il m'avait suffi de franchir une clôture et de prendre le chemin des ténèbres, se glisser dans la nuit et ôter son pull alourdi par le sang et le fourrer dans le sac avec le couteau et les quelques affaires, un portefeuille, une trousse, un paquet de mouchoirs, une bouteille de genièvre qui traînait sur une table du jardin et que j'avais emportée au passage, autant dire rien, tirer de l'argent dès que possible, prendre le maximum en se disant qu'on verrait bien, et se remettre à marcher, s'éloigner autant que faire se peut de ce qui s'était passé là, pour n'avoir pas à expliquer ce qui avait eu lieu dans cette cabane pourrie au fond du grand jardin, avec l'espoir qu'on le trouverait le plus tard possible, le temps de se mettre à couvert, et puis comprendre que partir avait sans doute été l'erreur à ne pas commettre.

J'aurais voulu que quelqu'un se mette à ma recherche. Quand le type aux lunettes noires nous avait trouvés, Léopold et moi, près du ruisseau à sec, j'avais presque espéré qu'il soit de mèche avec Michel, j'avais même été jusqu'à croire que je l'avais reconnu dans le gros tout-terrain aux vitres fumées, ça aurait voulu dire qu'il n'était pas mort en tout cas, et que je n'étais pas une meurtrière.

J'ai senti un objet sur le plancher à mes pieds, je me suis penchée et j'ai attrapé la boîte à biscuits. J'ai eu l'impression qu'elle était plus légère qu'au moment où je l'avais emportée et, un bref instant, j'ai eu peur que les billets aient disparu. J'ai soulevé le couvercle et glissé une main à l'intérieur. J'ai palpé les liasses. Je ne me souvenais plus de leur nombre exact. Il n'y en avait plus que quatre. J'étais presque certaine qu'il y en avait davantage quand je les avais découvertes.

J'ai poussé la portière et je suis sortie de l'Opel en emportant la boîte de métal. Ma vue s'était plus ou moins accommodée à l'obscurité, et je commençais à percevoir les environs. Il faisait lourd sous les arbres, comme si aucun air n'avait circulé par ici depuis des jours. L'odeur de résine vous montait à la tête. J'ai marché un petit moment, un bras tendu devant moi pour ne pas percuter un tronc. Mes pieds s'enfonçaient dans une couche d'aiguilles sèches. Je me suis arrêtée et j'ai attendu qu'il n'y ait plus aucun bruit, même plus celui de ma respiration. En me retournant, j'ai aperçu la masse de la voiture que je venais de quitter, rangée derrière un rideau d'arbres aux contours flous, comme sur une photographie un peu ratée.

Je pouvais me perdre dans ces bois et personne n'en saurait jamais rien.

J'ai sorti les liasses de la boîte à biscuits et je les ai fourrées dans les poches de mon jeans. Cela faisait des bosses pas très pratiques, mais je préférais garder cet argent sur moi. Est-ce que Josselin avait profité de mon sommeil pour subtiliser une ou deux liasses de billets ? De toute manière, Léopold n'en aurait sans doute plus besoin, dans l'état où il était.

Je me suis allongée sur le sol. Les aiguilles des sapins étaient aussi douces qu'un tapis de laine épousant la forme de mon corps. Quelques étoiles scintillaient entre les branches, sur le fond de ciel bleu-noir, juste un peu moins sombre que les cimes des sapins légèrement balancées par le vent.

Je pouvais rester là, couchée au milieu des troncs, fermer les yeux et attendre que la mort veuille enfin de moi.

Mais pour la première fois depuis que ma mère était morte, j'avais le sentiment de ne plus être seule au monde.

Léopold

Sa lampe restait allumée toute la nuit, ce n'était rien qu'une loupiote qu'elle avait accrochée au bois du lit, mais quand je traversais la grande pièce pour aller pisser, je voyais le trait de lumière sous sa porte, dans la petite chambre.

(Laisse-moi tranquille, Léopold, voilà ce qu'elle disait.)

À se demander ce qu'elle pouvait bien ruminer au long de ces heures, allongée sur ce lit, dans l'éclat jaunâtre de l'ampoule qui brûlait sous le voile de dentelle sans jamais s'éteindre, de jour comme de nuit,

(Laisse-moi, tu ne comprends donc pas.)

avec les draps remontés jusqu'au menton et sa petite tête qui en dépassait comme celle d'une marionnette qu'on aurait affublée d'un voile trop grand pour elle et qui retombait jusqu'au plancher.

Je voulais bien la laisser seule, malgré ce qu'elle prétendait, je comprenais très bien. Après tout, on n'avait plus grand-chose à se dire, elle m'avait dit tout ce qu'elle pensait, et je n'avais rien répliqué, parce que j'avais fini par apprendre que ça ne faisait qu'envenimer les choses

(Tu ne changeras jamais, voilà ce qu'elle répétait à tout bout de champ avant ça, et j'aurais dû lui répliquer que ce n'était pas vrai, vu qu'elle venait de découvrir)

et si elle n'avait rien dit de ce qui la mettait vraiment hors d'elle

non, pas hors d'elle, pas hors d'elle, elle n'avait jamais élevé la voix, elle avait parlé sur son ton ordinaire

ce qui lui avait ouvert les yeux à mon égard, oui, c'était plutôt ça, elle m'avait pris pour un bon gars et puis il était survenu un événement qui lui avait ouvert les yeux

même pas un événement

une rencontre avec une femme morte, allongée dans cette voiture garée au beau milieu de la chaussée qui traversait les bois, ce matin-là, en compagnie de Georges Chastain.

Et rétrospectivement, sans doute qu'elle s'était repassée en esprit tout ce qu'elle avait vécu avec moi depuis qu'on était mariés, et même avant ça, peut-être qu'elle était remontée jusqu'au jour où on s'était croisés à cette fête, la fois où elle portait sa robe à petites fleurs bleues.

C'est ce que j'aurais fait, moi, si j'avais découvert un aspect de sa personne que je n'avais jamais soupçonné jusque-là

(En fait, tu n'as pas changé, Léopold, avait-elle dit de sa petite voix aiguë, tu avais ça en toi depuis le début.)

mais pour ma part, je n'avais jamais rien trouvé qui m'avait fait croire que je m'étais trompé à son sujet.

Jeanne, Jeanne, est-ce que tu ne pourras jamais me pardonner ?

(Sa voix aigrelette que j'avais d'abord trouvée charmante avant de ne plus pouvoir même la supporter et qui me faisait quitter la pièce dès que j'entendais ses premiers mots, sachant ce qui allait suivre, ce qui ne tardait jamais bien longtemps de venir.)

Je m'approchais de la porte de la petite chambre en m'efforçant de ne pas faire grincer les lames du plancher et je restais dans le noir à guetter les bruits venant de l'intérieur et je finissais par l'entendre respirer ou bien je croyais l'entendre, son souffle allant et venant avec régularité, preuve qu'elle dormait alors qu'elle prétendait ne pas pouvoir fermer l'œil, avec la raie plus claire au bas de la porte, et l'envie de pousser la porte et de s'expliquer une bonne fois pour toutes.

(Je n'aurais jamais cru ça de toi, Léopold,

Avec sa façon de prononcer mon nom qui me donnait envie de la prendre par le cou et de resserrer mes doigts pour empêcher l'air d'y passer mais

je ne sais pas ce qui t'est passé par la tête, et ton cher ami Georges n'est pas plus reluisant, vous êtes du pareil au même.)

Alors qu'elle affirmait que la douleur l'empêchait de dormir et la réveillait au bout d'un court instant de répit.

J'aurais dû entrer d'un coup dans la chambre et

écarter le grand drap de lit tout blanc, et l'obliger à se lever et à m'écouter.

Mais pour expliquer quoi ? Il n'y avait rien à expliquer.

Georges avait balayé ça d'un haussement d'épaules avant de partir dans un de ses ricanements. Il avait toujours pensé que je me faisais mener par le bout du nez par Jeanne, et ça n'était pas pour lui déplaire de me prouver une fois de plus qu'il avait raison.

Et le matin, j'allais lui apporter un plateau avec une jatte de café et une tranche de pain beurré et elle restait allongée sans faire le moindre geste prouvant qu'elle avait remarqué ma présence et je restais dans la chambre jusqu'au moment où

(Laisse-moi. Mais laisse-moi donc.)

elle gémissait pour me faire comprendre que la douleur était si atroce qu'elle ne voulait pas me faire subir le spectacle de sa souffrance.

Même les comprimés blancs, elle avait du mal à les avaler, il fallait que je les coupe en deux, et encore, elle ingurgitait ça avec l'allure d'une poule qui a attrapé un caillou trop gros pour son gosier.

Peut-être qu'elle n'avait attendu que ça pour se mettre au lit une fois pour toutes, pour ne pas avoir à me fréquenter, ne plus s'occuper de rien dans la ferme, qu'elle avait détestée depuis le début.

Comme si d'apprendre ce qui s'était passé sur cette route au milieu des bois lui avait donné l'autorisation de laisser libre cours à ce qui couvait en elle depuis des mois ou même des années et qui avait tout dévasté en se répandant, comme une marée qui ne s'arrêterait pas arrivée au bas de la dune mais qui poursuivrait son avancée en emportant tout sur son passage, noyant le pays, les hommes et les bêtes, envahissant les chemins et les forêts, et ne laissant qu'un paysage dévasté.

Une ruine.

La ruine totale de ce qui avait été ma vie avec elle.

Josselin

Ça n'avait pas été possible de la faire sortir de la bagnole, elle tenait à rester auprès de ce vieux Léopold, si bien que je m'étais décidé à aller chercher un café et deux tartines dans l'auberge. La femme en train de nettoyer la salle m'avait regardé comme si je tombais de la lune ou je ne sais quoi, mais j'avais fait semblant, j'avais posé la tasse sur un grand plateau et puis du sucre et un pot de lait, puis les tartines avec un petit ballotin de beurre.

Le plateau était un peu grand pour entrer dans l'Opel alors un peu de café s'est renversé quand je l'ai posé sur les genoux à Céline. Elle a remué la tête en regardant ce que je lui amenais, l'air de se demander ce qu'on pouvait bien faire de tout ça.

« Faut manger », je lui ai dit, vu qu'elle se décidait pas.

Je commençais à piger que la Céline, il fallait la décider à bouger, en fait. Elle avait l'air nerveuse et tout, fine et battante, mais en vérité, c'était quelqu'un qui demandait à ce qu'on lui dise quoi faire. Ce qui tombait bien, puisque j'avais décidé de m'occuper d'elle.

J'ai pris le beurre et j'ai commencé à l'étendre sur une tartine que je lui ai passée, et Céline elle s'est mise à manger.

« Je crois bien qu'il va mourir avant qu'on soit à Marinval, elle a dit en essuyant du beurre sur le bord de ses lèvres. Et quand il sera mort, je n'ai pas la moindre idée de ce qu'on va bien pouvoir faire de lui. »

Elle a pris la tasse et elle a bu un peu de café. Tout se passait parfaitement.

« J'ai demandé à l'auberge, j'ai dit. On n'est plus très loin, en fait. Ptêtre dans les vingt kilomètres.

— Allons-y tout de suite, dans ce cas-là », a dit Céline.

Léopold, il avait plus bougé ni prononcé la moindre parole depuis des plombes. Dans le petit matin, allongé sur la banquette arrière, il avait la peau du visage aussi grise qu'un vieux torchon. Je comprenais pas ce qu'il avait à vouloir se rendre là-bas, Marinval, comme s'il pensait que ce serait mieux d'en terminer une fois pour toutes dans ce patelin et nulle part ailleurs.

La dame de l'auberge, elle avait pas pu m'en parler, vu que je lui avais même pas posé la question. De toute manière, moi, ce qui m'importait, c'était de prendre soin de Céline, et pas d'aller au fin fond du pays pour que Léopold puisse passer l'arme à gauche où c'est qu'il voulait. Marinval ou ailleurs, de toute manière, c'était chou vert, il fallait bien le savoir. Mais je comptais pas annoncer ça tout d'une fois à Céline, vu qu'elle semblait tenir à lui faire un dernier plaisir, au vieux Léopold.

Houlà, je me suis dit, mon petit Josse, faut pas que tu penses trop aux plaisirs, et à ce qu'elle est capable de faire dans ce domaine-là, parce que tu risques d'encore filer en vrille et on ne sait jamais où ça s'arrête dans ces cas-là. D'autant que j'avais décidé de devenir en tout bien tout honneur, vis-à-vis de Céline. Mais c'était pas le côté le plus facile de la tâche que je m'étais donnée, je devais bien le reconnaître. C'était pratiquement une surveillance de tous les instants pour retenir les trucs qui ne demandaient qu'à prendre consistance dans ma tête et ailleurs, rien qu'à voir la manière dont les beaux petits seins de Céline, ils tendaient le tissu de son pull. Surtout ailleurs, faut dire.

« Tu crois qu'ils auraient une chambre de libre, dans cet hôtel ? » elle a alors demandé Céline.

J'ai bien failli péter mon plomb en entendant ça. On aurait dit qu'elle avait bien envie de penser aux plaisirs, elle aussi. Et avec le petit sacré veinard de Josse, en plus. C'était le jour, j'en étais sûr depuis le début que je m'étais mis au volant de cette voiture.

Sans doute que le Seigneur avait enfin décidé de me récompenser pour tout ce que j'avais fait pour lui.

Céline

L'eau me coulait sur le visage exactement comme je l'avais souhaité. Je suis restée une bonne demi-heure sous le jet, la tête relevée, les bras le long du corps, sans plus bouger, comme une statue au milieu d'une fontaine, laissant l'eau emporter tout ce qui s'était incrusté sur ma peau, et le reste aussi avais-je espéré. Mais ça, je savais bien qu'il ne fallait pas compter là-dessus. Je n'allais pas ressortir de là débarrassée des pensées sombres qui revenaient m'assaillir inlassablement. J'ai dû me forcer à tourner le robinet et à sortir de la cabine. La salle de bains était emplie de vapeur, au point qu'on ne voyait que des ombres floues dans le miroir au-dessus du lavabo.

Mes seins étaient plus gros qu'auparavant. Mes cuisses également. J'ai passé la main sur mon ventre, sur l'arrondi qui se marquait davantage encore que ce que j'avais cru, à croire que j'étais en train de gonfler de partout. Je tenais à m'assurer qu'il était toujours bien là, au chaud, sous ma peau. En fait, je le savais sans avoir à vérifier, même pendant les périodes où il ne bougeait pas. C'était une présence sereine que je portais à un endroit bien précis de mon corps, mais qui communiquait son calme à tout mon organisme. Des ondes qui montaient jusqu'à mon cerveau et qui m'apaisaient dans les moments de nervosité. C'était moi et en même temps ça ne l'était pas. Les larmes me venaient aux yeux dès que j'essayais de me figurer les traits de son visage. J'avais l'impression de l'avoir déjà rencontré et qu'il aurait suffi que je me concentre suffisamment pour que son image se précise une fois pour toutes. Plantée devant la cabine de douche dont s'échappaient les dernières volutes de vapeur tiède, j'ai attendu un moment, guettant les mouvements dans mon ventre, mais rien n'est venu.

Je me suis enveloppée dans une grande serviette et je suis revenue dans la chambre. Il y avait un autre miroir, plus grand celui-là, attaché à une des portes de l'armoire. Je n'avais pas eu l'occasion de me voir en pied depuis des mois. Je suis restée un bon moment à me contempler, les deux mains soutenant le poids qui ne cessait de croître en moi à chaque jour qui passait, la serviette retombée à mes pieds. Il allait falloir que je m'occupe sérieusement de ce bébé, puisque j'avais décidé sans me l'avouer que je serais sa mère, malgré tout.

Je suis allée écarter le rideau un peu troué aux mites et un trait de soleil s'est insinué dans la chambre. Clignant des paupières, j'ai aperçu l'Opel rangée toute seule sur le terre-plein devant l'auberge. Il y avait un homme qui l'observait lui aussi, l'air de ne jamais avoir vu de voiture de sa vie. C'était un petit gars à moitié obèse, habillé d'une salopette en jeans tendue sur ses fesses, et les cheveux en bataille sur le haut de son crâne. Il a jeté un regard aux alentours, puis il a marché très lentement vers l'entrée de l'hôtel, comme s'il évoluait sur un fil tendu au-dessus du vide, avant de disparaître à ma vue.

Ce n'était qu'un établissement de campagne, vieillot et ne payant pas de mine, mais j'en avais tellement assez d'être assise dans cette bagnole depuis je ne sais combien de temps qu'après avoir avalé le pain et le café que Josselin avait rapportés, j'avais soudain eu l'envie de m'allonger. Ils avaient certainement des chambres libres dans cet hôtel perdu dans la campagne. J'ai même eu l'impression que toutes leurs chambres étaient disponibles et qu'ils n'avaient pas eu de clients depuis des semaines.

J'avais jeté un coup d'œil à Léopold avant de sortir de l'Opel. Après tout, s'il avait tenu jusqu'ici, ce n'était pas quelques heures de plus qui allaient faire la différence. De toute manière, je commençais à me demander si on allait jamais trouver le patelin en question. On avait passé la matinée à circuler dans la région, en demandant le chemin aux gens qu'on croisait, mais on aurait dit que personne n'avait jamais entendu parler de Marinval. Sans doute qu'on s'était perdus sans même s'en rendre compte, ce qui n'était pas difficile dans ce pays où tout se ressemblait. Je reconnaissais certains endroits où on était déjà passés, preuve qu'on était occupés à tourner en rond. J'étais harassée, je me sentais sale, j'avais mal aux fesses, et Josselin n'avait rien contre l'idée de faire une petite pause. Il paraissait d'ailleurs décidé à faire mes quatre volontés. C'était quelqu'un de gentil, au bout du compte, sous ses airs de chat sauvage à moitié idiot.

J'ai enfilé mon jeans et mon pull, en me disant que je ferais bien d'en changer aussi rapidement que possible, parce qu'ils dégageaient une odeur aigre de transpiration. Depuis quelque temps, j'étais forcée de boucler la ceinture sous mon ventre. Sans doute que j'allais devoir porter une robe dans pas trop longtemps, ou bien un genre de salopette. Mais pour l'heure, je n'avais rien d'autre à me mettre. Je suis restée un moment devant la porte de la chambre, en me demandant ce qui allait se passer d'ici deux ou trois mois, quand j'arriverais au terme. Je me suis dit que j'avais le temps d'y réfléchir avant que ça arrive. Je pouvais tenir sans trop de problème avec l'argent que j'avais trouvé dans la boîte à biscuits de Léopold. Mais avant tout, il fallait que je l'emmène à Marinval. J'ai eu l'impression de distinguer une image occupée à se matérialiser en moi. J'ai fermé les yeux pour la fixer, mais ça n'a servi qu'à la brouiller plus rapidement. J'avais cru voir une sorte de lit sur laquelle j'étais allongée, à côté de grandes bougies blanches allumées. Malgré la chaleur, j'ai senti la chair de poule hérisser mes bras.

Il y avait une petite salle à côté de l'entrée, au fond du couloir donnant sur les chambres. Josselin était installé à une des tables, occupé à siroter une bière à la bouteille. Une odeur de plat mijoté flottait dans l'air, et on entendait quelqu'un remuer des ustensiles de cuisine de l'autre côté de la salle.

« C'était une bonne idée de s'arrêter ici, a dit Josselin quand je me suis assise face à lui. Je commençais à en avoir la claque de rouler.

— C'est surtout pour la douche », ai-je dit.

Il m'a contemplée de son air ahuri.

« Je n'ai pas pu prendre de douche depuis que j'habite chez Léopold, ai-je expliqué. Il n'y a pour ainsi dire pas de salle de bains chez lui.

— Oh, pour ça, a fait Josselin. Les salles de bains, ça ne manque pas vraiment non plus. »

J'en étais sûre, mais j'ai préféré ne pas le préciser.

« Ptêtre que vous allez trouver que je me mêle de ce qui me regarde pas, a-t-il ajouté.

— Pourquoi ? Il y a quelque chose que vous voulez savoir ?

— Qu'est-ce qui vous a fait venir habiter là ? a-t-il demandé au bout d'un moment. Vous êtes de sa famille, à Léopold ? Il m'avait jamais rien dit de ça. »

C'était bien sûr le genre de question auquel je m'attendais. Josselin me souriait sans plus rien ajouter. Rien ne me forçait à lui répondre.

« Non, je ne fais pas partie de sa famille, ai-je déclaré. Disons que. »

J'ai haussé les épaules. Est-ce que j'avais vraiment envie de tout lui raconter ? On aurait cru que j'avais attendu ce moment avec impatience. Oui, effectivement, cela m'a brusquement frappée. Je mourais d'envie de parler à quelqu'un de ce qui s'était passé. De ce que j'avais subi dans cette horrible cabane à jardin, de ce que j'avais fait. Qu'est-ce que je risquais, après tout ? Josselin n'était pas du genre à m'amener chez les flics. Il attendait la suite, un vague sourire aux lèvres.

« Disons que j'ai été obligée de partir de chez moi et que j'ai été bien contente qu'il m'accueille.

— Ah ben oui, ça se comprend. Et… »

Il s'est interrompu. Dans le silence de la salle, on a entendu le bruit d'un appareil ménager, un aspirateur, quelque chose du genre, étouffé par la distance.

« Et à cette heure, a repris Josselin, voilà qu'il s'est mis en tête d'aller je ne sais où.

— Marinval, ai-je dit. Je suis désolée de vous avoir embarqué dans cette histoire. Je vous fais perdre votre temps. Je crois bien que tout le monde perd son temps. Je n'aurais jamais dû accepter de l'emmener là-bas.

— J'ai tout le temps qu'il me faut, Céline. Si c'est pour vous faire plaisir.

— C'est gentil, Josselin, merci. On pourrait peut-être se tutoyer, non ? »

Il est resté un long moment sans répliquer, tout sourire. Le moment était passé sans que j'aie trouvé les mots pour m'expliquer. Peut-être que je n'y arriverais jamais.

Une femme s'est approchée de notre table. C'était apparemment la seule responsable de cette auberge. C'était à elle que je m'étais adressée pour louer cette chambre. Elle avait une soixantaine d'années environ, engoncée dans un tablier taché. Elle portait un filet de mousse blanche sur la tête, lui couvrant les cheveux, qu'elle a ôté d'un geste sec avant de le rouler en boule dans une main. De l'autre, elle a baissé ses demi-lunettes sur le bout de son nez pour m'observer, sans aucune gêne, comme si elle examinait des légumes un peu trop mûrs sur un étalage.

« Je vous ai compté la chambre avec petit déjeuner. Mais à cette heure-ci, ne comptez plus sur moi pour vous le servir. Ou bien il vous faudra attendre demain.

— On sera repartis avant ça, tant pis pour le petit déjeuner. Est-ce qu'on peut quand même avoir quelque chose à manger ? Ça sent bon, ce que vous préparez là.

— Essayez pas de m'amadouer, a dit sèchement la femme en remettant son petit bonnet en place sur son crâne.

— Pardon ?

— On n'est pas dans un hôtel de passe, c'est tout.

— Oh. »

Je commençais à comprendre pour quelle raison elle me jaugeait de cette manière.

« Vous vous trompez, ai-je dit. Personne ne compte se servir de cette chambre pour dormir ou pour quoi que ce soit d'autre. Je voulais juste disposer de la salle de bains.

— Vous louez une chambre pour prendre une douche ? C'est pas ce que m'a dit votre… (elle a montré Josselin d'un geste du menton)… votre mari, là. »

J'ai réussi à ne pas me tourner vers lui.

« Bon, écoutez, madame, ai-je repris. Je suis

enceinte, et je ne me sentais pas bien. J'ai soudain eu envie de me laver. C'est peut-être difficile à admettre, mais c'est ainsi. Je suis désolée si vous avez mal compris.

— Faut pas vous énerver, a dit la dame. En tout cas, vous avez la chambre jusqu'à demain dix heures. Vous auriez peut-être intérêt à vous reposer un peu, vous avez une mine de déterrée. »

Elle est repartie vers sa cuisine.

« Et le bœuf bourguignon sera prêt dans une heure, si ça vous chante. »

Josselin a terminé sa bière au goulot de la bouteille.

« Les gens sont tous un peu comme ça, dans le coin, a-t-il dit. C'est des têtes de mule, je vous esplique pas. Enfin, je t'esplique pas. Puisqu'on se dit tu.

— D'accord. Explique-moi plutôt pour quelle raison tu lui as dit qu'on était mariés », ai-je rétorqué.

Il s'est lentement frotté le menton du bout d'un doigt. C'était comme si on voyait l'intérieur de son crâne avec des petites roues en train de tourner sur elles-mêmes.

« Je me doutais bien qu'elle allait se mettre martel en tête, a fini par dire Josselin. Tu connais pas les gens d'ici. Une jolie fille comme toi, qui débarque avec un gars en début d'après-midi, ça fait jaser, c'est garanti sur facture. »

J'ai baissé les yeux vers mon entrejambe, intriguée par la sensation de chaleur dont je venais de prendre conscience. Une tache sombre s'étalait sur le tissu de mon jeans, à l'intérieur de ma cuisse gauche.

Je me suis levée d'un bond, en accrochant le bord de la table. Je me suis appuyée d'une main au dossier de ma chaise pour ne pas m'effondrer. Je tremblais des pieds à la tête.

« Oh ben ça », a fait la voix de Josselin venant de très loin, m'arrivant à travers l'épaisseur de l'air entre nous, comme s'il venait de se solidifier à l'instant précis où j'avais vu le sang qui imbibait mon pantalon.

Léopold

Déjà debout avant le lever du soleil, il faisait du bruit dans la grange juste sous nos fenêtres pour nous éveiller et nous faire honte d'être encore couchés, surtout moi qui aurais dû me lever et m'habiller et l'accompagner aux champs avant même d'avoir bu ma première tasse de café, comme tout homme qui se respecte, il m'avait fallu du temps avant que je me rende compte qu'il me détestait à ce point, et à l'époque on était déjà mariés depuis des années, avec Jeanne. Elle n'avait jamais voulu l'admettre quand je lui disais que son père aurait préféré quelqu'un d'autre que moi pour marier sa fille, et puis surtout que j'étais venu vivre chez eux et que Jeanne n'était pas tombée enceinte, ni la première année, ni la deuxième ni après, même si on n'avait jamais su si ça venait de moi ou bien d'elle

(avant que naisse le petit Josselin chez les François, bien des ans plus tard, quand il ne se passait plus rien depuis longtemps entre Jeanne et moi, vu la manière qu'elle avait pris ça au fil du temps, de plus en plus réticente à même me toucher, à poser une main sur moi, comme si)

c'était son genre, au père Braudel, lui qui bien sûr avait été de toute sa vie un homme qui se respecte, en tout cas, c'est ce qu'il croyait, même s'il n'était pas aussi net que ce qu'il prétendait, puisque aucun de nous ne l'est, c'est peut-être une des seules choses que j'ai comprises, en tout cas, ce qui est sûr, c'est qu'il regrettait de m'avoir accueilli chez eux, dans la ferme qu'il avait construite de ses propres mains, ajoutant une aile d'un côté, une véranda de l'autre, tout ça en vérité bien de guingois si vous voulez mon avis, ce que je ne lui avais jamais dit en face, mais ce qu'il comprenait sans trop de peine, puisque j'étais le seul à ma connaissance à ne pas m'extasier sur ses talents de bâtisseur, parlons-en, il ne peut plus s'en offusquer, mais ce qu'il avait fait là, ça s'était effondré pour la plupart et il avait fallu faire appel à de vrais maçons et même à un couvreur pour réparer le toit de la grange et pour empêcher que les tuiles ne nous tombent sur la tête, à Jeanne et moi,

(je ne lui demandais pas grand-chose, mais même ça, ça la répugnait, de me prendre dans ses doigts pour me soulager, le mot n'est pas trop fort, j'en avais plus qu'assez de me branler dès que j'étais seul, à peu près chaque jour à une époque, même ça, elle refusait, alors que j'étais pas différent de ce que j'étais à l'âge où on s'était mariés, mais faut dire qu'en y repensant, elle ne s'était jamais montrée très portée là-dessus, même si au début, elle faisait des efforts)

peut-être que je ne m'y étais pas bien pris

on n'en avait jamais parlé, on ne savait même pas comment on aurait pu commencer cette conversation, personne ne vous apprend ça, en tout cas, moi, personne n'avait pris la peine de me dire quels mots employer

peut-être qu'avec un autre, elle aurait pris du plaisir, peut-être que le père Braudel avait eu raison après tout, ce n'était pas moi qu'il lui aurait fallu, à Jeanne, mais si on part par là

même les extras du samedi soir avec Georges, elles y prenaient plus de plaisir

(arrête ça, Léopold, ces filles-là, elles sont payées pour avoir du plaisir, enfin, je veux dire, pour faire croire que)

n'empêche que de les sentir trembler un petit peu en dessous de moi, c'était déjà ça, même si elles étaient payées pour, à croire que pour certaines, elles ne faisaient pas vraiment semblant

le meilleur, ça avait été à Marinval

je n'ai jamais su pourquoi on avait poussé jusque-là, Georges avait son petit sourire en coin en conduisant et comme d'habitude je m'étais laissé faire, il décidait et je l'accompagnais, voilà tout, d'autant qu'il payait à peu près toutes nos dépenses

on n'y était plus retournés, soi-disant que ça ne lui avait pas plu finalement, à Georges, mais je crois bien que c'était parce qu'il avait compris qu'à moi, ça m'avait trop plu, il était assez malin pour comprendre ça, c'était le gars le plus malin que je connaissais

(même s'il avait fait des conneries, et la plus grosse avec moi, dans cette voiture abandonnée au milieu de la chaussée, et que ce qu'on avait fait avait vite été su dans tout Valmont, même si personne avait jamais osé nous le reprocher en face, à part Jeanne bien sûr)

il avait bien vu ce qui s'était passé avec cette fille, ou s'il l'avait pas vu, il l'avait déduit du fait qu'on était restés elle et moi toute la nuit et une bonne partie de la matinée, et quand on était sortis de la caravane, elle était restée collée à moi et je pense bien que même en étant payée, on n'a pas des gestes comme ça, on n'a pas un sourire comme ça et

Tomber amoureux en une nuit

J'avais été maussade toute la semaine qui avait suivi, et j'avais cassé la herse en roulant sur des pierres que je n'avais pas vues parce que j'étais occupé à repenser à elle

Georges n'avait jamais voulu y retourner et puis après ça,

Léopold, c'est une pute, et rien d'autre. Tu veux savoir combien je lui ai donné ?

Oui, et alors ?

Et alors ? Tu crois que c'est ta petite gueule qui l'a poussée à gémir pendant que tu la baisais ?

J'en sais rien, Georges. Tout ce que je sais, c'est que j'ai bien envie de remettre ça.

(ce qui n'était pas tout à fait vrai, même si j'avais envie de l'avoir à nouveau nue contre moi, ce que je voulais plus que tout, c'était de revoir le sourire qu'elle avait eu, et puis de sentir son regard sur moi, avec ses yeux tout fins, à se demander comment elle pouvait vous regarder de cette manière, personne ne m'avait jamais regardé de cette manière, à croire que ça ne tenait qu'à ça, au bout du compte, qu'une femme vous regarde d'une certaine façon et tout le reste vient après)

Ça va mal tourner si tu la revois, Léopold. Fais-moi confiance.

Je t'ai toujours fait confiance pour tout, Georges, mais là, j'ai bien envie de n'en faire qu'à ma tête.

après ça, eh bien, les jours avaient passé et je remettais toujours au lendemain l'idée de retourner la voir, je ne connaissais que son prénom mais je n'avais pas de souci pour la retrouver vu que je savais bien où elle était à peu près chaque soir, et je savais dans quelle caravane elle logeait et faisait ses petites affaires, elle pouvait pas bouger de là, la caravane, vu la manière qu'elle était attachée au terrain, mais comment expliquer à Jeanne que j'allais m'absenter toute une soirée pour aller à Marinval où je n'avais rien à faire. Il aurait fallu entrer dans des détails impossibles, ou bien inventer une histoire, mais je n'avais jamais été très fort dans ce domaine.

J'en avais voulu à Georges, il faut bien mettre vos remords sur le dos de quelqu'un si vous voulez continuer à tenir, et ç'avait été le début du refroidissement entre nous, et puis il y avait eu cette affaire de la voiture et de la femme morte et je crois bien que si Georges m'avait entraîné là-dedans, c'était pour casser une fois pour toutes, vu qu'on n'était plus partis en week-end suite à ça.

Kim.

Elle s'appelait Kim, elle était chinoise ou vietnamienne, quelque part par là, en Asie.

Avec des yeux comme des amandes.

Josselin

Je lui tenais la main. Elle était allongée sur le lit et je lui tenais la main. Céline, elle avait l'air de dormir, mais je savais bien qu'elle était éveillée, parce que de temps à autre, elle ouvrait les yeux même si elle restait sans bouger. J'étais assis sur une chaise, et je serais bien resté comme ça jusqu'à ce que le Seigneur décide de revenir sur terre pour juger les bons et les méchants. Il y avait pas de doute qu'il me mettrait d'un coup avec les bons, puisqu'il pouvait voir au fond de chacun de nous, et moi, au fond, ben, il avait plus rien de mauvais depuis que j'avais fait le grand nettoyage.

À un moment, on a frappé à la porte, et avant que personne dise d'entrer la femme de l'hôtel est arrivée dans la chambre. Elle s'est assise sur le lit à côté de Céline et elle a dit : « Écartez un peu cette couverture si ça ne vous fait rien, parce que je ne vois pas grand-chose comme ça.

— Je préférerais que tu nous laisses, Josselin, a fait Céline. D'accord ?

— Pas de problème, je suis dans le couloir, j'ai

dit. Si t'as besoin de queque chose, hésite pas à appeler.

— Merci. »

Puis elle a attendu que je me lève et que je sorte de la chambre. Avant de refermer la porte, je l'ai entendue qui disait :

« Votre mari pouvait rester, vous savez. Il a déjà dû voir ça.

— Ce n'est pas mon mari, a dit Céline.

— Ah bon, a fait la femme. Pourquoi pas, après tout. Je suis trop vieux jeu.

— Je vous remercie pour tout ce que vous faites pour moi, elle a encore dit Céline. Je ne sais pas ce que je serais devenue sans vous.

— Ça me rappelle des souvenirs », a dit l'autre.

Puis elles ont plus rien dit et j'ai bien été forcé de refermer la porte. Céline, elle serait tombée comme une madeleine dans la salle à manger si j'avais pas été là pour la retenir. Je l'avais tenue dans mes bras, je la sentais qui remuait contre moi, j'avais mon bras sous le sien et dans sa poitrine ça sautait comme s'il y avait un ressort qu'allait bientôt péter.

La femme de l'hôtel était revenue dans la salle, elle avait pas mis long à comprendre qu'on n'était pas occupés à danser sur place, Céline et moi, et c'est comme ça qu'elle m'avait dit de l'emmener dans la chambre.

Elle l'avait mise au lit et puis elle l'avait soignée, j'en sais trop rien vu que je connais pas vraiment ces affaires de bonne femme et tout. Mais celle de l'hôtel, apparemment, elle s'y connaissait. J'étais resté un petit moment et je l'avais vue qui retirait le pantalon de Céline, et puis Céline s'était mise à pleurer et la femme avait dit : « Allons, ne vous en faites pas trop, j'ai l'impression que c'est juste un petit saignement. Ça peut arriver. Dans la plupart des cas, ce n'est pas trop grave. »

Sans doute qu'elle était docteur ou quoi.

En tout cas, Céline avait passé tout l'après-midi au lit, pendant que je buvais quelques bières, en comptant les allées et venues des gens de l'hôtel. Il n'y avait en fait que la femme qui s'occupait de tout, et un gros type qui se baladait avec l'air d'une poule qui cherche le meilleur endroit pour pondre son œuf.

J'ai traversé le couloir et je suis sorti par la porte qui donnait sur le terrain devant l'hôtel.

Le type en question se tenait justement près de l'Opel, les mains dans les poches de sa salopette. Encore un peu qu'il allait nous la piquer la bagnole, d'autant que j'avais laissé les clés sur le contact en sortant, croyant qu'on n'allait pas s'attarder dans le coin.

« Y a un problème ? » j'y ai demandé, au gars.

Il m'a regardé comme s'il m'avait pas entendu. C'était un genre d'attardé ou quoi. Il avait des petits yeux enfoncés dans sa grosse face rougeaude. Ses cheveux, c'était peine perdue, autant y foutre le feu, d'autant qu'ils ressemblaient à une botte de paille collée sur son crâne.

« T'as perdu queque chose, mon gars ? » j'y ai encore demandé.

Ces types, ils croient qu'on va leur donner le petit

Jésus sans confession, parce qu'ils ont l'air de plus avoir leurs sept couteaux.

« Le monsieur, il dort, a fait le gars. J'en ai vu qui dormaient comme ça, quand je vais au camping. »

Je pigeais rien à ce qu'il jactait, celui-là. Si c'était de la comédie, ce type était pas le pire acteur. Parce que question de jouer les idiots, je connaissais la partie.

« Tu parles de quoi ? je lui ai dit. Quel monsieur ?

— Il y en a, ils ont pas de caravane, alors ils dorment dans leur voiture, a fait le gars. Celle-ci, c'est une Opel Kadett. »

La pièce est tombée quand j'ai entendu le nom de la voiture. Ce gars voulait parler de ce qu'il avait vu par la vitre à l'arrière de la bagnole. J'ai ouvert la portière, et faut dire que je l'avais un peu oublié là, le vieux Léopold. Allongé sur la banquette, il avait toujours pas bougé.

Il se tenait croquevillé comme le chien à Maurice en train de crever sur son divan. Il avait pas des masses de place sur cette banquette, heureusement que le Léopold, il était pas des plus grands ni des plus gros, comme quoi, il y a pas que des avantages à être costaud dans la vie.

Il avait un peu bavé dans son sommeil. Entre ses lèvres entrouvertes s'écoulait un peu de salive noire.

« Il est malade ? » a demandé le gars.

Je me suis redressé en refermant la portière. De toute manière, je tenais pas à regarder plus longtemps Léopold occupé à jeter son dernier souffle.

« Comment tu t'appelles ? j'ai dit au petit gros.

— Mon nom c'est Bernard Balteau, il a répondu comme un gamin qui va à l'école.

— D'accord, Bernard. Moi, c'est Josselin. »

Il a remué la tête lentement, comme s'il essayait de s'enfoncer dans le crâne ce que je venais de dire, ce qui n'avait pas l'air facile.

J'ai montré l'hôtel derrière nous.

« Tu travailles ici ?

— Oh, il a fait. Je porte les sacs avec les courses. Et puis je lave par terre quand ma mère elle me demande. »

Ce gars devait avoir à peu près mon âge, vu sa dégaine, mais à sa manière de parler, on lui aurait pas donné plus que dix ans. Sa mère, elle l'avait sans doute eu sur le retour. Ils habitaient apparemment qu'à eux deux dans cet hôtel où il ne devait passer à peu près personne, à se demander de quoi ils vivaient.

Le Bernard, il se tenait à côte de l'Opel et par la vitre il regardait Léopold ramassé sur sa banquette, en gardant la bouche entrouverte.

« Il est malade, lui ? il a encore demandé.

— Il va clamser dans pas longtemps, j'ai dit. C'est un vieux gars, qu'est-ce que tu veux.

— Clamser ? il a répété.

— Ben oui. Il va crever, quoi. Tu piges ? »

Il a fait oui de sa grosse tête, mais c'était pas clair s'il avait compris.

« On lui a pas donné assez à manger », il a fini par déclarer.

J'ai fait une grimace.

« Bof, je crois pas que ça soit une question de manger. Mais t'as ptêtre raison, après tout.

— Il faut manger, il a encore dit. Sinon on meurt.

— Ça, je pourrai pas te le contredire, j'ai fait. T'es un malin, toi. »

Il a eu un sourire tout content.

« Tu sais où c'est qu'on va, quand on meurt, Bernard ?

— Non, qu'il a dit. Vous, vous le savez ?

— Ouais, mon gars, j'y ai dit. Le Seigneur a veillé à tout, ça je peux te l'affirmer. Il a réservé une place pour chacun de nous dans un endroit qui s'appelle le paradis. C'est un endroit peinard où t'as qu'à tendre la main pour cueillir les fruits mûrs, et dès que t'ouvres la bouche, il y a des fontaines de liqueur qui te coulent à l'intérieur.

— J'aime bien les liqueurs, qu'il a dit. J'espère que moi, j'irai au paradis. »

J'ai poussé un soupir.

« Pour ça, il faut le mériter, mon gars. Il y a pas tout le monde qui pourra y aller, au paradis. Ceux qui ont le cœur pourri, eh ben, le Seigneur, il leur fermera la porte et il leur dira de s'en retourner d'où qu'ils viennent. »

Le Bernard, avec ses petits yeux enfoncés dans son visage, il a ouvert la bouche en faisant une vilaine tête, et puis, en silence, des larmes se sont mises à couler tout lentement le long de ses joues.

« Faut pas t'en faire comme ça, j'y ai dit. Je suis sûr qu'il t'a réservé ta place. Tu m'as l'air d'un bon gars. Quand je parlais des cœurs pourris, c'était pas de toi.

— Vous êtes gentil », il a fait Bernard en s'essuyant les yeux mouillés.

C'était la deuxième fois aujourd'hui qu'on me disait ça, et j'avais pas le souvenir que quiconque avait eu cette idée avant ça. Ce coup-là, c'était sûr que j'étais plus pareil à ce que j'avais été. J'aurais jamais cru qu'on pouvait changer à ce point, surtout moi. J'avais été visité par le Seigneur, c'était pas possible autrement. J'avais trop rien senti de la visite, mais il était clair que le Seigneur pouvait se glisser en vous plus doucement qu'une plume qui vous caresse la peau, si ça lui chante. Il est capable de tout, c'est même à ça qu'on le reconnaît.

« Vous voulez voir mes monstres ? il a tout à coup demandé, Bernard, alors que j'étais plongé dans ma réflexion.

— Quels monstres ? »

Il a regardé derrière lui, comme s'il avait peur qu'on le surprenne.

« Ma mère, elle veut pas que je les garde, il a déclaré. Mais j'ai le droit, ils sont à moi, je les ai attrapés et ils sont à moi.

— T'es un homme, j'ai dit. Il y a personne qui peut te dire quoi faire ou pas. C'est toi qui décides, Bernard.

— Oui », qu'il a fait.

Il a respiré un grand coup.

« Je décide ? »

Il avait plus l'air trop sûr, du coup.

« T'as quel âge ? » j'y ai demandé.

Il a haussé les épaules sans rien répondre.

« T'es plus un gamin, tout de même, j'ai ajouté. Ta mère, elle a pas le droit de se mêler de tes affaires.

— Elle s'occupe de tout, il a dit. Même quand je suis dans ma chambre, elle vient voir ce que je fais. »

Je l'ai pris par l'épaule.

« Écoute un bon conseil, mon gars. Les mères, elles sont comme qui dirait indispensables, dans la vie. Mais au bout d'un moment, il faut savoir mettre une limite, sinon elles te lâchent plus. Les hommes, ils ont besoin de liberté, je dirais même qu'on peut se passer d'à peu près tout, sauf ça. T'es pas d'accord ? »

Il a réfléchi. À la limite, on aurait presque pu entendre son ciboulot occupé à fonctionner, au Bernard. Il a fini par remuer sa tête, il était d'accord, au bout du compte, après examen de la question.

« C'est quoi, cette histoire de monstres que tu parlais ? j'y ai demandé.

— Venez voir par ici, il a fait Bernard, en s'éloignant vers l'arrière de l'hôtel. Mais faut pas faire de bruit parce que ma mère elle veut pas. »

Il s'était mis à marcher à petits pas, l'air de celui qui veut pas grincer les lames d'un plancher, ce qui était bizarre vu qu'on était sur un terre-plein avec rien que la poussière et des cailloux.

De toute manière, j'avais rien de mieux à faire qu'à bavarder un peu avec lui, vu que Céline était toujours allongée sur son lit, et que le vieux Léopold allait pas partir en courant, alors je l'ai suivi jusque de l'autre côté de la grande bâtisse.

Le gros Bernard, il m'attendait devant la porte d'une vieille cabane en planches bâtie contre un des murs qui faisaient le tour de la propriété. Il a ouvert et une odeur de pisse m'est venue aux narines.

« Qu'est-ce que tu gardes là-dedans ? j'y ai demandé. C'est des bestioles ?

— J'en ai déjà quatre », il a répondu.

Il a disparu à l'intérieur et j'ai bien été forcé d'y entrer moi aussi, en me pinçant le nez avec deux doigts.

Il y avait des cages en fil comme celles qu'on met les poules ou des lapins, posées par terre, mais le Bernard, c'était pas des poules qu'il élevait. C'était des ragondins. Ils étaient incroyablement grassouillets et ils occupaient une large partie de leur cage, affalés sur le fond comme s'ils pouvaient plus bouger. Ils avaient l'air de grosses larves, avec leurs poils sales et leurs longues queues qui traînaient autour d'eux. Il y en a un qui a relevé la tête en nous entendant entrer et il m'a fixé de ses petits yeux enfoncés dans sa graisse. En fait, ces ragondins boudinés ressemblaient à leur maître. Ils avaient à peu près la même tête de débile.

Bernard, il a pris un seau rangé dans un coin de la cabane, un seau rempli de boulettes de je ne sais quoi, sans doute du pain et des restes de viande mélangés, d'après la couleur. Il en a donné une au ragondin qui venait de bouger, en la poussant au travers des mailles du grillage. Les autres, ils avaient l'air si endormis qu'ils ont même pas moufté. Le ragondin a ouvert le museau et s'est mis à grignoter la boulette du bout de ses dents pointues. Ça paraissait le fatiguer de même manger.

« Comment tu les as pris ? j'ai demandé.

— J'ai fabriqué un piège que j'ai mis près de la berge par là-bas, il a dit Bernard. Ils sont beaux, hein ?

— Je dois reconnaître que c'est un spectacle, j'ai dit. Qu'est-ce que tu comptes en faire ?

— Oh, rien, je vais rien faire avec eux. Je m'en occupe, c'est tout. Et je leur parle quand je suis triste.

— C'est déjà pas mal d'avoir à qui parler dans ces cas-là », j'y ai dit.

Un des ragondins endormis s'est mis à pisser sous lui et une flaque s'est lentement étalée sur le plancher de sa cage sans même qu'il fasse un geste pour s'écarter. J'ai vu Bernard qui souriait. On aurait dit qu'il aurait bien aimé être à sa place. Allongé sur le ventre dans une cage et attendre que quelqu'un vienne te donner une boulette de temps en temps, sans rien faire. À son idée, c'était la belle vie, il y avait pas de doute. Ptêtre bien qu'il avait raison, au bout du compte. Avoir des bêtes pareilles à sa merci et décider de tout pour elles, c'était comme être le Seigneur. Mais bon, fallait aimer l'odeur de pisse.

Je ressortais de la cabane et j'aspirais un peu d'air frais dans la lumière du jour en train de tomber quand j'ai entendu crier queque part dans l'auberge. Il m'a pas fallu longtemps pour reconnaître la voix de Céline.

Céline

Je tenais le jeans, j'avais retourné les poches dans tous les sens mais je n'y croyais pas encore. Ce n'était pas possible, pas possible que ça ait disparu de cette manière.

« Vous m'avez piqué mon fric, ai-je dit sans lever les yeux.

— Je ne vois pas de quoi vous parlez, a-t-elle dit. À votre place, je me recoucherais, mon petit. Vous risquez d'aggraver votre situation. Ce n'est peut-être pas très grave, mais ça peut le devenir si vous ne vous reposez pas. »

J'ai brandi le pantalon sous son nez.

« Il y avait plusieurs liasses de billets dans mes poches. Ne venez pas me dire que vous ne les avez pas senties. »

Elle a voulu reprendre le jeans comme si elle n'avait pas entendu ce que je venais de lui dire mais je le lui ai arraché des mains et j'ai entrepris de l'enfiler.

« Qu'est-ce que vous faites ? a-t-elle demandé. Je ne pense pas que ce soit une bonne idée.

— Quand j'aurai besoin de votre avis, je vous le demanderai, d'accord ? »

Je vacillais sur mes jambes en m'efforçant de les faire entrer dans ce pantalon.

« Si c'est comme ça que vous me remerciez », a dit la femme de l'hôtel.

Je me suis arrêtée, en m'appuyant d'une main au dossier de la seule chaise que contenait la chambre.

« Vous m'avez volé, madame, et vous voudriez en plus que je vous remercie ?

— Personne ne vous a rien volé. Je suis certaine que vous allez retrouver votre argent quelque part. Vous êtes un peu perturbée, mon petit, c'est normal.

— Vous l'avez lavé sans rien me demander, ce jeans, n'est-ce pas ? »

Elle a hésité un moment.

« Il était taché de sang. J'en ai profité que je lançais une machine. Je me suis dit que ça vous ferait plaisir.

— Vous allez prétendre que ce fric a disparu tout seul dans votre machine à laver, c'est ça ? Qu'il s'est dissous dans l'eau de lessive ? Vous me prenez pour une conne ?

— Je n'ai pas vu d'argent, a-t-elle déclaré. Je n'ai rien senti dans les poches.

— Bien sûr.

— Si vous ne me croyez pas, appelez la police, a-t-elle ajouté.

— Pour leur dire quoi ? De fouiller l'hôtel de fond en comble ? »

J'ai continué à m'habiller sans rien ajouter.

J'avais un vague mal de tête à l'arrière de mon crâne, et dans mon ventre une lourdeur qui m'inquiétait de plus en plus. J'ai remonté la fermeture de mon jeans, sans réussir à boucler le bouton du haut. Le pantalon ne tenait qu'à peine autour de mes hanches. Mon ventre débordait.

La femme s'est à nouveau approchée de moi.

« Je vous conseille de vous recoucher, a-t-elle déclaré. Je ne vous en veux pas, je sais ce que c'est que d'avoir une grossesse difficile.

— Ne me touchez pas ! ai-je crié. Je ne veux pas rester une minute de plus dans ce repaire de voleurs. Vous ne m'en voulez pas ? Mais vous êtes dingue ! C'est vous qui venez de me dépouiller, alors ne vous avisez plus de me toucher. C'est clair ? Ne me touchez pas ! »

Je crois bien que je hurlais. J'en avais plus qu'assez. Au-delà de ma résistance. D'avoir trouvé les poches de mon jeans vides m'avait mise hors de moi. Je crois bien que j'étais à deux doigts de la frapper. Je ne savais pas ce qui allait se passer pour moi à présent que cet argent avait disparu. Je ne parvenais pas à avoir les idées assez claires pour décider de ce que je pouvais faire. J'ai respiré un grand coup et j'ai perçu un mouvement dans mon bas-ventre, mais ce genre de coup était exactement ce qu'il me fallait pour me remettre d'aplomb. Comme s'il m'envoyait un message pour me dire que tout irait bien. Tant qu'il serait là. Parce qu'il était toujours là, bien vivant malgré les épreuves.

C'était pareil à un shoot d'énergie qui venait de se répandre en moi. Tant pis pour ce fric, ce n'était pas la première fois que je ferais face à la dèche. J'ai trouvé mes chaussures sous le lit et je me suis assise sur la chaise pour les enfiler, sans plus me préoccuper de cette femme. Qu'elle aille pourrir en enfer avec mon argent, c'est ce que je me suis dit. C'est à ce moment-là que Josselin a débarqué dans la chambre. Il avait son air ahuri habituel.

« Qu'est-ce qui se passe ? »

Il a examiné les environs, comme s'il espérait y découvrir la réponse à sa question.

« On s'en va, ai-je dit en me levant. Et le plus tôt sera le mieux, je t'expliquerai dans la voiture.

— C'est idiot de votre part, a fait la femme de l'hôtel. Il faut vous reposer. Allez vous recoucher, mon petit. »

J'ai choisi de ne pas répliquer. Je lui ai simplement adressé un geste de la main pour lui intimer l'ordre de me laisser passer.

« Tu vas mieux ? m'a demandé Josselin.

— Est-ce que tu pourrais m'aider à rassembler mes affaires et à m'installer dans l'Opel ? lui ai-je dit. Sans poser de questions pour le moment ? »

Il a remué la tête et s'est remis à observer les environs sans se décider à bouger. On aurait cru qu'il était de mèche avec cette satanée bonne femme. Peut-être qu'ils s'étaient partagé le fric pendant que j'étais allongée dans cette chambre, dans le courant de l'après-midi, en profitant de l'état vaseux dans lequel je me trouvais. J'avais le sentiment d'être restée seule pendant de longues heures. J'avais l'esprit embrouillé par ce qui venait de m'arriver, et par la fatigue et par l'énervement. Il aurait fallu que je me repose, cette femme avait sans doute raison, mais je n'allais tout de même pas rester dans cette chambre alors qu'elle venait de me dépouiller de tout l'argent que je possédais.

« Je n'ai même plus de quoi vous payer, ai-je ajouté avant de quitter la chambre. Tout mon fric était dans mes poches.

— Ce n'est pas un problème, a dit la femme. Ce n'est vraiment pas le problème, mon petit.

— Arrêtez de m'appeler mon petit, d'accord ?

— Si vous n'avez pas d'argent, on peut s'arranger. On peut toujours trouver un arrangement. Le principal, c'est que vous ne mettiez pas votre gosse en danger. »

Je l'ai regardée un moment, cherchant à découvrir si elle était sincère ou non. C'était impossible à deviner. Elle aurait tout aussi bien pu avoir en tête de me découper en morceaux et de me jeter à la poubelle avec les restes de son bœuf bourguignon.

J'ai pris le chemin de la sortie, suivant le long couloir qui passait devant la cuisine et la salle de l'auberge. Mon jeans me tombait sur les fesses, et j'ai été forcée de le retenir d'une main. Je tendais l'autre devant moi comme si je marchais dans l'obscurité. J'avais l'impression que des obstacles imprévus, surgissant brusquement de la pénombre du couloir, allaient m'empêcher d'atteindre l'Opel garée sur le parking.

J'ai réussi à pousser la porte de l'auberge et à marcher en direction de la voiture, m'efforçant de ne pas m'affaler sur le terre-plein. Le soleil se couchait et les ombres des arbres plantés d'un côté du parking s'allongeaient sur le sol accidenté, parsemé de trous et de cailloux. L'Opel était la seule voiture visible aux alentours, et je n'avais aperçu aucun client de cet hôtel depuis qu'on s'était arrêtés là en fin de matinée.

J'ai ouvert la porte arrière et je me suis penchée sur Léopold. J'avais presque envie qu'il soit parti une bonne fois pour toutes, ça aurait au moins réglé ce problème, mais il était sans doute dit quelque part que j'allais être obligée de me le coltiner jusqu'au bout. Parce que malgré le temps qu'il venait de passer allongé sur cette banquette, le vieux Léopold était toujours en vie. J'entendais sa respiration chuintante qui allait et venait dans l'habitacle de l'Opel. Je l'ai observé un moment, en attendant que Josselin me rejoigne. C'est comme ça que j'ai aperçu un sac à dos glissé sous le siège du conducteur. J'ai reconnu mon sac.

Je l'ai tiré vers moi pour m'en assurer. Mais je n'avais déjà plus aucun doute à ce sujet. C'était effectivement le mien, avec ses traces d'usure et sa sangle que j'avais réparée quand elle avait lâché. J'ai mis un moment à me rappeler que je l'avais laissé dans ma chambre, chez Léopold, en partant pour le pique-nique qu'il s'était mis en tête de faire auprès de cette rivière qu'on n'avait jamais trouvée. Ça paraissait si loin. Quant à savoir comment ce sac avait fait pour se retrouver dans l'Opel, je ne parvenais pas à l'imaginer.

Je l'ai ouvert et j'ai vu ce qu'il contenait. Je suis restée un moment abasourdie. Je n'en croyais tout simplement pas mes yeux. J'ai sorti une à une mes petites culottes, celles que je rangeais dans le tiroir de la commode, chez Léopold. J'ai senti une vague de nausée monter en moi et j'ai bien failli vomir. Ce n'était bien sûr pas Léopold qui avait mis ce sac à mon insu dans l'Opel en partant de chez lui. Et je n'étais pas folle au point de l'avoir oublié si jamais je l'avais fait moi-même. Il n'y avait donc qu'une personne qui pouvait être responsable de la présence de mon sac dans la voiture, et surtout du fait d'y avoir mis la plupart de mes culottes.

Je me suis retournée en sentant une présence derrière moi. Josselin se tenait dans la lumière rasante du soleil couchant. Il avait une main en visière au-dessus de ses yeux et il souriait. Il ne pouvait pas avoir raté ce que je tenais dans les mains, sac ouvert et culottes de coton, une blanche, une bleue, une autre blanche et puis encore une autre, une de celles que j'avais portées et que j'avais rangée à part en attendant de la laver.

« Oh, t'as trouvé ton sac », a dit Josselin, comme une évidence.

Je crois qu'il a compris qu'il valait mieux pour lui ne rien ajouter.

J'ai jeté mon sac sur le siège passager, et je suis allée m'installer au volant.

J'ai fermé la portière, les clés étaient restées sur le contact, j'ai mis le moteur en marche. Tout ça dans le plus parfait silence, comme si on venait de m'enfoncer des boules de coton dans les oreilles.

L'Opel s'est mise en branle, doucement, si doucement. Elle a pris la direction de la chaussée, au bout du terre-plein. On aurait cru qu'elle roulait toute seule, et que je n'avais qu'à me laisser emmener. Mes mains ne serraient qu'à peine le volant. Mes pieds effleuraient les pédales. Je clignais des yeux dans la lueur du soleil en train de disparaître derrière les arbres.

J'ai aperçu un mouvement sur ma gauche. Une camionnette était occupée à me dépasser en klaxonnant. Elle s'est rabattue devant moi et j'ai accéléré pour ne pas me laisser distancer. Sur la vitre arrière de la camionnette étaient inscrits les mots : Leclercq et fils – Toitures et électricité – 13, Grande Rue – 8370 MARINVAL.

Léopold

Pas morte. Pas tout à fait morte

mais comment le savoir, elle était couchée le corps à moitié sur le siège d'à côté, ses bras pendaient devant elle, ses cheveux cachaient son visage

(Elle avait de longs cheveux, sans doute les plus longs que j'avais pu voir, comme s'ils n'avaient pas arrêté de pousser tout au long de sa vie)

Elle n'était pas morte mais on ne s'en est pas rendu compte, ou plutôt si, Georges l'avait sans doute compris avant moi mais il a fait comme si de rien n'était, il avait sa tête de renard

Le brouillard s'était levé, montant des pâturages alentour, et il nous avait enveloppés à la manière d'une couverture, de plus en plus épais, rouleau de coton blanc qui s'enroulait encore et encore autour de la Mercedes tandis que Georges passait la main sous

Ça n'avait eu l'air de rien, pour commencer, je n'avais même pas aperçu le premier geste, quand j'avais réussi à détourner la tête en me secouant et me demandant avec effroi si je n'étais pas en train de rêver, parce que d'ordinaire un homme ne peut pas changer de traits à ce point

Ses doigts s'étaient déjà faufilés dans l'échancrure du corsage

Elle n'avait pas eu la moindre réaction en sentant cette main qui la touchait, la main de Georges avec

Sa tête de renard

Un museau pointu et des petites dents effilées qui dépassaient de ses lèvres

Dans la lueur blanche qui nous environnait, de plus en plus épaisse, de plus en plus éblouissante, à tel point que j'étais forcé de plisser les paupières pour ne pas être aveuglé

(J'avais eu l'impression que tout ça n'était qu'un rêve et que j'allais me réveiller d'une minute à l'autre, allongé dans notre chambre, alors que Jeanne se levait en faisant grincer le sommier comme elle avait l'habitude de le faire, quand elle couchait encore dans le même lit)

C'est alors que je l'avais vue ouvrir les yeux

Dans la lumière étrange qui nous cernait, je m'étais brusquement rendu compte qu'elle avait les yeux ouverts, ses cheveux s'étaient écartés de son visage, les longues mèches de part et d'autre, ramenés en arrière, peut-être était-ce Georges qui les avait repoussés de cette manière pour

On aurait cru qu'il essayait de la ranimer, c'était ce que j'avais d'abord pensé, qu'est-ce qu'on devait faire dans ces cas-là, vous trouvez une personne inconsciente dans un véhicule, la première chose à faire est sans doute de s'assurer qu'elle respire encore

Sa main dans l'ouverture de son chemisier, les boutons défaits, avec la dentelle du soutien-gorge, une dentelle noire sur sa peau blanche, si blanche, aussi blanche que la lumière qui nous étouffait

(mais ce n'était pas un rêve)

La seule chose à faire, c'était de voir s'il était possible de la ranimer

Voilà ce qu'avait dit Georges

(parce que dans les rêves, vous n'éprouvez pas la sensation de rêver, du moins pas moi – et c'était ce que j'éprouvais, avec le sentiment que mes pieds ne touchaient plus parfaitement terre, et que pratiquement tout l'air autour de moi avait disparu, comme si je me trouvais au fond de la mer, avec la sensation que dans peu de temps, dans quelques instants, dans l'espace d'une poignée de secondes, j'allais étouffer et que cela allait m'éveiller –)

mais sa main avait poursuivi son avancée

dans l'ouverture de plus en plus large du chemisier, découvrant la peau blanche entre ses seins et puis ses seins et puis

(je ne m'étais pas réveillé, je ne m'étais pas retrouvé en sueur assis dans mon lit, avec la trace du corps de Jeanne à côté de moi)

j'aurais dû lui dire que s'il cherchait à la ranimer, ce n'était sans doute pas la bonne manière

Qu'est-ce que tu as fait, Léopold?

(sa petite voix fluette qui m'agressait les oreilles)

Est-ce que tu te rends compte? Est-ce que tu te rends compte de ce que vous avez fait, avec ton copain Georges?

(elle ne l'avait jamais aimé, elle n'arrêtait pas de

le dénigrer et de prétendre que c'était un type pas net, à tel point que pendant tout un temps, je me suis demandé s'il n'y avait pas eu quelque affaire entre eux et qu'elle cherchait uniquement à détourner mes soupçons)

Je lui avais dit qu'on ferait mieux de s'en aller d'ici et d'appeler les flics ou une ambulance ou je ne sais quoi

Mais Georges avait dit trop tard

(avant de comprendre qu'elle ne s'intéressait plus du tout aux hommes, ou plutôt qu'ils ne l'intéressaient plus et qu'en fait, ils ne l'avaient jamais intéressée, depuis le début sans doute elle s'était forcée contre mauvaise fortune bon cœur)

qu'est-ce qu'il peut lui arriver de toute manière? avait dit Georges avec son sourire de renard, et il s'était remis à la toucher, dans la lueur si blanche qui nous environnait de tous côtés, et j'avais vu ses mains se glisser sous les vêtements de

de

qu'est-ce qui m'arrive?

Et puis après

Après ça

La lumière blanche qui

Oui, c'est la lumière qui était responsable de tout

Dans les profondeurs du brouillard monté des prairies, elle luisait à la manière d'un rideau de chandelles, pareille aux longues bougies qu'on place autour de l'autel pendant tout le temps de la cérémonie

Et quand elles s'éteignent, on comprend que c'est fini

Une fois pour toutes.

Comment

Comment c'était remonté aux oreilles de Jeanne, je ne l'avais jamais compris, et je n'avais d'ailleurs pas cherché à comprendre. Après tout, c'était fait, et ça n'aurait servi à rien que je me défende

En disant quoi ?

Je n'avais rien fait, mais j'étais tout aussi coupable.

(Alors que Georges n'avait pas éprouvé le moindre remords et s'était contenté de rire à chaque fois qu'on n'avait ne fût-ce qu'évoqué l'accident au fil des jours, des semaines et des mois qui avaient passé, avant que l'affaire ne disparaisse complètement des conversations et des mémoires

excepté celle de Jeanne, bien entendu

comme s'il prenait ça comme une bonne blague, un bon souvenir qu'on aurait partagé lui et moi – même si je savais que ce qui avait eu lieu ce matin-là n'avait rien à voir avec un bon souvenir, et qu'il le savait aussi)

Je n'avais rien fait, et c'était pour ça que j'étais coupable, Jeanne avait raison et en même temps elle avait tort, mais quelle importance

Le principal, c'était qu'elle m'en avait cru capable

Mais

Voilà ce

Qu'est-ce qui

se passe ?

De toute manière, j'étais coupable.

Rien ne s'était passé comme prévu et j'étais le seul responsable.

Peut-être qu'elle accepterait de me pardonner de n'être jamais revenu la voir.

Josselin

Je me suis éloigné de l'auberge avec la main en visière pour me protéger de la pluie, je savais même pas quelle heure il pouvait être, en tout cas, la femme elle avait éteint toutes les lampes dans la grande salle et puis elle m'avait demandé si je voulais une chambre, et j'avais failli dire oui, avant de comprendre qu'elle allait me faire payer pour ça. La salope, elle aurait pu mettre ça sur le fric qu'elle avait piqué à Céline. La machine à laver, elle avait bon dos, j'étais sûr que c'était elle qui s'était servie en trouvant les billets dans la poche du pantalon, mais bon, allez prouver une chose pareille. J'avais essayé de la mettre là-dessus en lui parlant, pendant qu'elle débarrassait les assiettes des derniers clients. Et puis les heures avaient passé et il avait bien fallu que je m'en aille parce que c'était plus possible et qu'elle devait fermer.

Comme par un fait exprès, il s'est mis à dégouliner des monceaux de flotte au moment où je sortais sur le terre-plein devant l'auberge. Il faisait si noir qu'on avait l'impression d'être dans le trou du cul d'un nègre, et je voyais même plus mes pieds au bout de mes jambes, mais ça m'inquiétait pas vu que je les entendais qui clapotaient dans l'eau de pluie qui inondait déjà le terrain. En moins de deux, ça s'est transformé en boue tout autour de moi. Je me suis retourné en espérant que la bonne femme allait avoir pitié de moi trempé comme une vieille soupe, mais je t'en fiche, le bâtiment était tout sombre, à croire qu'elle était déjà couchée et son crétin de fils aussi.

J'ai dû marcher dans une ornière parce qu'en cherchant à rejoindre la chaussée, je me suis étalé dans une flaque et que je m'en suis mis partout jusque dans le visage, je peux dire que la boue, ça a pas bon goût, même toute fraîche. Je me suis relevé et je me suis essuyé les lèvres en crachant ce que je pouvais, j'avais l'impression d'être au fond d'un puits de merde ou je sais pas quoi. La pluie se jetait sur moi et me frappait la peau comme avec des aiguilles.

Il y a eu un grondement dans les bois queque part, et j'ai compris que c'était l'orage qui poussait son tonnerre, c'était sûr que j'allais avoir droit à tout. J'ai voulu me repérer, mais j'avais pas grand-chose à quoi me raccrocher et c'est alors que la lumière d'un éclair a explosé juste devant moi. Avant qu'elle s'éteigne, j'ai remarqué une cabane à une dizaine de mètres sur la gauche et je me suis souvenu de ce que m'avait montré le Bernard, là où qu'il gardait ses ragondins graisseux. J'avais dévié de ma route sans m'en rendre compte, ce qu'était normal vu les conditions amosphériques. Le noir est retombé encore plus épais qu'avant, et j'ai marché dans cette direction avec des sortes d'étoiles dans les yeux, de toute manière, je pouvais aussi bien les garder fermés, avec ce que j'arrivais à voir.

J'ai encore bien failli trébucher en me cognant au bord de la cabane, même avec les mains tendues devant moi, mais je suis arrivé à trouver la poignée de la porte et je l'ai poussée, encore heureux que le demeuré ait pas songé fermer à clé.

L'odeur de pisse m'a pris à la gorge alors que je ramenais la porte pour empêcher la pluie d'entrer dans la cabane. Je savais que les gros ragondins se tenaient là dans le noir, j'en ai d'ailleurs entendu un qui remuait. Ils devaient se demander ce qui se passait, ptêtre qu'ils avaient l'habitude que leur maître vienne leur faire une petite visite pendant la nuit pour leur parler de ses problèmes, c'est pas ça qui devait lui manquer, au Bernard. Mais qu'y comptent pas sur moi pour leur parler de mes misères, on n'était pas à confesse quand même, j'allais pas leur déballer ma vie.

Je me suis essuyé les yeux. La pluie continuait de tomber en rafales sur le toit de la cabane, et j'essayais de ne pas respirer trop profond pour supporter la puanteur. Je ne tenais pas non plus à toucher un de ces sales animaux bouffis dans leur graisse, même du bout d'un pied, même si je savais qu'ils étaient dans leur cage, du moins c'était à espérer. Je me suis dit que je pouvais attendre là que ça se calme un peu. Il allait falloir que je trouve un moyen de rentrer, mais je penserais à ça quand il ferait clair. L'orage continuait de plus belle au-dehors, et j'ai essayé de voir ce que je pouvais faire pour rester dans cette cabane jusqu'à ce que le jour se lève. Ptêtre trouver un coin où m'asseoir, ce serait déjà mieux que de rester debout.

Un des ragondins s'est mis à couiner et ça m'a fait sursauter. C'était pas un cri normal, c'était une plainte presque comme quand une femme pleure, vous voyez ce que je veux dire, ou bien qu'elle veut vous faire croire qu'elle prend du plaisir à ce que vous êtes en train de lui faire. Là, dans l'obscurité de la cabane, dans cette odeur de pisse et de vieille graisse et de moisi, c'était une affaire plutôt bizarre, d'entendre gémir de cette manière. Ça m'a mis tellement mal à l'aise que j'ai bien failli ressortir, tant pis pour la pluie, et puis, j'ai attendu un moment en espérant que ça s'arrête, mais le ragondin continuait de se plaindre, encore et encore, de longs gémissements qui m'ont mis des scènes pas des plus catholiques dans la tête et c'est alors que j'ai compris que c'était Notre-Seigneur qui me mettait à l'épreuve, c'était bien son genre de choisir un moment pareil, mais c'est bien connu que ses voies sont impénétrables, quoi que ça signifie au bout du compte.

J'y tenais plus, malgré mes efforts, épreuve ou pas épreuve, alors au bout d'un moment, j'ai sorti mon briquet de ma poche et je l'ai allumé pour voir enfin de quoi il retournait. Des ombres se sont mises à trembler dans la cabane alors que je le pointais dans toutes les directions, ce qui n'était pas difficile vu que la cabane elle était pas plus grande qu'un cercueil qu'on aurait mis debout.

Je me suis penché en tenant mon briquet allumé au bout de mon bras tendu et j'ai vu le ragondin qui poussait ce gémissement, tassé au fond de sa cage en fil de fer. Il avait les yeux tout ronds et ses petites dents pointues s'enfonçaient dans sa propre patte et il avait déjà commencé à saigner, sa fourrure était tachée et ça dégoulinait sur la terre en dessous de lui, mais il continuait à se mordre comme s'il avait décidé de se bouffer lui-même en commençant par les pattes avant, tout en gémissant parce que ça ne devait pas lui faire trop de bien, cette affaire.

Il m'a soudain jeté un sale regard, il devait être gêné que quelqu'un suive son manège, il avait l'air pas commode, alors je me suis relevé d'un bond en arrière, je tenais toujours mon briquet allumé, et la petite flamme a léché la paroi de la cabane, il y avait des feuilles et des petites branches accrochées juste là que je n'avais pas vues, liées pour faire une sorte de brosse, sans doute que le Bernard s'en servait pour balayer par terre ou quoi, ou pour ramasser les crottes de ses satanés bestioles, en tout cas, c'était si sec que ça a pris feu tout de suite.

Une flamme est montée dans les branches avec un craquement, j'ai voulu taper dessus pour l'éteindre, tout en soufflant aussi fort que possible, mais c'était comme de chanter l'allélouia à des Chinois, le feu s'est répandu en moins de deux jusqu'au toit de la cabane et des flammèches sont aussi vite retombées sur le sol, juste sur un ballot de paille rangé à côté des cages. Le ragondin cinglé avait arrêté de se mordre pour observer ça, et les autres s'étaient réveillés eux aussi, j'ai vu leurs petits yeux briller dans la pénombre, mais en fait de pénombre, elle a disparu très vite, parce que des flammes brillantes ont jailli de la paille comme une fusée au point que j'ai dû me rejeter en arrière pour ne pas être brûlé.

J'ai cogné la porte avec mon dos et je me suis dit qu'il était ptêtre temps de sortir de là, même si la pluie continuait de tomber, mais c'était à croire qu'un machin s'était bloqué dans la serrure parce que je suis pas arrivé à la décoincer. J'ai remué le bazar tant et plus à faire trembler la porte, mais rien à faire. Je commençais à sentir le feu me lécher les fesses, si bien que j'ai donné un coup d'épaule dans la porte, mais va-t'en enfoncer une planche aussi épaisse, surtout que j'avais pas de recul.

Je me suis mis à tousser parce que la cabane était pleine de fumée, si ça continuait j'allais terminer en saucisse grillée d'ici peu. J'ai commencé à donner des coups de pied à tort et à travers sur les parois de la cabane et je crois bien qu'elle était pas attachée au sol, parce qu'à un moment, je l'ai sentie qui bougeait. Une flamme s'est attaquée à mon pantalon et une autre avait déjà entrepris de brûler ma veste, alors ni une ni deux, j'ai plongé en avant avec mon bras devant mon visage et la cabane a basculé et je me suis retrouvé les quatre fers en l'air et j'ai senti la pluie qui me tombait dessus et ce coup-ci, je n'avais vraiment pas envie de me plaindre. Comme quoi, il y a toujours une façon de prendre les choses du bon côté.

« Mais qu'est-ce qui se passe ? » a fait une voix pendant que j'étais occupé à éteindre les dernières flammes au bas de mon pantalon.

Le gars Bernard était accouru pour voir, sans doute qu'il était sorti de son lit en quatrième vapeur, sans prendre le temps de s'habiller. Il se tenait là dans une longue chemise de nuit lui tombant jusqu'aux pieds, avec des grosses pantoufles, et il était déjà mouillé lui aussi.

« Y a le feu, j'ai dit. Tu le vois pas ?

— Mes monstres, a dit Bernard. Vous leur avez fait du mal ?

— J'y ai pas touché, à tes bestioles, j'ai dit. T'inquiète pas mon gars. »

Je les avais un petit peu oubliés, les gros ragondins. Pour l'heure, je me suis rendu compte qu'ils étaient toujours bien là, mais avec le renversement de la cabane, ils avaient pu sortir de leurs cages qui avaient basculé avec le reste. On les voyait bien dans le noir de la nuit, vu qu'ils s'étaient transformés en boules de flammes. Il y en avait deux qui avaient décidé de se mettre à courir, sans doute dans l'idée de s'éloigner de la chaleur, mais c'étaient des bêtes alors ils avaient pas compris que le feu, ben, ils l'emportaient avec eux sur leur dos.

« Mes monstres sont en train de brûler ! il a encore crié, le Bernard, d'une voix aiguë à vous briser les oreilles. Mes monstres sont en train de brûler ! Hiiii !

— Crie pas comme ça, j'y ai dit. Ils vont s'éteindre avec la pluie. Tu vas voir, c'est l'affaire d'une minute. »

Mais bon, faut avouer que le poil de ragondin et la graisse, ça flambe pas mal, et ceux-ci, avec les flammes qui leur étaient tombées dessus, ils grésillaient déjà. Un des ragondins s'est mis à tourner sur lui-même comme une toupie, tandis qu'un autre faisait des petits bonds sur place, ce qui était pas facile avec son poids.

Bernard a couru vers eux et a voulu en prendre un dans ses bras, mais la bestiole était sans doute trop brûlante, parce qu'il l'a relâchée aussitôt. Le ragondin est retombé par terre sur le dos avec un gros ploc, il a agité les pattes dans l'air, sans rien faire d'autre, la fourrure en feu, la graisse fondue lui sortant par la bouche et par le cul.

« Ils vont mourir ! il a hurlé. Mes monstres vont mourir à cause de vous !

— Dis donc, j'ai bien failli cramer moi aussi dans ta foutue cabane, j'ai dit. Si ta mère m'avait pas flanqué dehors en pleine nuit, on n'en serait pas là. »

Le Bernard s'était mis à courir lui aussi, d'un coin à l'autre, comme s'il avait pété un plomb. Les planches de la cabane et la paille et le reste continuaient de brûler malgré la pluie et ça faisait un joli spectacle dans l'obscurité, pour qui sait apprécier le genre.

Et je me suis dit que, dans son infinie bonté, le Seigneur avait veillé une fois encore à ce que les pécheurs ne profitent guère de leurs mauvaises actions. Rien ne lui échappait, c'était sûr.

Céline

Il n'y avait que trois ou quatre rues dans ce village, c'était encore plus petit que l'endroit où j'avais habité avec Léopold depuis le début de l'année. La camionnette de travaux que j'avais suivie jusque-là s'était arrêtée devant un entrepôt, dans la lumière d'un grand néon jaunâtre accroché au-dessus d'une porte de bois, et deux hommes en tenues de travail bleues couvertes de taches en étaient sortis. Ils ont regardé l'Opel que j'avais arrêtée derrière leur véhicule après un rapide aller-retour dans le patelin, cherchant à voir ce qu'il avait de particulier, sans rien trouver.

Les deux ouvriers ont échangé un regard et puis ils se sont mis à décharger les caisses d'outils et de matériel, pour les emmener à l'intérieur. Ils devaient se demander pour quelle raison je les avais suivis jusque-là, parce qu'ils avaient dû se rendre compte de mon manège. Mais sans doute qu'ils avaient autre chose à faire que de s'inquiéter d'une petite bonne femme au volant d'une voiture parce qu'ils n'ont pas fait le moindre commentaire ni paru s'alarmer de ma présence.

Il commençait à faire vraiment sombre, on avait roulé pendant une bonne demi-heure dans la campagne, et plusieurs fois j'avais hésité à continuer. Mais il fallait que je règle le problème de Léopold. Il voulait aller à Marinval une dernière fois avant de mourir, c'était ce qu'il m'avait demandé. Et de conduire ainsi, rouler tranquillement derrière cette camionnette, sans plus penser à ce qui venait de m'arriver, faire des gestes simples et précis, tout ça m'aidait à repousser mes problèmes dans un coin de ma tête. C'était toujours ainsi que j'avais fonctionné jusqu'à présent. Ma petite Céline, tu n'as plus un sou en poche, c'est le cas de le dire, tu es enceinte de six mois, tu risques de faire une fausse couche à tout moment, tu as un vieux aux trois quarts mort sur la banquette arrière, tu n'as aucune idée de la manière dont tu vas te sortir de tout ça, mais ne t'inquiète pas, flanque donc ce tas de questions dans un trou, pose un couvercle bien lourd là-dessus et contente-toi de remuer tes petites mains et tes petits pieds, tiens le volant et mets ton clignotant quand il faut tourner, et tout le reste arrivera quand ça doit arriver. Philosophie à deux balles. Est-ce qu'on arrive à s'en sortir avec ça ? Encore une question à mettre au trou.

Les deux ouvriers allaient refermer la porte de l'entrepôt quand je me suis décidée à sortir de l'Opel. Ils se sont tournés vers moi, deux silhouettes gris foncé sur le fond de lumière tombant du néon. Il faisait chaud, c'était un soir d'été, ils étaient impatients de rentrer chez eux après cette longue journée de travail, pour prendre une bière bien fraîche au frigo et la siroter à petits coups, installés sur leur terrasse donnant sur la forêt. J'imaginais parfaitement la scène qui devait se répéter à peu près chaque soir quand ils rentraient du boulot.

Qu'est-ce qu'il y avait donc à Marinval qui avait donné à Léopold une telle envie d'y revenir ? Il ne m'avait jamais parlé de ça, mais il faut dire que les confidences qu'il m'avait faites étaient réduites à peu de chose, en vérité. Surtout que ces derniers temps, il s'était mis à perdre légèrement la boule.

« Bonsoir. »

Les deux ouvriers m'ont de nouveau regardée en entendant mon salut, mais aucun d'eux n'y a répondu. Le plus grand a entrepris de se brosser les cheveux de ses doigts écartés, les remontant sur son front, comme s'il cherchait à cacher une calvitie naissante.

Je me suis rapprochée de l'entrepôt, dépassant la camionnette dont les portes étaient restées ouvertes.

« Excusez-moi, vous habitez ici ?

— Ça se pourrait », a dit l'autre ouvrier, plus petit, plus jeune aussi.

Je m'étais d'abord figurée qu'ils étaient du même âge, dans leur bleu de travail crasseux qui leur donnait à peu près la même apparence, mais à présent que je les voyais mieux dans la lueur du néon au-dessus de la porte, j'ai compris qu'ils avaient une bonne quinzaine d'années de différence. Le plus jeune ne devait d'ailleurs pas être beaucoup plus vieux que moi.

« Vous cherchez quelqu'un ? a demandé l'ouvrier plus âgé.

— Je ne sais pas, ai-je dit.

— Ça, c'est une réponse, a fait le jeune avec un sourire.

— Je veux dire, je ne sais pas trop ce que je cherche, mais j'espère que ça se trouve dans les environs. »

Le plus âgé est revenu près de la camionnette et a fait claquer la portière dans le silence.

« Bon, ça y est ? a-t-il demandé à son collègue. Tu fermes à clé ? Je te dépose ?

— Ouais, peut-être, a dit le jeune, avant de se tourner vers moi en souriant.

— Décide-toi, parce que je suis crevé et j'ai juste envie de me foutre au lit.

— Ça va, je pense bien que je vais rentrer à pied, a repris le jeune. Il fait bon, et il y a personne qui m'attend.

— C'est beau, la jeunesse, a dit le vieux en montant dans la camionnette. Bon, ben, à huit heures demain sans faute. Fais pas de conneries. »

Il est parti sans plus attendre, et j'ai observé les deux phares rouges qui s'éloignaient sur la chaussée, avant de disparaître au coin de la rue principale de Marinval, tandis que le jeune ouvrier fermait la porte de l'entrepôt à l'aide d'une grosse clé qu'il a rangée dans une des poches de sa salopette. On a échangé un regard, et il s'est de nouveau mis à sourire.

« Qu'est-ce qui peut bien vous amener ici ? a-t-il repris au bout d'un moment. Il n'y a vraiment rien d'intéressant, à Marinval. Il n'y a pas de café, pas de restaurant. Il y a bien un camping, mais je n'ai pas l'impression que vous êtes du genre à faire du camping. Ici, il n'y a que des gens qui habitent des vieilles maisons avec des toits à réparer. Ça, je peux vous dire que des toits qui s'effondrent, il y en a. Mais je crois bien que si vous êtes là, ce n'est pas pour voir des baraques en train de s'effondrer.

— Ce n'est pas pour moi, ai-je dit, c'est pour quelqu'un avec qui je suis et qui veut revoir Marinval. Une personne qui a dû habiter dans le coin, j'imagine. Enfin, c'est ce que… »

Je me suis interrompue, en poussant un soupir. Je n'avais aucune envie de lui parler de Léopold allongé sur la banquette arrière de l'Opel. Il semblait déjà me prendre pour une fille bizarre, c'était suffisant.

« D'accord, a fait l'ouvrier. Dit comme ça, c'est tout de suite plus clair. »

Il avait des traces de graisse sur le visage, une traînée sombre qui lui barrait la joue à la manière d'une cicatrice. Il a observé l'Opel garée pas très loin, puis il s'est tourné vers moi.

« Vous n'auriez pas soif ? Je suis sûr que si.

— C'est vrai, ai-je dit. Je boirais bien quelque chose de frais. Mais vous venez de dire qu'il n'y avait pas de café dans le coin.

— J'habite à la sortie du village, a-t-il dit comme si c'était une réponse. Et je m'appelle Christian.

— Christian Leclercq ? »

Il a eu un petit rire.

« Vous avez lu le nom sur la vitre de la camionnette tout le temps que vous nous avez suivis, c'est ça ?

— Vous avez remarqué que j'étais derrière vous ? »

Il a haussé les épaules.

« Ben oui. On se demandait, avec Pierre. »

Il n'était pas très grand, mais il était costaud. On voyait ses muscles remuer sous sa salopette bleue. Les deux boutons du haut étaient défaits et on voyait un bout de sa poitrine nue par l'ouverture, comme s'il ne portait rien d'autre en dessous.

« Le fils Leclercq, c'est le gars qui vient de partir, a-t-il déclaré. Pierre Leclercq. Moi, je dépanne en attendant de trouver autre chose. Je ne suis pas poseur de tuiles, à la base. Faut pas croire.

— Et vous êtes quoi ?

— Pardon ?

— À la base, vous êtes quoi ? Si ce n'est pas indiscret. »

Il a souri. Dès qu'il souriait, des fossettes naissaient des deux côtés de sa bouche.

« Oh, c'est pas un secret. Au contraire, si ça pouvait me faire un peu de publicité. Peut-être que vous allez pouvoir m'aider.

— Dans quel secteur ?

— Les relations humaines, a-t-il fait au bout d'un moment.

— Ça peut servir.

— Pas trop dans le coin, c'est sûr. Mais bon. »

Il s'est redressé en inspirant un grand coup.

« Allez, je vous propose un vin blanc, a-t-il repris. Je crois bien qu'il m'en reste au frigo. J'en suis même sûr. Il m'en reste toujours.

— D'accord, ai-je dit.
— Ah bon ?»
Il semblait étonné.
«Qu'est-ce qui se passe ?
— Non, rien. C'est que…
— Écoutez, Christian, si ça vous ennuie finalement, pas de problème. Je remonte dans ma voiture et je m'en vais. Mais il vaut mieux pas lancer des invitations si on n'a pas envie de les tenir.»
Il a ri. Les fossettes étaient plus mignonnes encore quand il riait.
«Ben, dites donc, vous êtes une fille sacrément nerveuse, vous.
— C'est ce qu'on raconte. Et j'ai toujours aussi soif.
— Ma maison est par-là, a-t-il dit. C'est l'affaire de dix minutes à pied.
— Je peux laisser ma voiture ici ?
— Elle ne gêne personne, d'après moi.»
On apercevait encore le soleil, rond rouge entre les troncs d'arbres au sommet d'une petite colline, de l'autre côté d'une prairie où il devait y avoir des vaches pendant la journée. Le chemin qu'il nous avait fait prendre montait légèrement, entre deux haies où des oiseaux piaillaient en cherchant des insectes. Je les avais observés pendant que j'habitais chez Léopold. J'avais l'impression que ma tête se vidait pendant que je suivais leur manège, si pressés d'attraper encore un moucheron avant de rentrer au nid. Je ne savais même pas si ce genre d'oiseaux faisaient un nid. Parfois, l'un d'eux se perchait en haut d'un sapin et se mettait à chanter, une suite

de quatre ou cinq notes. Au bout d'un moment, un autre lui répondait, en essayant de faire mieux. On aurait dit un concours, à celui qui produirait le plus beau chant. Léopold m'avait dit que c'étaient des merles.

Christian a ouvert une barrière fraîchement peinte en blanc au bout du sentier qu'on venait d'emprunter, quittant la voie bitumée. Derrière, on apercevait une maison pimpante, sur deux étages, avec un toit couvert de tuiles grises et des rideaux rouges et blancs identiques à toutes les fenêtres.

Ça sentait la cire à l'intérieur de la maison, une odeur très forte mélangée à quelque chose d'autre que je ne suis pas parvenue à identifier, peut-être un médicament, une chose du genre.

« Je vous montre le salon, a dit Christian. On sera mieux là que dans la cuisine pour prendre un verre. »

Il m'a laissée dans une pièce sombre pendant qu'il allait chercher les verres et la bouteille. Je me suis assise dans un des gros fauteuils placés autour d'une table basse. Les tentures étaient soigneusement fermées, sans doute pour empêcher le soleil d'entrer. N'empêche qu'il faisait chaud dans ce salon, l'air était lourd et ça sentait le renfermé, comme si on n'avait pas aéré depuis des semaines. La plupart des meubles étaient en bois, lourds et imposants. C'était le genre de pièce qui ne devait pas servir très souvent. Ça ressemblait plutôt à un décor.

On entendait le cliquetis d'une horloge quelque part. Puis, il y a eu des bruits de pas à l'étage, faisant grincer le plancher juste au-dessus de ma tête. Je me suis levée pour voir ce qu'il y avait dehors. Les fenêtres donnaient sur l'arrière de la maison, un jardin envahi de buissons et de hautes herbes jaunes, entouré de grands murs. Personne ne s'était manifestement occupé de ce jardin depuis des mois. Il m'a semblé voir une forme sombre se glisser au milieu des buissons, mais la nuit était en train de tomber, la lumière était devenue très faible et je n'ai pas pu voir de quoi il s'agissait. Sans doute tout bonnement un chat en train d'explorer le territoire. N'empêche que la vue de cet animal m'a mise légèrement mal à l'aise. Et le jardin lui-même ne faisait qu'accentuer cette impression dérangeante, vu l'état d'abandon dans lequel il était laissé, son apparence si différente de l'ambiance qui régnait dans la maison.

Quelqu'un a poussé la porte du salon et Christian est entré, tenant un plateau sur lequel il avait posé deux verres. Il serrait une bouteille sous son bras. Il s'était débarrassé de ses vêtements de travail, et il avait les cheveux humides, comme s'il venait de prendre une douche, ce qui n'était matériellement pas possible, vu le peu de temps pendant lequel il m'avait quittée. Il s'était sans doute contenté de s'asperger le visage pour se rafraîchir. Il a débouché la bouteille et a versé le vin dans les verres, avant de m'en tendre un.

« À votre santé.

— À la nôtre. »

J'ai hésité à boire, en me demandant si c'était vraiment une bonne idée d'ingurgiter de l'alcool, mais j'en avais vraiment envie, et ce n'était sans doute pas un verre qui allait lui causer du tort. Surtout pas après la vie que j'avais menée depuis que je savais que j'étais enceinte. Je ne savais même pas si c'était un garçon ou une fille, ce qui n'était pas le plus important au bout du compte. En fait, je ne savais rien. J'aurais dû m'inquiéter. La plupart des femmes se font du souci quand elles sont enceintes, non ? Elles se font examiner par un médecin, elles subissent des analyses de sang et autres, elles sont suivies par un gynéco. Elles surveillent leur alimentation. Toutes choses que je ne faisais pas et n'aurais sans doute pas l'occasion de faire avant qu'il naisse. Sans doute que je n'étais pas une femme normale, ce que j'aurais déjà dû comprendre depuis pas mal de temps. Mais après tout, les femmes accouchaient depuis qu'il existait des êtres humains, bien avant qu'on invente les échographies et tout le reste. Je comptais là-dessus. Le côté nature. Tout allait bien se passer. Mais oui. Quelqu'un aurait dû me prendre en charge, mais ça n'était pas arrivé, puisqu'il n'y avait plus personne.

« Houlà, a fait Christian, ça, c'est ce qu'on appelle être plongé dans ses réflexions. »

J'ai bu une longue gorgée de vin. Il était délicieux. Frais et un peu pétillant. De toute manière, même s'il avait été dégueulasse, je l'aurais avalé d'un coup. Je ne me souvenais pas d'avoir eu autant envie de boire. Je n'avais pratiquement pas eu l'occasion de le faire, pendant que j'habitais chez Léopold. Et vu que j'avais décidé de changer de vie, ça ne m'avait pas trop gênée, à vrai dire. Changer de vie ? Pauvre folle. Pauvre pauvre pauvre pauvre folle.

« J'ai eu quelques soucis, ces derniers temps, ai-je dit en reposant mon verre sur le plateau. Il faut m'excuser. Je ne suis pas comme ça, d'habitude. Il est très bon, votre vin.

— Vous connaissez mon prénom, mais je ne connais pas le vôtre, a-t-il déclaré.

— Je m'appelle Céline.

— Céline. »

Il a hoché la tête en répétant ça.

« Vous n'avez pas peur ? » a-t-il demandé en remplissant mon verre.

Je l'ai observé un instant.

« Peur de quoi ?

— De venir chez quelqu'un que vous ne connaissez pas.

— Je devrais ?

— Bien sûr que non.

— J'ai déjà fait des choses plus risquées.

— J'imagine.

— J'aime bien faire des choses un peu risquées, pas vous ? »

Il a haussé les épaules.

« Pas trop.

— On a l'impression de vivre. Enfin. C'est l'impression que ça me donne. »

J'ai bu à nouveau une gorgée de vin blanc, sous le regard de Christian, qui souriait. Après quoi, j'ai aspiré un bon coup, en laissant ma respiration s'échapper lentement.

« Quel genre de soucis ? a demandé Christian.

— Je ne tiens pas vraiment à expliquer, ai-je dit.

— D'accord. Je comprends. On va se contenter de prendre un verre tranquillement et je ne vous embête plus avec mes questions.

— Vous ne m'embêtez pas. C'est juste que je préférerais ne pas songer à ça pendant un moment.

— Entendu. Vous voulez plutôt que je vous parle de moi ?

— Bien sûr. »

Je me suis levée une fois de plus, pour me diriger vers la fenêtre.

« Vous permettez que j'ouvre pour faire un peu d'air ? Je commence à étouffer.

— Il vaut mieux pas, a dit Christian.

— Ah ?

— Ça risque d'attirer les insectes.

— Les insectes ?

— À cause de la lumière. »

Je n'ai pas répliqué. Il n'y avait pas de lampe allumée dans le salon qui pouvait attirer le moindre papillon de nuit, mais je n'ai pas insisté.

« Venez vous asseoir, a repris Christian. Il y a une chose que je dois vous dire.

— Laquelle ? »

Il n'a pas répondu tout de suite. Dans la pénombre de la pièce, je l'ai vu qui se reculait au fond du fauteuil dans lequel il s'était assis. Il tenait son verre devant son visage et semblait scruter le liquide comme pour y découvrir un présage. Il l'a porté à ses lèvres et l'a vidé d'un coup.

« J'aimerais bien qu'on allume, ai-je dit. Je commence à ne plus vous voir. »

Sans rien dire, il a tendu la main et a tiré sur une chaînette accrochée à une lampe sur pied, juste à côté de la table basse. Une lueur orangée s'est répandue dans le salon, et la pièce a soudain paru se rétrécir, ne plus être qu'une bulle autour de la table et des deux fauteuils que nous occupions.

Un craquement s'est fait entendre à l'étage. J'ai levé les yeux comme si je pouvais voir à travers le plancher.

« Il y a quelqu'un d'autre dans la maison ?

— Non, non, a dit Christian. C'est le bois de la charpente qui s'exprime. Il continue à vivre, après tout ce temps. »

J'ai pris mon verre. J'étais sûre de l'avoir vidé avant de me lever, mais il était à nouveau plein, comme par enchantement. Le vin était un peu moins frais, mais cela lui donnait un parfum plus subtil.

« Quelle est la chose que vous aviez l'intention de me dire ? » ai-je demandé.

Je n'avais aucune idée de ce qu'il avait en tête. Il paraissait très sérieux, appuyé d'un coude sur son genou, le menton dans la main, les yeux fixés sur moi. Ses fossettes sont apparues de part et d'autre de sa bouche, en même temps que son sourire, alors qu'il tendait la main vers moi, paume en l'air, comme s'il espérait que j'allais répondre à son geste et poser ma main dans la sienne. J'ai fait mine de ne pas comprendre ce qu'il me voulait.

« Je suis très content que vous soyez là, a-t-il déclaré. Je ne parle pas souvent à des gens, je veux dire, à part pour le boulot. Mais c'est juste que des conneries.

— Pourquoi est-ce que vous croyez que je suis différente ?

— Je pense que si vous avez accepté de venir ici, c'est parce que vous avez envie de quelque chose, a-t-il dit au bout d'un moment. J'essaie de trouver ce que c'est et une fois que j'aurai trouvé, je déciderai si je peux vous le donner ou non. »

Léopold

Ça et puis le fait que je n'avais jamais cherché à savoir avec certitude si le gamin était de moi

mais au fond je le savais, dès que je revoyais sa tête quelque part dans les rues de Valmont ou bien dans les champs où il apparaissait tout à coup de derrière une meule de foin, avec l'air sournois qu'il avait eu dès son plus jeune âge

je n'ai jamais eu le courage d'aller lui parler, sans doute qu'elle n'aurait pas accepté de porter la conversation là-dessus, sans doute qu'elle m'aurait envoyé au diable, c'était ce que je m'étais dit, et puis, si c'était là le seul enfant que le bon dieu avait voulu me donner, je préférais ne pas

après tout

c'était comme si c'était moi que j'apercevais en train de jeter des cailloux aux corneilles qui s'envolaient pour aller se poser un peu plus loin à l'écart en craillant

Même Jeanne l'avait compris

parce qu'il m'arrivait de le trouver chez nous en rentrant des labours, attablé dans la grande pièce devant une tasse de café et des biscuits, il se levait d'un bond en m'entendant entrer et il filait sans demander son reste, et Jeanne prenait la tasse et jetait le fond de café dans l'évier et elle se retournait vers moi, comme si elle s'attendait à ce que je dise enfin ce que j'avais sur le cœur concernant ce gamin

mais il était trop laid et trop méchant et puis

oh

non, pas si méchant au bout du compte, allez donc vivre chez les François sans tourner à vinaigre tout aussi bon que vous soyez au départ, je n'ai jamais connu quelqu'un de plus mauvais que celui-là, à croire que c'était le fléau de dieu lui-même incarné sur terre

avec une femme aussi

capable de vous emmener si loin rien qu'avec ses mains et sa bouche et

est-ce que

oui, au bout du compte

qu'est-ce qui nous reste

qu'est-ce qui reste de nous

une morte qui se laisse toucher devant nous sans qu'on réagisse

et puis un gamin

et

je n'aurai jamais

les jours qui se suivent, les uns après les autres, avant qu'on se rende compte qu'il est sans doute trop tard, qu'il est trop tard depuis bien longtemps et que c'est ainsi que ça va se terminer

Une chose que je n'ai pas faite

et une autre chose que j'aurais dû faire

En vérité, c'est ce qu'on n'a pas fait, ce qu'on n'a pas osé faire qui vous marque

Et pas ce qu'on a pu faire en bien comme en mal, vu qu'on a toujours de bonnes raisons de s'expliquer à soi-même, qu'on peut toujours trouver justification à ses propres yeux

voilà

Voilà pourquoi il faut que je la revoie, que je lui dise ce qui s'est passé pendant toutes ces années, et surtout pour quelle raison je ne suis jamais revenu, il faudra que je lui prenne la main et que je me penche vers elle et que je regarde ses petits yeux en amande et que je lui dise

Lui dire

Est-ce que tu peux me pardonner ? Est-ce que, dans ton infinie bonté, tu pourras me pardonner ? Parce que c'est la dernière chance qu'il me reste de ne pas en terminer une fois pour toutes avec le sentiment d'avoir gâché la vie qui a été la mienne.

Mais où sommes-nous ?

Il fait noir, il fait si noir

Il suffirait que j'entrouvre les yeux un instant pour savoir

mais

il fait noir et froid et je pense bien que

Avec ce qu'il me reste de force, après tout, ce n'est pas la première fois que je crache du sang et j'en ai toujours réchappé, j'ai encore la carcasse solide et ce n'est pas un peu de

un peu de

Non, Léopold

non

il est plus que temps que tu mettes ta vie en ordre

Le brouillard s'était épaissi à la manière de volutes de fumée qui montent d'un feu de bois sec, mais sans la moindre odeur, sans ce parfum âcre et lourd qui vous entre dans les poumons et qui se loge en vous et qui vous fait tousser

Mettre en ordre ? mais mettre en ordre quoi ? Comme s'il était question d'une armoire où on aurait tout mis, depuis le premier jour de votre naissance jusqu'à

Et puis de toute façon, à quoi est-ce que ça pourrait bien servir, comme si quelqu'un allait venir fourrer son nez dans vos histoires pour décider si vous êtes un type bien ou un salaud, je sais bien que c'est l'affaire du bon dieu

à qui je n'ai jamais vraiment fait confiance, vu que

qui sera là pour nous juger ?

Un parfum sucré et en même temps

Entre les cuisses, une odeur de citron

Laquelle était-ce ?

Elle entortillait ses jambes autour des miennes comme une anguille, avez-vous jamais ressenti une sensation comme celle-là, l'impression de se faire

Et puis ses yeux

Sacré nom, pourquoi est-ce qu'il a fallu que je reste sans rien faire, à ne pas bouger de cette satanée ferme, qu'est-ce qui m'a pris de ne pas courir comme un dératé jusque là où elle restait pour la prendre dans mes bras et recommencer encore et encore ce qu'on avait fait cette nuit-là

Sans doute que tu étais trop lâche, Léopold, sans doute que tu avais peur, et puis

Le brouillard s'est épaissi au point que je ne voyais plus ma main au bout de mon bras, j'avais du mal à respirer, ses longs cheveux éparpillés autour d'elle, ses yeux en amandes et

Je ne suis pas une armoire à ranger, je ne suis pas un gamin qui attend de recevoir son bulletin d'école pour savoir s'il a réussi ou bien

non

T'as raté, Léopold, t'as raté le principal

Et tu la reverras jamais

De toute manière, c'était une putain, c'est la vie, la vie est une putain et voilà

Je ne suis pas une étagère où on a rangé mais qu'est-ce que je

Qu'est-ce que je suis, au bout du compte ? Un vieux qui a raté le coche, et puis c'est tout ?

Il ne reste que deux ou trois choses qu'on n'a pas faites et qui vous rongent les sangs jusqu'au bout et puis voilà ce que c'est que la vie d'un homme enfin

Et puis quand on s'en rend compte, il est trop tard, il est toujours trop tard et on n'a plus que le regret pour nous tenir compagnie

Ruminer, ruminer comme une vieille bête à remâcher les gestes et les paroles et les regards et les   sa peau si lisse au bas de son dos   et   quand je la tenais sous la lumière   ses paupières si fines et son   impossible de voir dans le brouillard c'est trop lourd   trop lourd   ça s'éteint   ça   c'est   oui, il faudra que je lui dise dès que je la   encore un tout   un   un tout petit peu reste à ranger ses yeux ils sont là oui ils ils seront là ils c'est toi oui c'est toi jusqu'à la n'aie pas peur n'aie pas jusqu'à la jusqu'à

Céline

Évidemment, je n'aurais pas dû boire autant, mais je n'avais pas eu aussi soif depuis des semaines, si pas des mois. Christian avait ouvert une deuxième bouteille et elle était déjà près d'être finie. Je me sentais bien, installée dans ce canapé, au point que je m'étais allongée, avec mon verre à portée de main sur la table basse. Ça vous arrive de faire une chose en vous disant que c'est une connerie? Eh bien, à moi, ça m'arrive tout le temps. Et ce coup-ci, c'en était une, en plein. D'un autre côté, ce type était gentil et il avait une maison et il s'intéressait à moi. Il me lançait des regards de plus en plus précis et, à un moment, quand il s'était levé pour aller chercher une nouvelle bouteille de vin, il avait laissé sa main toucher mon bras et je m'étais écartée alors que je n'en avais pas l'intention. En fait, il me plaisait mais on aurait dit que mon corps n'avait pas encore fait une croix sur ce qui s'était passé avec Michel. Comme si je n'allais plus jamais supporter qu'un mec me touche.

C'était terrible de penser une chose pareille.

Parce que je ne comptais pas rester sans rien faire jusqu'à ma mort. Combien de temps est-ce que ça allait encore durer, pendant combien de mois ou d'années est-ce que mon corps allait réagir de cette manière, pour refuser tout contact avec un homme? Ça m'énervait de ne pas arriver à me maîtriser, de sursauter comme si je sentais une brûlure sur ma peau à chaque fois que la main d'un homme s'approchait de moi avec l'intention de me toucher. C'était pour ça que j'avais décidé de me saouler un petit peu. Peut-être que si je réussissais à engourdir suffisamment mon attention, je parviendrais enfin à me laisser aller et il arriverait ce qui arriverait. En plus du fait que j'avais l'impression de ne plus avoir bu quoi que ce soit depuis des jours.

Qu'est-ce qu'il avait dit, au sujet de ce que je cherchais? J'avais les idées embrouillées, mais il m'avait semblé qu'il me voulait du bien. Il restait assis dans son fauteuil et il me parlait de sa vie, de ce qu'il aurait voulu qu'elle soit et de ce qu'il comptait faire, et j'écoutais tout ça à la manière d'un petit gosse qui écoute son père lui raconter une histoire pour l'endormir le soir, c'était un genre de sensation que je n'avais jamais connu, mais j'avais l'impression que ça devait ressembler à ça, le sentiment de se laisser glisser peu à peu dans le sommeil sans même s'en rendre compte, d'entrer tranquillement dans un monde de douceur et de paix.

La lumière baissait lentement elle aussi dans le salon où on était installés, Christian et moi, et je lui posais de temps à autre une question pour lui faire comprendre que ça ne m'ennuyait pas du tout ce qu'il me racontait, puis je tendais la main vers mon verre et je redressais un peu la tête pour boire pendant qu'il se lançait dans une grande explication. On aurait dit qu'il était capable de parler jusqu'à la fin des temps, comme s'il ne s'était confié à personne depuis une éternité, ce que je comprenais parfaitement. On était à peu près du même âge, et il n'y a pas à dire, c'était autre chose que ce que j'avais vécu avec Léopold, tout ce temps en compagnie d'un vieux qui radotait.

L'idée de Léopold m'a fait sursauter. Il était toujours dans l'Opel, à moins qu'il ait repris connaissance et qu'il soit sorti en quête de ce qu'il cherchait dans les rues du village, comment s'appelait-il encore, ce patelin ? Mais ça m'aurait étonnée, vu l'état dans lequel il était quand je l'avais laissé. En réalité, je n'en savais rien, je ne lui avais même pas jeté un coup d'œil depuis un bon bout de temps, parce que je craignais plus que tout ce que je pouvais découvrir. Peut-être qu'il s'était mis au volant et qu'il était reparti chez lui. Tirant un trait sur ce qui s'était passé depuis que j'avais débarqué. Avec la tête qu'il avait, pleine de trous et d'anciens souvenirs, ça n'aurait pas été étonnant.

« Qu'est-ce qui t'arrive ? » a demandé Christian.

Il s'était assis au bout du canapé sans que je m'en aperçoive et il se versait un nouveau verre.

« Il faudrait que je parte, ai-je dit. Je ne peux tout de même pas rester chez toi toute la nuit.

— Il s'est mis à pleuvoir », a dit Christian.

Ça semblait être important.

Dans la faible lumière du salon, son visage était

découpé par une ombre qui descendait le long de son front jusqu'à sa joue.

Il y a de nouveau eu un bruit au-dessus de nous, c'était un craquement comme celui d'un lit ou d'un meuble qu'on déplace et Christian n'a même pas fait mine de s'en inquiéter, comme si tout était normal, et puis quelqu'un a poussé un gémissement, ou bien s'est mis à pleurer.

C'était étouffé par le plafond mais ça ne faisait pas le moindre doute pour moi. Ça m'a dessaoulée d'un seul coup. Je me suis mise debout et le petit dans mon ventre en a profité pour remuer lui aussi, comme s'il avait également compris que quelque chose ne tournait pas rond.

Christian a pris mon bras. Il a serré mon poignet et j'ai attendu qu'il me lâche, mais il s'est contenté de se lever à son tour et il s'est planté devant moi. Il souriait. Il aurait pu être très beau, avec ses fossettes et ses yeux un peu vagues et ses mèches blondes. Mais tout à coup, il m'a fait peur.

« Je m'en vais, ai-je dit. Merci pour tout.

— Il y a encore une chose que je veux te dire », a-t-il déclaré.

J'ai essayé de libérer mon poignet en ramenant mon bras vers moi, mais il me tenait fermement.

« Si tu pouvais me lâcher, ai-je dit. Je vais partir maintenant.

— Ce n'est pas malin de ta part », a dit Christian.

Alors je lui ai donné un coup de pied dans le bas de la jambe et il m'a aussitôt lâchée pour se pencher vers son mollet. J'ai quitté la pièce et j'ai marché vers la sortie, en suivant le couloir jusqu'à la porte.

J'avais la tête un peu lourde, mais il fallait que je m'en aille au plus vite.

J'ai entendu une nouvelle plainte alors que je me préparais à sortir. Une femme se tenait dans l'escalier menant à l'étage. Une vieille femme en chemise de nuit, l'air complètement hagard, les cheveux en désordre autour de son crâne, les bras décharnés et jaunes, la bouche ouverte. Ça m'a filé la chair de poule rien qu'à la voir.

Christian est apparu venant du salon. Il a eu un geste comme pour ordonner à la vieille de remonter à l'étage, mais elle n'a rien vu de tout ça, parce que ses jambes se sont soudain effondrées sous elle comme si elle n'avait plus la force de tenir debout et elle est tombée dans l'escalier sans même pousser un cri, roulant sur les marches sans un geste pour retenir sa chute.

J'ai hésité un moment à lui venir en aide, puis je me suis retournée et j'ai pris la direction du chemin qu'on avait emprunté pour arriver jusqu'ici. Je me suis précipitée vers la barrière blanche qu'on distinguait à peine dans l'obscurité et dans les rafales de pluie qui s'étaient mises à tomber. Je me suis retrouvée trempée en quelques instants.

Quelle idée d'avoir accepté de venir chez ce gars. Céline. Dès qu'il y un truc à faire pour te causer des emmerdes, on peut dire que tu t'y jettes tête baissée.

Je courais sous la pluie, sans même savoir où j'allais, mais je ne tenais pas à rester une minute de plus dans cette maison, avec ce gars qui prétendait qu'il n'y avait personne à part nous, et qui avait des choses à me dire.

Il faisait si noir que je me suis étalée avant même d'atteindre la barrière. Est-ce qu'il faut toujours que tu choisisses la plus mauvaise solution, ma petite ? Aucune voix ne m'avait jamais avertie que j'étais en train de me fourrer dans un guêpier. Ça arrive à n'importe qui de se tromper, non ? Je me suis relevée et j'ai réussi à escalader cette fichue barrière sans même tenter de l'ouvrir et j'ai essayé de voir le sentier qui conduisait à la chaussée. J'avais laissé l'Opel dans le village et voilà que je ne me souvenais même plus du chemin qu'on avait pris pour venir jusqu'ici. Il faisait terriblement sombre. Mes cheveux dégoulinaient de pluie, mon jeans me collait aux jambes, et mes chaussures clapotaient dans la boue.

Et puis, j'ai senti, plus que je n'ai vu, une présence derrière moi, j'ai tourné la tête et il y avait de la lumière dans l'entrée de la maison derrière moi, la porte était restée ouverte après mon passage. Impossible de savoir si ce gars était sorti lui aussi mais j'avais l'impression qu'il était là, pas très loin.

Je me suis remise à courir. Le sentier était troué de tellement d'ornières que je ne pouvais pas aller très vite. De toute manière, je n'y voyais à peu près rien mais il fallait que je m'éloigne aussi rapidement que possible. Ce type était sans doute cinglé, malgré les apparences. Je n'arrivais même pas à lever les yeux pour m'orienter, parce que la pluie s'abattait tout autour de moi si fort que ça m'aveuglait dès que je redressais un peu la tête.

J'ai senti que le sol sous mes pieds devenait plus stable et je me suis dit que je devais être dans la bonne direction, encore deux ou trois cents mètres et j'apercevrais sans doute les maisons de ce fichu village. D'ailleurs, un réverbère a attiré mon regard sur ma droite, planté tout seul au milieu de nulle part, comme si la pluie avait décidé de se concentrer autour de cet unique point de lumière.

Je me suis passé une main sur le visage et les yeux. Une ombre a paru surgir de l'obscurité tout à côté de moi comme si elle voulait m'avaler. J'ai fait un bond pour lui échapper, même si c'était difficile de dire si je l'avais imaginée, dans l'état où j'étais. Je me suis mise à courir dans la nuit, en direction de la lueur que je voyais devant moi. J'ai dépassé le réverbère, j'avais le cœur qui battait et mon ventre tressautait si fort que j'ai bien cru qu'il allait se détacher. Je ne voulais même pas penser à ce qui se passait là à l'intérieur, le petit qui devait gigoter comme un fou. J'ai pensé : s'il te plaît, s'il te plaît, ne va pas m'en vouloir pour ça, ne crois pas que je te remue pour te déranger. Je suis obligée, je suis obligée, tu comprends ? Je n'osais même pas me retourner pour voir si quelqu'un me suivait.

La rue où j'avais laissé l'Opel est soudain apparue devant moi, j'ai continué de courir jusqu'à rejoindre la voiture, j'avais les clés dans ma poche, j'ai réussi à ouvrir, à me jeter à l'intérieur et à reclaquer la portière pratiquement d'un seul coup. J'ai fermé les serrures, et je suis restée un bon moment à reprendre mon souffle dans le silence. J'avais les bras et les jambes qui tremblaient, même si je n'avais pas froid. J'étais trempée des pieds à la tête. Mes cheveux étaient plaqués sur mon crâne.

J'ai essayé de voir si Christian se trouvait dans les parages, en allumant les phares, mais je n'ai rien vu, à part la porte de l'entrepôt à une dizaine de mètres.

J'ai mis le moteur en marche et je suis partie. Les essuie-glaces ont balayé la pluie qui n'avait pas cessé de tomber. Je suis sortie du village. On n'avait rien trouvé de ce qu'on était venus y chercher. Léopold était allongé sur la banquette, et rien sans doute ne pourrait plus jamais le toucher.

J'ai emprunté une route tout de suite après les dernières maisons de Marinval, et j'ai accéléré pour m'éloigner le plus rapidement possible de ce patelin. Les phares d'une autre voiture sont apparus au sommet de la côte avant de plonger vers moi. J'ai cligné des yeux pour ne pas être éblouie, mais l'autre conducteur avait gardé ses gros feux et j'ai eu beau le lui signaler, il n'est pas passé en codes. J'ai ralenti, et au même moment, je me suis rendu compte que la voiture d'en face me fonçait droit dessus.

Quand j'ai voulu braquer pour l'éviter, il était trop tard.

J'ai senti un choc sur l'aile gauche, alors que la lueur des phares m'aveuglait, l'Opel est partie vers le bas-côté, j'ai enfoncé la pédale de frein et je me suis sentie basculer en avant. Ma tête a cogné le pare-brise dans un bruit étrange, pareil à celui d'un gros fruit trop mûr qui s'écrase sur le sol.

Josselin

J'ai toujours été quelqu'un qui s'accommode de la situation, si vous voyez ce que je veux dire. Je suis pas difficile, il suffit d'un rien pour que je me tienne peinard et que j'aille pas chercher midi dans les quatorze heures. Mais il me faut quand même un toit où c'est que je peux m'abriter et dormir, même si je suis pas trop regardant sur l'état des choses. C'est comme ça que j'avais eu l'idée de retourner à la ferme à Léopold quand j'avais fini par revenir au village, complètement crevé de fatigue, avec les jambes qui me donnaient l'impression de rentrer dans mon ventre tant que j'avais marché dans ce satané pays. Même que je m'étais perdu à un moment, et qu'il avait fallu que je fasse demi-tour pour retraverser un bois rempli de fondrières de vase, ce qui m'avait fait perdre une journée à peu près.

Quand j'avais enfin aperçu le clocher de Saint-Boniface, j'étais prêt à manger les lacets de mes chaussures tant que j'avais la dalle. J'avais mangé qu'un poulet rôti que j'avais négocié à un type qui tenait une camionnette le long de la route et où que les petites putes qui travaillaient en caravane venaient se ravitailler en attendant le client. Je lui avais nettoyé sa camionnette, au gars, et j'y avais même changé un pneu, en échange de son poulet. Mais bon, un poulet sur trois jours, ça ne vous fait pas trop de repas.

C'est en voyant la rangée d'arbres menant à chez Léopold que l'idée elle m'est venue. D'autant que je voulais plus rien avoir à faire avec Maurice. Depuis que je l'avais abandonné dans cet hôpital avec sa jambe écrabouillée pour partir avec Céline, je craignais un peu qu'il m'en veule, connaissant de quoi il était capable. Si bien que je me suis glissé discret jusqu'à la cour de la ferme. La porte était toujours ouverte, depuis que j'en étais sorti en entendant beugler Maurice. Il pleuvinait légèrement ce matin-là et je pensais pas que Léopold il avait besoin de faire un courant d'air chez lui.

En fait, il y avait personne dans la ferme. C'était clair que Léopold était pas revenu et la Céline non plus. Je suis entré et je me suis assis dans la grande pièce et j'ai réfléchi.

Le lendemain, j'y étais toujours. Pas à réfléchir, non, ça, j'avais fini par piger. C'est comme ça que quand j'avais fait la connaissance de Christelle, vu qu'elle avait quitté de chez elle, ben, je lui avais proposé d'habiter avec moi.

Au début, ça avait été l'idylle. Vous avez une idée de c'est quoi, l'idylle ? C'est quand tout est parfait et que même si vous vous cassez la tête pour savoir ce qui pourrait aller mieux, ben, vous y arrivez pas.

On voudrait que ça dure jusqu'à la fin du monde et la résurrection des morts, mais le caractère d'une idylle, si vous voulez savoir, c'est qu'elle a une fin. C'est comme ça, on le sait, mais c'est toujours un coup quand ça arrive.

Christelle, ça lui avait pas pris quinze jours pour devenir folle. Le premier signal, c'est qu'elle s'était mise à récurer les meubles et les planchers à longueur de journée et même la nuit à partir d'un moment. Je peux pas dire que ça me gênait trop au début, tant qu'on continuait à s'en donner dès que j'en avais envie, et j'en avais envie assez souvent. Donc, elle pouvait bien avoir ses petites manies, c'était le cas d'à peu près tout le monde que j'avais jamais connu.

Elle prétendait qu'il y avait une odeur de pourri dans la ferme, surtout dans la grande pièce où c'est qu'on se tenait le plus souvent. Je savais bien que le vieux Léopold, il était pas clamsé ici, vu qu'il était toujours plus ou moins vivant quand je l'avais regardé la dernière fois, allongé dans l'Opel. Et même le soir où c'est que les ragondins avaient détalé la fourrure en feu dans la nuit, il tenait encore. Donc il pouvait pas avoir laissé son odeur dans la ferme, c'était sûr. Mais elle en démordait pas, Christelle. On était occupé à manger, elle levait la tête et elle fronçait les narines et elle disait, mais dis donc, il y a une bête crevée sous cette baraque, ou quoi ?

Ce qui fait qu'elle s'était mis en tête de la faire partir, cette puanteur. Une nuit, je me suis réveillé en entendant du bruit et je suis allé voir en m'attendant à tomber sur quelqu'un qui voulait entrer pour voler ou quoi, et je l'ai vue qui raclait la table avec une brosse en fer. Elle était en culotte et rien d'autre et ses gros seins berlinguaient d'un côté à l'autre pendant qu'elle s'agitait, et direct ça m'a mis en forme. Je me suis approché par-derrière pour l'empoigner, en me collant à ses fesses, mais elle a fait un saut comme si elle avait reçu une décharge et elle m'a repoussé avant de se remettre à frotter la table où il y avait déjà des petits tas de poussière à cause de la brosse en fer qu'était allée et venue sur le bois.

C'est la première fois qu'elle a pas voulu qu'on baise et ça aurait dû me mettre la puce, mais je me suis dit que c'était que partie remise et quand elle s'est recouchée, elle s'est glissée entre mes jambes et tout s'est bien passé.

Depuis que j'habitais à la ferme de Léopold, j'avais déniché quelques billets et des pièces de monnaie par-ci, par-là, je m'étais un peu amusé avec les dernières fringues que Céline avait laissées en partant, et puis, un soir, au *Moonlight*, j'étais tombé sur cette petite grosse en robe à fleurs qui pleurait appuyée au comptoir, et une heure plus tard j'avais sa chatte devant les yeux pendant qu'elle me prenait dans sa bouche. Comme disent les Écritures, nous devons traverser bien des tribulations avant d'entrer dans le royaume de Dieu.

Christelle, elle avait quitté son homme soi-disant parce qu'elle l'avait trouvé en train de s'occuper d'une vache de manière pas très catholique, et depuis ce jour-là, elle pouvait plus voir ce genre de bêtes en peinture. De toute manière, il n'y en avait plus depuis lurette dans la ferme au vieux Léopold, alors elle risquait pas d'en croiser une, surtout qu'on n'était pratiquement pas sortis depuis que je l'avais ramenée du *Moonlight*. Quinze jours à passer du lit à la table et puis repasser au lit dès que je reprenais assez de force pour bander. J'en avais des sortes d'étoiles dans les yeux par moments, allongé sur les draps en champ de bataille. Mais ça allait pas pouvoir durer, vu que les provisions étaient à sec, même en comptant les boîtes de conserve que j'avais dénichées dans un des garde-manger à Léopold.

Je savais même plus quel jour on était, si bien que quand on s'est enfin décidés à s'habiller pour aller acheter des trucs chez la vieille Rillette, je me suis rendu compte qu'on était samedi après-midi et que tout était fermé, les gens du marché étaient déjà en train de replier leurs boutiques de toile et il n'y avait plus que la terrasse devant le *Moonlight*, que Richard installe quand il fait beau, parce qu'il y a pas grand monde qui a envie d'aller s'enfermer à l'intérieur de ce café par beau temps.

Christelle, elle restait accrochée à mon bras alors qu'on traversait la ville à pied, et je sentais ses gros seins qui venaient me cogner en cadence, et je vous jure que ça me faisait de l'effet, même après tout ce que j'avais donné. C'est sûr que j'avais des réserves, depuis le temps, et on aurait dit que de son côté, Christelle, son mari s'était plutôt occupé de la vache au lieu d'elle, ce qu'était pas futé, vu le talent qu'elle avait et qui se voyait pas du premier coup. C'était un genre de fille secrète, il y avait pas à dire.

Par contre, ce qui se voyait, c'était Maurice assis tout seul à une table sur la terrasse, en plein soleil. Il devait être là depuis nombre d'heures, parce qu'il était déjà plus rouge qu'une écrevisse bouillante, et il avait trois verres pleins devant lui, comme s'il pouvait pas se contenter d'un à la fois.

Je l'ai entendu ricaner comme un bourrin en approchant et il a regardé autour de lui pour prendre les gens à témoin, mais tous ceux qui étaient occupés à picoler aux alentours se sont contentés de faire comme s'ils avaient rien vu, preuve qu'ils connaissaient Maurice.

« Tu promènes ton boudin ? il a dit alors que j'essayais d'éclipser, vu que je ne tenais pas à envenimer notre rapport fraternel.

— Qui c'est, celui-là ? qu'elle a demandé Christelle.

— C'est rien, j'y ai dit. T'inquiète. Il est bourré, c'est tout.

— Dis donc, il suffirait de la gonfler encore un peu, avec ces fringues-là, on croirait une baleine volante », qu'il a ajouté Maurice.

Et puis il a eu son rire méchant. Moi, je m'en foutais, de ce qu'il pouvait dire ou penser, Maurice, mais je sentais que Christelle, ça lui plaisait pas trop, ce qu'il était en train de dire là. C'était quelqu'un de sensible et qu'était vite choqué.

« T'es pas le mieux placé pour faire des critiques, j'y ai dit. À ta place, je la ramènerais pas trop.

— Je la ramène si je veux ! » qu'il a dit en tapant du poing sur la table.

Il a cogné un des verres en faisant ça, et le verre s'est renversé en répandant son whisky. Faut croire que Maurice guettait le premier prétexte, parce qu'il était déjà en rogne au bout de même pas une minute.

« T'énerve pas, j'ai dit. On fait que passer. Tu t'occupes de ta vie, et moi je m'occupe de la mienne, et les vaches seront bien gardées. »

À la réflexion, j'aurais mieux fait d'abstenir, avec les vaches, surtout sachant la mésaventure que Christelle elle avait vécue, mais dans le feu de la conversation, c'était l'expression qui m'avait échappé.

« Et le vieux Léopold ? qu'il a encore demandé. Qu'est-ce qu'il est devenu ?

— Si quelqu'un te le demande, t'as qu'à dire que t'en sais rien. »

Il a bu son verre et il l'a fait claquer sur la table, sans répondre, avant de prendre le dernier qui restait plein.

« Bon, ben, on va te laisser, j'y ai dit. On a des trucs à faire là.

— Tu comptes y rester longtemps, à la ferme à Léopold ? qu'il m'a demandé.

— Pourquoi ? Ça te dérange ? »

Il a haussé les épaules.

« Je m'en fous, où c'est que t'habites. Mais je me dis que t'aurais dû y aller plus tôt. Pourquoi que t'as attendu que papa soit parti pour aller habiter là ? C'est con de ta part.

— Quoi ? »

Ce coup-ci, il souriait plus, Maurice. Il avait son air mauvais, au contraire, avec les coins de sa bouche qui se relevaient. J'aurais mieux fait de me retourner et de partir, mais je sais pas ce qui m'a retenu.

« T'es finalement retourné chez ton papa, au bout du compte, non ?

— Qu'esse ce c'est que tu me chantes ? j'y ai demandé. Mon papa, c'était François, il est mort et enterré et tu le sais aussi bien que moi. C'est quoi que t'as en tête, Maurice ? J'y pige plus, là.

— C'est normal, qu'il a répondu. T'es qu'un bâtard, t'es qu'un sale foutu bâtard. Personne te l'avait jamais dit ? Les bâtards, c'est pas des gens comme les autres. »

Il y a une espèce de bruit qui s'est fait entendre tout près de moi, un bourdonnement comme si une nuée de mouches s'étaient mises à voler autour de ma tête, et puis j'ai compris que c'était pas autour, mais plutôt à l'intérieur de mes oreilles.

« C'est quoi, cette affaire ? j'ai dit à Maurice.

— T'es vraiment le dernier des cons, qu'il a fait. T'as toujours eu l'impression que t'étais le plus futé, hein ? T'as cru que tu pouvais entuber les gens rien qu'en jouant à l'imbécile. Ben, je dois dire que ça fait des années que ça me brûle la langue de te dire tes quatre vérités, Josse. Parce qu'on dirait bien que tu vas jamais percuter à toi tout seul. »

La table a remué juste devant moi et je me suis aperçu que je m'étais avancé de plusieurs pas vers Maurice sans même m'en rendre compte.

« Tiens ta gueule », j'y ai dit.

Avec les mouches qui bourdonnaient dans mon crâne, j'ai pas bien entendu ce qu'il a répondu. Je me suis penché vers lui. Il a ouvert la bouche et j'ai senti son haleine chargée d'alcool.

« Tu le savais, non ? qu'il a fait. Me dis pas que tu l'avais pas deviné.

— Arrête tes conneries.

— T'avais pas pigé, depuis le temps ?

— Pigé quoi donc ?

— Que ta mère était une salope qu'avait couché avec un autre homme juste avant de t'avoir, pauvre cloche. »

Je l'ai pris à la gorge pour le faire taire, mais Maurice il est plus fort que moi, pas de doute là-dessus. Il a écarté ma main d'un geste et puis il m'a donné un coup de poing sur l'épaule, tout en me repoussant, et je me suis cogné au bord de la table et j'ai trébuché en essayant de lui flanquer mon pied dans les parties. J'ai entendu quelqu'un crier, et puis Maurice il m'a jeté par terre, et il a mis son genou sur ma poitrine, tout en me tenant par le cou. J'ai voulu me débattre pour me dégager mais j'y suis pas arrivé malgré toute ma rage parce qu'il pesait de tout son poids sur moi.

« T'es qu'un bâtard, qu'il a sifflé entre ses dents serrées. T'as pas du sang des François dans tes veines, t'entends ça, Josse ? Ton père à toi, c'est le vieux Léopold, et personne d'autre. C'est dommage qu'il soit parti et qu'on le reverra sans doute jamais. Parce que je suis sûr qu'il aurait pu te donner des détails, concernant cette affaire. C'était ça, le compte à régler qu'on avait avec Léopold. Il a fait mon père cocu et il devait bien le payer, d'une manière ou l'autre. »

Céline

La douleur, ce n'était pas une douleur, c'était autre chose, c'était bien plus fort, même pas plus fort, en fait, mais une sorte de puissance qui se met à vous tordre le ventre, et peut-être qu'il n'y a pas de nom pour ça.

J'ai ouvert les yeux et je les ai refermés aussi vite, il n'y avait pratiquement pas de lumière dans la caravane et je me suis dit, pas possible qu'elle y arrive, pas possible qu'elle y voie quoi que ce soit, je ne sais même pas où elle est, sans doute entre mes jambes écartées, mais avec la couverture posée sur elles, je n'y voyais rien, et de toute manière, je préférais ne rien voir, parce que tout ça allait évidemment se terminer par une catastrophe, il ne fallait pas s'attendre à autre chose, de la manière dont ça avait commencé.

J'ai tourné la tête sur le coussin et j'ai senti le tampon de tissu roulé qu'elle m'avait donné et qui sentait son odeur, un parfum de cire, de bougie, je ne sais quoi exactement, mais c'était ça qui montait des couches de vêtements entassés qu'elle portait et qui montait aussi de ses cheveux longs tressés, à croire qu'elle les enduisait de cire ou quoi, comme de vieux meubles.

En m'allongeant sur la couchette dans la caravane, je n'avais pas voulu prendre ce tampon malgré ce qu'elle m'avait dit, un peu dégoûtée par l'idée d'avoir ça en bouche, et elle avait souri, elle souriait sans rien dire, c'était sa manière à elle de vous faire comprendre qu'elle en savait bien plus que ce que vous pouviez jamais espérer en savoir, mais ce n'était pas méchant ni moqueur, parce que c'était apparemment des sentiments qui ne l'avaient jamais effleurée.

L'intérieur de la caravane était lourd comme d'habitude, parce qu'elle n'arrivait pas à se réchauffer, malgré les couches de vêtements, malgré le réchaud qu'elle laissait allumé toute la nuit, et voilà que j'avais moi aussi été prise par le froid en m'allongeant sur la couchette, alors que j'avais eu l'intention de lui dire d'ouvrir les fenêtres, de laisser entrer enfin un peu d'air, parce que je pensais que j'allais étouffer, déjà que je ne parvenais plus qu'à peine à respirer, surtout quand les contractions commençaient. Mais c'était presque glacée que je m'étais étendue sur le plus grand matelas dans la caravane, et elle avait posé sur le coussin à proximité de ma bouche ce tampon d'étoffe roulée et elle m'avait dit de le serrer entre mes dents dès que la douleur serait trop forte.

Il y avait de ça un temps infini. J'avais eu beau compter les vagues qui montaient en moi, venant d'un endroit bien précis au bas de mes reins et puis qui montaient le long de mon dos avant de se répandre dans tout mon bas-ventre, à me serrer dans leur étau toujours plus dur, à me broyer la chair et les muscles et tout le reste, à me laisser pantelante quand elles refluaient, à la manière des rouleaux qui viennent s'échouer sur une plage avant de se retirer lentement, si lentement, trop lentement, une lenteur insupportable, j'avais eu beau essayer de calculer combien de secondes, combien de minutes, combien d'heures elles mettaient pour se dérouler et s'enrouler, j'avais perdu le compte. Sans doute que j'étais allongée là depuis le début de la nuit, dans la lueur de la petite lampe à gaz accrochée au plafond, et je ne savais même plus si le jour allait jamais se lever.

Soudain, j'ai cru que la caravane se mettait à trembler autour de moi, comme secouée par un ouragan, elle allait s'envoler, c'était sûr, ou bien ses parois métalliques allaient se déchirer comme une vulgaire boîte à conserve, et répandre tout ce qu'elle contenait aux quatre vents, avec les matelas et les couvertures et les coussins et les casseroles et puis moi, les cuisses ouvertes à me déchirer le ventre, et puis lui qui attendait je ne sais quoi pour sortir enfin. Comme s'il avait décidé de me faire souffrir au-delà de ce qu'on pouvait supporter.

D'une main, je me suis fourré le manchon dans la bouche, tout en essayant de me retenir à quelque chose dans les environs pour ne pas tomber de la couchette et j'ai serré les dents en sentant mes mâchoires se refermer sur le rouleau de tissu, tous mes muscles si tendus que j'ai cru qu'ils allaient se déchirer. À travers mes paupières à moitié ouvertes, j'ai vu que ça continuait à tanguer autour de moi, mais ce n'était pas la caravane qui était prise de convulsions, c'était moi. J'ai aussi vu sa tête à elle qui me jetait un regard par-dessus la couverture tendue sur mes jambes, et dans la lumière tremblotante de la lampe au gaz, elle ressemblait à une figure sculptée dans le marbre, un marbre noir, plus noir que la nuit, la seule chose à peu près immobile dans le brouhaha qui m'entourait, avec ses deux yeux clairs pareils à de minces fentes découpées dans sa chair.

Et c'est alors que mon ventre m'a été arraché avec tant de violence que je n'ai même pas souffert, parce que c'était plus fort que la souffrance, et la seule chose que j'ai réussi à me dire, c'est que je n'avais pas peur, parce que de toute manière, il ne pouvait rien m'arriver de pire et que la peur ne servait plus à rien.

Je criais malgré le tampon que je mordais et quelqu'un a voulu me l'enlever au bout de je ne sais combien de temps et j'ai serré les dents pour le garder en grondant comme un chien à qui on veut prendre son os.

Un mince gémissement s'est fait entendre, et ça s'est transformé en pleurs, et j'ai essayé de me retenir, pour ne pas avoir la honte de pleurer en plus de tout le reste, mais de penser à ça m'a fait comprendre que la douleur s'en était allée une fois de plus, comme si elle n'allait plus jamais revenir.

Et contre ma poitrine, un corps chaud est alors venu se plaquer et les pleurs venaient de lui et il était né. C'était lui. J'ai ouvert les yeux pour le contempler.

C'était mon bébé. Mon bébé. Mon bébé. C'était lui. C'était terrible. Terrible, terrible et terrifiant. Disons que j'étais effrayée comme je ne l'avais jamais été jusque-là, même quand Michel m'avait plaquée au sol pour m'écarter les jambes et me violer, même quand j'avais compris que je lui avais planté mon couteau dans le bas du dos et que je l'avais tué. Jamais à aucun moment de mon existence je n'avais ressenti une peur pareille, une peur absolue qui me paralysait et me laissait sans pensée et sans réaction, ou plutôt si, il me restait une pensée, une seule pensée, et la seule pensée que j'avais, je voulais à tout prix m'en défaire, parce qu'elle était plus terrifiante encore, je voulais l'oublier, la refouler au plus profond de moi, de là où elle n'aurait jamais dû sortir même si je savais que c'était peine perdue et que je n'arriverais jamais à m'en débarrasser.

Oui, il était bien vivant en train de hurler alors que je pleurais, je me suis dit que j'allais pleurer sans plus jamais parvenir à m'arrêter et sans doute que d'entendre une chose pareille l'a calmé, parce qu'il a arrêté de crier et qu'il s'est lové dans mes bras et qu'il a cessé d'avoir peur parce que j'étais là pour le protéger. Et du coup, ma propre peur s'en est allée d'un coup, c'était comme de la magie, ce bébé venait à peine de naître et il avait déjà accompli un miracle. Alors que j'étais tétanisée par une peur atroce, il avait réussi à la faire partir, ma peur venait de se dissiper comme par enchantement, par la seule grâce de sa présence à mes côtés.

Il était sorti de moi et maintenant il était au monde et la vie ne serait plus jamais comme avant.

« Emmanuel, j'ai dit alors que personne ne m'avait posé de question. Il s'appelle Emmanuel et c'est mon fils. »

Josselin

Je suis sorti sans même refermer derrière moi et je suis parti en direction des arbres, en marchant à grands pas. Je l'entendais qui geignait comme une truie qui a perdu sa marmaille, mais ça me faisait rien, surtout qu'au bout d'un moment, avec le vent qui s'était mis à souffler par-dessus la colline, j'ai plus rien entendu, à part une sorte de sifflement pareil à celui d'une bouilloire laissée sur le feu. De toute manière, elle pouvait bien aller se faire voir ailleurs après avoir pleuré toutes les larmes de son corps. J'avais fini par piger pourquoi son homme, il avait préféré s'occuper d'une vache plutôt que d'elle. Cette femme était pire qu'une harpie et rien d'autre.

Je me suis enfoncé dans le premier bois de sapins et j'ai continué tout droit sans me poser la question de savoir où j'allais, vu que c'était sans importance. J'ai croisé deux des ouvriers engagés pour la saison, occupés à déraciner des jeunes arbres pour le compte de la plantation, ce qu'était le boulot le plus con et le plus crevant de la terre, j'avais payé de ma personne pour le savoir. À croire que ces fichus sapins ont des racines bien enfoncées dans le sol rien que pour faire chier ceux qui se mettraient dans l'idée de les sortir de là où qu'ils sont. Tout ça pour une paie de misère. Merci, c'était vraiment pas pour moi.

On n'était qu'en fin septembre mais le ciel avait déjà sa couleur d'hiver, avec des nuages qui filaient d'un bout à l'autre du ciel, et le vent qui jouait dans les branches. J'ai dépassé le creux du ruisseau qui court au bas de la plantation, et je suis remonté vers le sommet pelé, en passant par le pré envahi de hautes herbes. En me tournant sur la droite, j'ai aperçu le toit de chez Maurice, et devant la ferme, sa bagnole, comme une tache plus claire au milieu du brun-vert des arbres.

J'ai pas été jusqu'au-dessus de la pente, parce que tout à coup, j'ai senti un pincement dans ma poitrine et je me suis rendu compte au même moment que le sifflement que je continuais d'entendre, il venait de ma respiration, comme si queque chose s'était déréglé à l'intérieur. Je lui avais plus reparlé, à Maurice depuis qu'il m'avait tanné devant le *Moonlight* et qu'il m'avait balancé ses saletés au visage. S'il voulait qu'on soit plus frères, lui et moi, ben, c'était bon, on peut quand même pas forcer les gens à vous aimer, c'était ce que je m'étais dit.

Je me suis assis sur une pierre un peu plate et j'ai arraché une touffe d'herbe, mais ça n'a fait qu'augmenter le serrement qui m'avait pris au milieu de ma poitrine. J'entendais les voix des deux ouvriers et le bruit que faisaient les bêches qu'ils plantaient dans la terre autour des jeunes sapins, et puis dans mon dos le cri d'une corneille perchée en haut du seul arbre qu'avait résisté au vent qui soufflait au sommet de la pente.

C'était sûr que la Christelle, elle m'avait pompé jusqu'à la moelle, c'était le cas de le dire. Je savais pas que ça existait des femelles pareilles, à jamais en avoir assez, et si ça continuait de la sorte, je crois bien qu'il ne resterait bientôt plus de moi qu'une carcasse vide et rien d'autre et qu'elle s'en irait pour trouver une autre proie à vider de sa force. Même moi qu'était pour ainsi dire en manque de relation avant que je la rencontre, j'avais dû admettre que je pouvais pas tenir le rythme et je crois bien qu'aucun gars en était capable.

Et puis, ce qu'avait dit Maurice, rapport à ce qu'avait fait ma mère, c'était rien que des racontars. Elle avait jamais fait ce qu'il avait dit, un point c'est tout. Et si c'était vrai, ptêtre bien que ça espliquait pourquoi que le François il m'avait jamais aimé. Je me suis mis les mains sur les oreilles pour plus entendre la corneille qu'avait décidé de cancaner tant et plus, à croire qu'elle voulait me chasser elle aussi, mais c'était pas comme ça qu'elle y arriverait, la sale bestiole de malheur.

« Vous avez un problème ? » qu'a demandé quelqu'un.

Je me suis redressé. En fait, j'étais plus assis sur la pierre mais je m'étais allongé sans m'en apercevoir. J'avais de la terre un peu partout, surtout sur le visage, comme si je m'étais roulé dans la boue.

Un des ouvriers était occupé à venir vers moi,

remontant la pente. Il s'est retourné vers l'autre, qu'était resté au fond, près du ruisseau.

« Pourquoi ? j'ai dit.

— Vous poussez de drôles de cris, monsieur, qu'il a dit. Au début, on s'est dit que c'était pour blaguer, ou quoi.

— Je pousse pas de cris, j'ai dit. Qu'est-ce que tu me chantes ? Je suis pas une bête, mon gars. C'est les bêtes qui poussent des cris, on t'a pas appris ça ? »

Il a haussé les épaules.

« Je crois bien que c'était vous, monsieur. J'en suis même sûr. Il n'y a que vous dans le coin. »

Je me suis approché en dévalant les queques mètres vers lui. Il s'est de nouveau tourné vers le fond. Son copain, il était reparti vers les sapins pour se remettre au travail.

« C'est une corneille sur l'arbre là-derrière, j'ai ajouté. C'est elle qui criait.

— Vous n'avez qu'à demander à mon collègue, il a dit. On aurait dit que vous étiez en train de pleurer, ou quoi. »

Il était petit, plus petit que moi, il avait les joues rouges et en dessous de ses bras, on voyait des taches foncées parce qu'il avait transpiré comme un cochon à arracher ces sapins en plantant sa bêche pour couper les racines.

« De quoi tu te mêles ? j'y ai dit. Tu peux pas laisser les gens tranquilles ?

— Je ne voulais pas vous déranger, qu'il a dit. Excusez-moi. On se demandait si vous aviez un problème, ou quoi.

— Un problème ?

— Ben oui.

— Tu penses que j'ai un problème ?»

J'étais juste devant lui maintenant. Il avait des cheveux longs qu'il avait ramassés sur l'arrière de sa tête en queue-de-cheval, et il y avait même un genre d'élastique pour les retenir, comme une femme pourrait le faire.

« Bon, je vais y aller », qu'il a dit.

Il tenait sa bêche dans une main, il la tenait de l'air de pas savoir qu'en faire.

« Tu crois que c'est moi qu'a un problème ? j'ai encore demandé. Hein ? C'est ce que tu crois ?

— Non, non, ça va », qu'il a fait.

Il a voulu repartir vers le fond, mais je l'ai dépassé, je me suis posté devant lui et je l'ai repoussé avant de lui prendre sa bêche. Il a essayé de la retenir mais pas avec assez de force.

« Hé ! Qu'est-ce qui vous prend ? » il a demandé.

Et puis je lui ai envoyé la bêche direct dans la jambe et il a fait une grimace en se penchant et en lâchant un genre de gémissement.

« T'entends pas quelqu'un qui crie ? » j'y ai demandé.

Je lui ai donné un autre coup sur l'épaule avec la tranche de la bêche, et puis encore un autre sur le bras le plus près de moi, et il s'est jeté par terre pour tenter de se protéger, mais je l'ai pas laissé faire.

« Arrêtez ! qu'il a dit en relevant la tête. Vous êtes pas bien ou quoi ?

— Crie encore, mon gars, que j'y ai dit. Vas-y, te gêne pas. On saura qui c'est qui crie. »

Il s'est croquevillé en voyant que je me préparais

à le frapper, si bien que la bêche a déchiré le dos de sa chemise et est entrée dans sa chair, alors il a voulu s'enfuir en rampant et en poussant des cris, mais je l'ai suivi et je me suis mis à le frapper de coups de pied dans les côtes.

« C'est toi qui cries à cette heure, j'y ai dit. Hein, mon gars ? T'es comme une bête qui crie, là, non ? Allez, crie, crie, qu'on t'entende bien. »

Il a roulé le long de la pente en continuant de gémir et de pleurer et je l'ai laissé s'en aller, mais j'avais encore de la rage qui demandait qu'à sortir, alors j'ai regardé de l'autre côté du ruisseau, mais l'autre gars, il avait disparu, je crois bien qu'il était allé se cacher au milieu des sapins, en tout cas, il a pas moufté et c'était tant mieux pour lui.

Ptêtre bien que Léopold, il avait fait des choses avec ma mère, après tout.

Je me suis redressé et j'ai repris ma respiration, vu que j'étais essoufflé après avoir tapé ce gars. Je tenais encore sa bêche alors je l'ai fait tourner au-dessus de ma tête avant de l'envoyer en direction du ruisseau.

Ptêtre que c'était lui, mon père, après tout.

Mais il était le seul qui pouvait me confirmer.

Céline

Les rideaux ne fermaient pas bien et le soleil en a profité pour se glisser dans la caravane et éclairer la couchette sur laquelle je dormais. J'avais le bras passé autour de son petit corps emmailloté et il souriait déjà avant même que je le regarde si bien que j'en ai eu des frissons rien qu'à le voir comme ça, sa petite bouille ronde et potelée si près de mon visage et ses yeux qui plongeaient droit dans les miens. Il a ouvert la bouche et a sorti sa langue toute rose alors avant qu'il pousse un cri pour me faire savoir ce qu'il voulait, j'ai sorti mon sein de sous la couette et je l'ai rapproché de moi et il s'est mis à téter aussitôt, et j'en ai eu les larmes aux yeux une fois de plus.

Je n'arrêtais pas de pleurer depuis qu'il était né, mais c'était parce que je trouvais que tout ce qui m'était arrivé tenait du miracle. Mes larmes étaient la preuve de ma reconnaissance. Je n'arrivais plus à bien réfléchir, je ne parvenais pas à me figurer, malgré les efforts que je faisais, si ce que j'étais en train de vivre était formidable ou calamiteux. Mais je m'en moquais. Je savourais chacune des heures et chacune des minutes passées en sa compagnie, et le reste m'était devenu pratiquement indifférent.

La porte de la caravane s'est ouverte alors qu'Emmanuel n'était pas encore rassasié du lait qui me sortait des seins pour le nourrir. Je savais bien sûr que des millions de femmes, des milliards de femmes avant moi avaient nourri leurs bébés de cette manière, mais le fait que moi j'y arrive me semblait faire partie de ce miracle. Quelqu'un devait avoir veillé à tout ça, pensé au moindre détail, pour que tout fonctionne aussi parfaitement. Nanou est entrée, elle portait un sac à provisions et je me suis demandé où elle avait pu aller faire des courses à une heure pareille, il ne devait pas être plus de six heures du matin, d'après la lumière du soleil qui entrait dans la caravane.

Elle a déposé son sac sur la table à l'autre bout de l'habitacle puis elle est revenue vers la couchette et elle s'est assise sur le bord du matelas en faisant trembler le tout à cause de son poids. Elle m'a observée à travers les fentes de ses yeux, sans rien dire, mais je savais à quoi elle pensait. Emmanuel a tourné la tête, puis il a tendu une main et, de ses doigts si minuscules et si fins, il a serré mon mamelon comme s'il cherchait à en faire jaillir la dernière goutte. J'ai grimacé parce qu'il me pinçait vraiment fort, mais je ne me suis pas écartée.

Nanou a pris Emmanuel dans ses bras et elle s'est relevée en gémissant, puis elle est retournée vers la table du fond et elle a déroulé le tapis et elle s'est mise à changer les couches du bébé.

Je me suis levée moi aussi. J'ai écarté plus encore les rideaux et j'ai contemplé le terrain autour de la caravane, les enclos avec les haies et les grillages et les terrasses en bois sous lesquelles les résidants rangeaient ce qu'ils ne pouvaient pas mettre ailleurs. Tout était encore endormi, et une faible brume flottait dans l'air, que la chaleur du soleil était déjà en train de dissiper. Une lumière jaune se réfléchissait sur la paroi de métal de la caravane juste en face de celle de Nanou et c'était ces reflets qui entraient dans l'habitacle, le baignant d'une lueur étrange. J'ai repensé au rayon de soleil qui était venu se glisser dans l'Opel alors que le vieux Léopold était occupé à me parler. J'ai eu l'impression que ça faisait également partie du miracle, mais je n'avais aucune envie de me casser la tête à essayer de comprendre ce que je voulais vraiment dire.

Emmanuel avait un mois et déjà il était impossible de reconnaître le bébé qui était sorti de mon ventre. Ce jour-là, il ressemblait à un être pas tout à fait terminé, comme si quelques épisodes avaient été ratés pendant le processus de fabrication, et je me souvenais parfaitement de ce que j'avais pensé quand Nanou l'avait déposé sur ma poitrine alors qu'il venait de naître et que je l'avais vu pour la première fois. Je m'étais dit, bon, c'est clair, on ne peut plus clair, il ne me reste plus qu'à mourir parce que je n'aurai même pas été capable de réussir à faire un vrai bébé. Il dégoulinait de sang et de saletés brunes et ce n'était pas possible qu'un bébé normal ait cette apparence, voilà ce que je m'étais dit, et je n'avais même pas pleuré à ce moment-là, les pleurs ne viendraient qu'après, parce qu'à cet instant précis, j'étais résignée à disparaître et qu'on n'entende plus jamais parler de moi, qu'on n'entende plus jamais parler de cette pauvre fille, cette pauvre Céline qui n'avait même pas été foutue de mettre au monde un bébé sans tout faire foirer, comme tout ce qu'elle avait fait jusque-là.

Et voilà qu'à présent, c'était une merveille.

Josselin

Après tout, je n'en avais pas encore terminé avec cette affaire, et je me suis dit qu'il allait bien falloir que d'une manière ou d'une autre le vieux Léopold réponde à mes questions. En y repensant, il n'y avait qu'une seule question, et c'était de savoir si oui ou bien non, c'était lui mon père. J'avais toujours cru que j'étais pas tout à fait comme Maurice, mais bon, il était si spécial que je m'étais dit qu'il avait comme un grain et puis c'est tout.

Si bien que je me suis levé un matin avec plus rien que l'envie de retrouver Léopold, parce que la question avait fini par prendre toute la place dans ma tête et que j'arrivais plus à penser à autre chose. Il allait falloir que je lui demande si je voulais pas garder ça en moi jusqu'à la fin des temps comme un fruit qui moisit sur une étagère.

Mais cette affaire était pas facile parce que je savais pas ce qu'elle était devenue, Céline, après qu'elle m'avait laissé en plan dans cette auberge, mais je pouvais en tout cas aller jusqu'à Marinval et puis demander si jamais quelqu'un l'aurait vue et puis pour en avoir le cœur net.

Christelle voulait pas rester toute seule, rapport aux bruits qu'elle avait commencé d'entendre à tout bout de champ. Elle avait d'abord cru qu'il y avait des bêtes sous la maison qui venaient gratter pendant la nuit, et donc il avait bien fallu que j'y aille voir pour la calmer, avec une lampe torche et tout le bazar, même que je m'étais bien écorché le dos en me glissant dans ce trou sous le plancher, mais il n'y avait rien là que des araignées et des vieilles mites et rien de tout ça ne faisait de bruit, même pendant la nuit. Mais Christelle, elle en avait pas démordu, elle continuait d'entendre des trucs qui grattaient et qui gémissaient, et le plus fort c'était que je m'étais mis à les entendre aussi. On aurait cru que c'était des gens qui se plaignaient, comme si ils avaient mal quelque part ou quoi. Des fois, on avait même l'impression qu'un petit gosse s'était faufilé là en dessous et qu'il s'était coincé et qu'il pleurait pour qu'on vienne le délivrer. Christelle, ça la mettait dans des états pas possibles quand ces pleurs-là se faisaient entendre, surtout la nuit, faut dire. Je dois bien avouer que ça me flanquait un peu les jetons à moi aussi, et j'avais même plus osé aller voir sous la maison. J'avais beau répéter à Christelle que c'était rien, j'étais quand même pas trop rassuré.

C'est donc pour ça qu'elle a insisté pour venir avec moi à Marinval quand je me suis décidé. De toute manière, ça nous ferait des sortes de vacances, ce petit voyage, et j'avais l'espoir que quand on reviendrait, les bruits se seraient arrêtés, même si j'y croyais pas trop.

Je lui ai quand même donné une ou deux claques pour lui montrer que ça me plaisait pas qu'elle vienne avec, mais c'était juste pour dire. Elle a même pas pleuré ce coup-là et il a fallu que je lui torde un peu le bras pour qu'elle commence à chauffer. Ça s'est terminé au lit comme d'habitude, et une heure plus tard, elle a pris son sac en me disant qu'elle était prête à partir.

« Dis donc, tu comptes partir attifée comme ça ? je lui ai dit.

— Il y a quelque chose qui te dérange, mon chou ? »

Elle avait enfilé une des robes que je lui avais payées avec l'argent que j'avais déniché en fouillant de fond en comble la ferme à Léopold. Il avait planqué du fric un peu partout, des billets qui sentaient le moisi tellement il y avait longtemps qu'ils étaient dans leur cachette. Sûr qu'il savait même plus où ils étaient, s'il l'avait jamais su. Sans doute que c'était sa femme Jeanne qui avait fait ça sans lui dire.

En tout cas, la robe de Christelle, elle était si serrante que c'était à se demander comment elle arrivait encore à respirer. Mais il faut dire qu'elle était bien dégagée sur la poitrine. Ses gros seins ballottaient quand même mais ils ballottaient à peu près tout le temps. Elle s'était mis du rouge à lèvres et du noir aux yeux.

« On va pas à un bal, j'ai dit.

— Une femme doit se faire belle quelle que soit

l'occasion, elle a dit Christelle. T'es pas content d'avoir une beauté pareille à ton bras ? »

On a marché jusqu'à Valmont, mais il commençait à faire chaud, si bien qu'on s'est arrêtés pour prendre un verre. J'ai un peu hésité, rapport à Maurice que je tenais pas à rencontrer, mais je l'ai aperçu nulle part, si bien qu'on s'est installés à la terrasse du *Moonlight*. On était en fin de saison, mais il faisait aussi chaud qu'en plein été, à croire que le temps s'était vraiment détraqué avec leurs conneries. Des gens étaient occupés à picoler des bières, comme s'ils avaient rien d'autre à faire en pleine semaine.

À la table à côté, il y avait un grand type en salopette avec une casquette qui arrêtait pas de zieuter Christelle. Elle devait lui faire de l'effet, c'était sûr, parce que sa langue elle en sortait presque de sa bouche.

J'en étais à me demander de quelle manière on allait faire pour aller jusqu'à Marinval, parce que je ne comptais pas me retaper le trajet à pied, je savais combien de temps j'avais mis pour revenir de là-bas la dernière fois, et c'était tout simplement pas possible. J'aurais pu emprunter la bagnole à Maurice, mais vu la manière qu'il s'était comporté avec moi, je préférais encore y aller en rampant sur le ventre, à Marinval.

« Vous habitez dans la région ? qu'il a demandé le type à la casquette. C'est joli, hein ? »

Il avait queque chose en tête, c'était gros comme une maison. J'y ai rien répondu, parce que je ne tenais pas à lier connaissance. Surtout que j'avais autre chose à faire.

« Nous habitons une fermette à la sortie du village », qu'elle a dit Christelle.

Elle a croisé les jambes, et encore un peu on lui voyait la chatte, tellement qu'elle était courte, sa robe. Le gars s'est rincé l'œil. Il savait d'ailleurs plus où qu'il devait regarder, les nibards ou les cuisses.

« Vous avez bien de la chance, qu'il a dit. Moi, je suis tout le temps sur la route, j'ai même pas le temps d'apprécier le paysage.

— Ah bon ? j'ai fait. Ça voudrait dire que vous êtes routier, ou quoi ?

— Bien deviné », qu'il a dit.

Il a tendu la main pour nous montrer queque chose. Il y avait un gros camion garé sur le terre-plein de l'autre côté de la chaussée.

« C'est sûrement un boulot intéressant, que j'ai dit. Toute la journée au volant d'un engin pareil.

— Il y a personne qui vient m'ennuyer, qu'il a dit. D'un autre côté, je suis toujours seul. C'est un métier très solitaire, vous savez.

— Ça, c'est dommage, qu'elle a dit Christelle. Mais vous avez bien une petite femme qui vous attend à la maison quand vous rentrez ? »

Il a eu une grimace avant de soulever sa casquette pour donner un peu d'air frais à son crâne.

« Les femmes non plus, elles aiment pas rester seules, qu'il a fait. En tout cas, la mienne, elle a pas aimé ça. »

Il s'est levé après avoir terminé sa bière.

« Bon, c'est pas le tout, qu'il a dit, mais je suis

pas encore rendu, et je me suis déjà mis en retard. Le patron va encore gueuler si je livre pas la marchandise à temps.

— Vous iriez pas du côté de Marinval, des fois ? » j'y ai demandé.

Il s'est tourné vers Christelle, avant de répondre.

« Ptêtre bien que oui. C'est dans quel coin ? Marinval ? Ça me dit vaguement quelque chose.

— Par là-bas, j'ai dit en montrant la direction. Vers la frontière. C'est pas très loin en vérité, mais à pied, on n'y sera pas avant demain. »

Il a de nouveau réfléchi. Ça lui faisait des plis sur le bout de front qu'on voyait sous la casquette.

« Si ça peut vous dépanner, qu'il a dit. Je peux bien faire un petit détour.

— Ça, c'est gentil de votre part, qu'elle a dit Christelle.

— J'aime bien aider les gens, il a ajouté. Surtout des gens sympathiques comme vous. »

On l'a suivi jusqu'au camion, et il a aidé Christelle à grimper dans la cabine en profitant pour la peloter un peu, mais je la connaissais, c'était pas ça qui allait l'effrayer.

Le camion était un frigo sur roues en fait, il nous a expliqué qu'il transportait de la viande qu'il allait chercher chez les grossistes et qu'il amenait jusqu'à une sorte d'usine où on découpait tout ça en morceaux pour les boucheries.

Pendant qu'il conduisait, il n'arrêtait pas de baisser les yeux vers les cuisses à Christelle qui s'était installée au milieu, au point que j'ai failli lui dire de s'arrêter avant de nous envoyer dans le décor.

Il avait branché son appareil pour savoir quelle route il fallait prendre pour aller à Marinval.

« Bon, ben, c'est quand même à cinquante-trois kilomètres, il a fait. C'est pas la porte à côté comme vous avez dit tout à l'heure.

— Déposez-nous quand ça vous arrange, j'ai fait. On veut pas vous causer des ennuis.

— Oh, ben ça, qu'il a fait. Je m'arrangerai avec mon boss.

— C'est bien aimable, qu'elle a dit Christelle.

— D'un autre côté, quand on rend service, on aime bien être servi en retour, qu'il a fait l'air de rien. »

J'étais occupé à me demander quand ça allait enfin sortir, cette affaire.

« C'est tout à fait normal, j'ai dit. Nous, on comprend parfaitement, hein, Christelle ? »

Elle s'est tournée vers moi, l'air de se demander ce que j'avais en tête.

« Si on peut vous faire plaisir d'une manière ou d'une autre, j'ai ajouté, vous gênez pas pour le faire savoir. Hésitez surtout pas.

— Ah bon, qu'il a fait. Dans ce cas-là. »

Et il a mis sa main sur la cuisse à Christelle, qui a poussé un petit cri, toute surprise de ce qui arrivait. Mais bon, elle s'est pas reculée, ni rien. Je lui ai souri pour lui faire comprendre que tout allait parfaitement bien. Il a continué à lui triturer la cuisse en remontant petit à petit et il a réussi à repousser le bord de la robe à Christelle et on a vu sa culotte en dentelle rouge.

« Vous vous arrêteriez pas queque part ? j'ai dit.

Parce que je préfère quand vous conduisez avec vos deux mains, et pour le moment, il y en a une qu'est bien occupée. »

Il a souri, le type, et il a soulevé sa casquette, qu'il a jetée derrière son siège, et une minute après, il a fait s'engager le camion sur la droite, avant de l'arrêter sur un parking, devant une sorte de caravane abandonnée qui avait dû servir de baraque à frites dans le temps.

« Viens, j'ai dit à Christelle en la faisant sortir du camion. Tu veux bien rendre un petit service à monsieur, non ?

— Quel genre ? elle a dit.

— T'as très bien compris, j'y ai fait. Vous aurez qu'à vous mettre derrière la caravane.

— Oh, je suis gênée, qu'elle a fait Christelle.

— T'inquiète, c'est juste entre gens serviables. Me dis pas que t'en as pas envie. »

Le type est descendu de son camion lui aussi et il s'est amené pour prendre Christelle par la main, il l'a emmenée jusqu'à la vieille caravane, et ils ont disparu derrière.

J'ai attendu un moment que les choses soient bien engagées, après quoi, je suis monté dans la cabine et après avoir fouillé un peu, j'ai trouvé une barre qui devait servir à ouvrir les grosses portières à l'arrière du camion. Elle était en acier, longue d'un mètre environ, noire et un peu graisseuse.

Je suis ressorti et j'ai pris la direction de la caravane à frites. Christelle était encore à genoux devant le type, et il avait ses deux mains sur sa tête qu'il faisait aller d'avant en arrière. J'ai essayé de marcher doucement pour pas les déranger, mais j'aurais tout aussi bien pu chanter la carmagnole qu'il m'aurait pas entendu parce qu'il était bien concentré.

Il m'a vu au tout dernier moment, en rouvrant les yeux, et il a essayé de s'écarter mais c'était difficile avec la salopette baissée alors il a reçu le coup de barre en plein front.

Il s'est affalé dans la poussière en poussant un cri et en portant les mains à sa tête. Je lui ai donné un autre coup et on a entendu un genre de craquement. Il a tressauté comme une poule malade et ses jambes ont remué dans l'air. Puis il s'est retourné d'un bond et on a vu son cul tout blanc et poilu. Je l'ai frappé dans la nuque ce coup-ci et après un bref tremblement, il a plus bougé.

Christelle s'essuyait la bouche. Elle avait un nibard sorti de sa robe, preuve qu'il avait essayé d'en profiter un maximum. Il faut toujours que les gens exagèrent. Vous leur donnez ça, et ils en veulent toujours plus.

« Aide-moi, j'ai dit. On va le mettre avec la cargaison. De toute manière, carcasse pour carcasse, ils auront qu'à découper la sienne comme les autres. »

Il avait que ce qu'il méritait. Il avait voulu abuser de cette pauvre fille sans défense et puisque le Seigneur avait décidé de détourner le regard de ses créatures, il fallait bien que quelqu'un se charge de mettre un petit peu d'ordre à sa place. C'était pas correct d'avoir une relation comme ça avec une femme qu'on connaît pas, et même si je l'avais invité à le faire, il aurait dû refuser. Notre-Seigneur lui-même a subi l'épreuve de la tentation en plein désert, et il a été assez fort pour la repousser. Vous imaginez ce qui se serait passé s'il avait accepté de boire l'eau que lui proposait le démon ? Le monde est pourri, mais je peux vous dire que si le Seigneur s'était laissé aller ce jour-là dans le désert, eh ben, ce serait encore bien pire.

Je me suis mis au volant du camion, après avoir flanqué le chauffeur à l'arrière, au milieu des vaches qui pendaient à des crochets.

Le chemin vers Marinval était encore dessiné sur l'appareil collé au tableau de bord. Il suffisait de suivre ce qu'était indiqué.

Céline

Solange l'a sorti de son berceau et elle s'est mise à le balancer doucement en penchant son visage vers lui, tout sourire. Elle marmonnait entre ses dents des mots que je ne comprenais pas, mais je savais plus ou moins ce qu'elle disait, vu qu'elle répétait tout le temps la même chose dès qu'elle le tenait.

« C'est mon petit prince, ce gamin-là. Hein ? T'es mon petit prince, chéri ? »

Elle a tourné la tête vers moi. Je m'étais allongée sur la banquette qu'on transformait en lit pour la nuit. Les coussins étaient défoncés par l'usage, et il fallait les retourner régulièrement en les agitant pour leur redonner un semblant de forme. Devant moi, sur la table plastifiée, s'étalaient les restes du déjeuner. Des tranches de pain, un bol de salade, de croûtes de fromage. Les choses que Nanou ramenait régulièrement du marché où elle allait s'approvisionner.

Solange a remis Emmanuel dans son petit lit. Elle s'est redressée en se mettant une main dans le dos, avec une grimace.

« Il dort comme un ange. »

J'aurais bien voulu qu'elle nous laisse seuls, mais elle ne semblait jamais se rendre compte qu'elle dérangeait. Elle a jeté un coup d'œil par la fenêtre en direction de la caravane d'à côté, celle qu'elle occupait en compagnie de Freddy. On apercevait une vague lueur bleutée, signe que Freddy était occupé à regarder la télé. Il ne faisait que ça du matin au soir, en ouvrant à intervalles fixes des canettes de bière qu'il avalait par petits coups. Je me demandais s'il s'était jamais rendu compte de mon existence. Il s'exprimait par grognements sourds, en réponse aux questions que lui posait Solange. Une nuit, je l'avais aperçu en train de rôder aux abords du bureau d'accueil du camping, comme s'il cherchait le moyen d'y pénétrer. Il avait une cicatrice sur la joue, qu'il grattait de temps à autre, avant de se lever pour aller chercher une nouvelle canette dans l'armoire réfrigérateur.

« Ça lui fait quel âge, à ce petit prince ? a demandé Solange en venant s'asseoir de l'autre côté de la table.

— Deux mois et demi. »

Elle a agité la tête comme si cette nouvelle lui paraissait tout bonnement incroyable. Elle avait des rides autour des yeux et autour de la bouche. Son âge à elle était impossible à deviner. Elle portait un tablier par-dessus sa robe, comme s'il s'agissait d'un vêtement précieux qu'elle ne souhaitait pas abîmer. Elle mettait également des nappes sur tous les meubles qu'elle avait accumulés dans sa caravane et sous l'auvent de plastique qui servait de pièce supplémentaire.

Il était près de neuf heures, le soir était en train de tomber. Et comme souvent, l'image de Léopold m'est repassée devant les yeux. Nanou n'était pas encore rentrée des courses. Je comptais débarrasser et faire le lit, en repliant la table pour étaler le matelas, comme tous les soirs, mais Solange s'accrochait encore plus que d'habitude. Elle avait saisi une croûte de fromage et la triturait entre ses doigts, sans cesser de me parler de sujets qui ne m'intéressaient pas le moins du monde. Il suffisait de lui jeter un regard de temps à autre pour relancer le mouvement. J'avais fini par comprendre pourquoi Freddy ne disait plus un mot.

Le camping était niché au fond de la vallée, à proximité d'une rivière dont les eaux étaient si froides qu'elles vous figeaient le sang dès que vous y mettiez le pied ou la main. Les nuits étaient très fraîches, à cause de l'humidité glaciale qui montait de cette rivière. Il m'arrivait souvent de m'éveiller à cause du froid. Emmanuel était emmitouflé dans le cocon que Nanou avait trouvé pour lui. Ça lui venait de son enfance à elle, le pays où elle était née. Au Vietnam, les femmes avaient l'habitude de serrer les bébés sous des couches de linge. Je n'avais aucune idée de ce qu'on pouvait faire d'autre, et je l'avais laissée faire. D'autant que ça avait l'air de plaire à Emmanuel.

« C'est une chance d'avoir un petit prince comme ça dans sa vie. Dommage que son papa puisse pas voir ça. »

Les mots de Solange m'ont tiré de ma torpeur. Ça faisait plusieurs fois qu'elle mettait ce sujet sur le tapis. Les traits du visage de Léopold, allongé sur la banquette arrière, se sont dissipés, mais je savais qu'ils referaient surface à un moment ou un autre.

« Il vaut mieux ne pas connaître son père, dans certains cas », ai-je dit.

Et puis j'ai bâillé un bon coup pour lui faire comprendre qu'il fallait qu'elle retourne auprès de son Freddy, dans la caravane d'à côté, mais Solange était du genre à jouer les idiotes qui ne comprennent rien à ce qu'on cherche à leur dire.

« Oh, pour ça, t'es bien tombée, avec Nanou », a-t-elle ajouté.

Et puis elle a paru se rendre compte qu'elle s'était aventurée sur un terrain glissant.

« Qu'est-ce que tu veux dire ? »

Elle a eu un petit sourire qui a étiré les rides des deux côtés de sa bouche.

Emmanuel a émis un petit gémissement, et puis il s'est mis à pleurer.

« Il fait un cauchemar », a dit Solange.

Je me suis penchée par-dessus la table pour m'adresser à elle bien en face.

« C'est quoi, cette idée que je suis bien tombée avec Nanou ? Qu'est-ce que ça vient faire avec le papa de mon gosse ?

— Oh rien, a-t-elle fait. Je ne sais même pas pourquoi j'ai dit ça. C'est juste que… »

Emmanuel a commencé à hoqueter et ses pleurs ont rempli l'habitacle. J'aurais dû aller le consoler, mais au lieu de ça, j'ai insisté.

« Dis ce que tu as sur le cœur, Solange. Une bonne fois pour toutes. Nanou, elle m'a recueillie alors que j'étais sur le point de mourir, et c'est grâce à elle si je suis encore en vie.

— Oh, je sais bien ! a-t-elle fait. C'est pas ça.

— Mais c'est quoi, alors ?

— Te tracasse pas, c'est des vieilles histoires, a dit Solange. Peut-être même que c'est des mensonges, et puis c'est tout. Il ne faut pas s'en faire, les gens racontent tellement de choses.

— Quelles histoires ? »

Elle a tourné les yeux vers sa caravane.

« Il y a pas Freddy qui m'appelle ? Il me semble avoir entendu sa voix. »

Je me suis levée pour faire le tour de la table. Emmanuel a toussé et puis, comme si c'était ça qui l'avait dérangé, il s'est tu aussitôt et le silence est retombé dans l'habitacle. La lumière de la petite lampe traçait des grosses lignes sombres sur le visage de Solange.

« C'est quoi, le problème ? ai-je demandé.

— Oh. Rapport à ce qu'elle a fait de sa vie, et puis voilà. »

Un moment, j'avais cru que c'était de moi qu'elle parlait, peut-être que quelqu'un était venu lui raconter ce qui s'était passé avec Michel et puis tout le reste. Mais il n'y avait sans doute personne qui était au courant et une fois de plus je m'étais inquiétée pour rien. C'était apparemment au sujet de Nanou qu'elle avait des ragots à me confier, ce qu'elle n'osait pas faire, en sachant la relation qu'on entretenait depuis que Nanou m'avait trouvée dans l'épave de l'Opel, après l'accident.

« Bon, si tu as vraiment des choses à me dire, vas-y tout de suite, ai-je dit, parce que je vais bientôt me coucher, je suis crevée.

— Non, non, il n'y a rien à dire. Les gens sont méchants, parfois, un point, c'est tout. »

Je me suis éloignée de la table et elle en a profité pour se lever, visiblement soulagée.

On a alors entendu la porte de la véranda qui s'ouvrait et le pas glissant de Nanou qui rentrait. Je savais qu'elle faisait une sorte de tournée dans les environs, pour récolter des victuailles à gauche et à droite. Sans doute qu'elle quémandait les invendus de la journée, les légumes plus assez frais pour intéresser les clients, les bouteilles de lait presque périmées. En tout cas, jusqu'ici, elle avait toujours réussi à ce qu'on mange à notre faim, elle et moi.

Le plancher de la caravane a tremblé sous son poids quand elle a grimpé les deux marches métalliques. Elle passait à peine dans l'ouverture de la porte et sa longue jupe frottait sur les montants. Elle avait été belle dans sa jeunesse, c'était sûr. On voyait encore des traces de ce qu'elle avait été dans son visage, et surtout dans ses yeux en amande. Ses longs cheveux gris étaient noués en chignon sur le haut de son crâne. Elle a déposé son cabas sur la table et a commencé à sortir ses acquisitions.

« Bon, ben, je vous laisse, a dit Solange. Passez une bonne soirée. »

Elle s'est de nouveau penchée vers Emmanuel avant de sortir.

« Mon petit prince, elle a encore dit. Mon joli petit prince. »

Nanou rangeait une botte de carottes dans le réfrigérateur.

« Tu veux du thé ? a-t-elle dit.

— Oui, bien sûr.

— Pas encore couchée ?

— Solange me tenait la jambe. Tu la connais, quand elle commence à parler.

— Elle t'a dit des choses à mon sujet ? a fait Nanou.

— Pourquoi est-ce que tu me demandes ça ? »

Elle a posé un poêlon sur la gazinière et a allumé le feu en dessous.

« Parce qu'elle ne peut pas s'en empêcher. Elle n'est pas méchante, mais il faut qu'elle parle. Alors, quand elle tient quelque chose, elle s'en sert. Il faut bien qu'elle trouve des sujets. Elle ne peut pas toujours se plaindre de Freddy. »

Elle a posé une tasse devant moi, une autre pour elle, et la théière d'où sortait le manche de la dosette. Elle semblait fatiguée, mais c'était ce que j'avais pensé depuis la première fois où je l'avais vue, quand j'avais repris connaissance, allongée dans cette caravane, sans même plus savoir si j'étais morte ou vivante.

« Tu ne veux pas entendre ce qu'elle raconte à mon sujet ? Ou bien elle t'a déjà donné tous les détails ?

— Elle ne m'a rien dit de précis, et en fait, ça ne m'intéresse pas. Je ne suis pas curieuse. En tout cas, pas pour ça. »

Nanou s'est assise en face de moi. Dans le poêlon, l'eau commençait à chanter.

« Tant mieux.

— Il y a quand même une chose dont je ne t'ai jamais parlé. »

Elle est allée chercher l'eau bouillante et l'a versée dans la théière.

« Quoi ?

— La raison pour laquelle j'étais dans le coin, le soir où j'ai eu cet accident, ai-je dit. Je n'étais pas là par hasard.

— Si j'étais restée bouddhiste, je devrais te dire que le hasard n'existe pas, mais Bouddha lui-même m'a beaucoup déçue. »

Elle a haussé les épaules. Je me suis servi une tasse et j'ai rempli la sienne. Il m'arrivait de craindre que j'étais en train de rêver et que j'allais me réveiller d'un instant à l'autre, pour me retrouver coincée dans une épave de bagnole retournée sur le toit. Ou même pire encore. J'ai contemplé le berceau d'Emmanuel avant de souffler légèrement à la surface du thé chaud.

« Sans toi, je ne sais pas ce qui me serait arrivé.

— Tu me l'as déjà répété mille fois, a dit Nanou. Si c'est ça que tu voulais m'apprendre, je le savais déjà.

— Je le répéterai encore. Merci de m'avoir sauvé la vie et celle de mon bébé.

— D'accord. J'ai compris.

— Tant mieux. Est-ce que tu as entendu parler d'un homme appelé Léopold ?

— Non. »

Elle avait répondu sans même prendre le temps de réfléchir. J'ai eu l'impression que j'aurais pu lui dire n'importe quel prénom masculin et obtenir la même réponse.

« J'habitais chez lui, ai-je ajouté. Depuis le début de l'année. Dans une ferme plus ou moins abandonnée. C'était un vieux monsieur très gentil. »

Elle a attendu que je poursuive.

« Je ne sais pas pourquoi je te demande ça. Léopold était en train de mourir, mais avant ça, il m'a demandé de venir à Marinval. C'était important pour lui.

— Il est mort ? » a demandé Nanou.

Elle buvait son thé, plissant ses yeux si fort qu'on ne voyait plus que deux très minces fentes dans sa peau sombre.

« Il était avec moi dans la voiture », ai-je fini par déclarer.

J'ai soudain eu très froid, comme si un souffle de vent remonté de la rivière venait de se glisser dans la caravane.

« Tu dois faire erreur, a dit Nanou. Il n'y avait que toi dans cette voiture et personne d'autre.

— Léopold était couché sur la banquette arrière, ai-je dit. Dans l'état où il était, ça m'étonnerait qu'il ait pu s'extirper de là après l'accident.

— Tu t'es cogné la tête sur le volant, a dit Nanou. Tu saignais. C'est normal que tu ne saches plus très bien.

— Il était là. J'en suis certaine. Il n'a pas pu bouger, il était quasiment mort la dernière fois que… »

Je me suis arrêtée. J'avais l'impression d'étouffer.

« Il arrive qu'on se trompe », a repris Nanou.

Elle s'est levée en emportant la théière.

« Tu es sûre de ne pas savoir qui était Léopold ? »

Elle s'est tournée vers moi.

« J'ai connu beaucoup d'hommes dans ma vie, mon petit chou, a-t-elle déclaré. Un peu trop d'ailleurs. Sans doute que certains d'entre eux s'appelaient Léopold. Et puis certains sont morts, alors que d'autres sont en train de mourir, et il se peut que quelqu'un les aide alors à passer de l'autre côté parce qu'il n'y a vraiment rien d'autre à faire. Ne me demande pas de me souvenir de tout ça, d'accord ? »

Josselin

Marinval, il y avait pas plus con comme village. On en a vite fait le tour et même qu'on s'est retrouvés de l'autre côté avant de s'en rendre compte. Christelle, elle a dit que je devrais faire demi-tour parce qu'on était de nouveau dans les bois et que les dernières maisons étaient derrière nous. Je me demandais ce que le vieux Léopold avait eu dans l'idée de venir chercher ici, parce qu'il n'y avait rien de différent de ce qu'il avait pu connaître chez lui. Je commençais à me dire que je le retrouverais jamais.

J'ai freiné en apercevant une entrée qui s'enfonçait dans les bois et j'ai fait tourner le camion dans cette direction. Mais j'avais pas trop l'habitude de conduire un engin aussi gros, et surtout aussi grand, si bien que le toit de la cabine a frotté les branches les plus basses des pins avec un bruit de raclure un peu inquiétant. Christelle, elle s'est tournée vers moi.

« C'est rien, j'y ai dit. Pas de problème, c'est du solide. »

Le sentier était étroit devant nous mais il fallait que je m'avance de plusieurs mètres si je comptais faire marche arrière. J'ai roulé doucement, en prenant attention à pas m'enfoncer dans un trou. Les branches s'écrasaient contre le pare-brise et puis elles s'écartaient lentement comme si ça les ennuyait de nous laisser passer. Je me suis arrêté et j'ai enclenché le changement de vitesse. Dans les rétroviseurs, à gauche et à droite, je ne voyais à peu près que du vert et du brun à cause des arbres, mais je me suis dit que de toute manière on risquait pas grand-chose, vu la taille du camion. C'est à ce moment-là qu'un type à vélo est apparu juste devant et qu'il s'est mis à faire de grands gestes nerveux.

« Mais qu'est-ce que vous foutez ? il a crié. Vous ne pouvez pas rouler ici. Vous êtes dingue ou quoi ? »

J'ai continué de reculer sans m'occuper de lui, mais je sentais qu'il m'avait déjà énervé rien qu'en me criant dessus comme ça. Surtout qu'il s'est pas arrêté, il a même frôlé le camion en se glissant dans l'espace entre nous et les premiers arbres et il a tendu le poing vers moi avec une sale gueule.

« Vous vous croyez tout permis ? il s'est remis à crier. C'est une zone protégée. Vous n'avez pas le droit de circuler ici. »

J'ai ouvert ma vitre.

« Dégage, j'ai dit. Tu me gênes, ça se voit pas ?

— Je ne vous laisserai pas faire, il a dit. Non, mais qu'est-ce que vous croyez ? C'est une forêt protégée. »

Ouais, bon, on le savait maintenant, qu'elle était protégée, sa forêt, mais s'il voulait que je parte, il avait intérêt à pas me distraire. Au lieu de ça, je l'ai vu qui pédalait comme un cinglé pour dépasser le camion et aller se mettre derrière.

« Arrêtez-vous ! que je l'ai entendu hurler. Je vais appeler la police pour un constat.

— Il est fou », qu'elle a dit Christelle.

Et je me suis dit qu'elle avait pas tort.

J'ai appuyé sur l'accélérateur et le moteur du camion a grondé comme un monstre qui a repéré une proie sans défense et les roues ont un peu dérapé dans la terre molle et la boue du sentier. J'ai serré le volant pour ne pas dévier, mais c'était difficile avec un pareil engin, j'aurais voulu vous y voir. Le camion est un peu parti sur la gauche en arrachant pas mal de branches et j'ai entendu un grand cri à l'arrière, mais c'est pas ça qui m'a fait arrêter. Il fallait que je fasse demi-tour au plus vite, parce que je tenais pas à ce que les flics débarquent, si jamais le gars s'était vraiment mis en tête de les appeler comme il avait dit.

Bon, finalement, il était plus assez en forme pour appeler qui que ce soit, le gars. Je l'ai bien vu quand je l'ai dépassé. Il était allongé par terre et son vélo était plié en deux et je crois bien qu'il avait sa jambe un peu pliée elle aussi. En tout cas, il criait plus du tout, et c'était déjà ça.

« Dans deux cents mètres, tournez à gauche », qu'a dit la voix sortant de l'appareil sur le tableau de bord.

Apparemment, on avait retrouvé la bonne direction pour Marinval parce que cet appareil-là, tout petit qu'il est, il se trompe pas beaucoup.

« On est bons, j'ai dit à Christelle qui avait pas bougé, sur la banquette à côté de moi.

— T'es vraiment quelqu'un, toi », qu'elle a fait, en posant la main sur mon entrejambe et en commençant à me frotter. « Quand t'as une idée en tête, t'es pire qu'un lion. »

Elle s'est collée à moi et j'ai senti ses gros nibards contre mon bras. Le camion s'est mis à dériver vers le bas-côté et j'ai réussi à tourner le volant pour le faire partir dans l'autre sens avant qu'on tombe de la chaussée.

« Tu veux pas qu'on s'arrête ? » qu'elle a demandé Christelle.

Elle avait déjà baissé la fermeture de mon pantalon et sa main s'était glissée dans l'ouverture.

« À cinquante mètres, tournez à gauche, a dit la voix de la dame.

— On aura le temps après, j'ai dit. Fiche-moi donc la paix, espèce de chienne. »

J'ai repoussé Christelle qu'était en train de se pencher sur moi, et j'ai pris sur la gauche comme qu'avait dit la voix de l'appareil.

Mais sans doute qu'elle savait pas exactement le genre de véhicule qu'on conduisait, parce qu'au bout d'une centaine de mètres, j'ai vu que le chemin se rétrécissait à nouveau et que les arbres se faisaient de plus en plus proches, avec leurs branches qui se rattachaient au-dessus du sentier.

« Dans cent cinquante mètres, tournez à droite, qu'a encore dit la voix.

— Je crois que ça va pas être possible, j'y ai dit. Qu'esse t'en penses, Christelle ? »

Mais elle a rien répondu, elle était croquevillée au bout de la banquette, avec son air fâché, parce que je venais de la rabrouer.

« Je suis pas une chienne, qu'elle a fini par dire. Ou bien alors, avoue que t'aime ça quand j'en suis une.

— D'accord, je m'escuse, mais je suis occupé par conduire ce camion, j'y ai dit. Je sais pas si tu te rends compte, c'est pas si facile.

— Tournez à droite », qu'a ajouté la dame.

J'ai fait comme elle a dit, mais en le faisant, j'ai compris que c'était pas recommandé, avec l'engin qu'on avait. Sans doute qu'elle avait en tête que c'était une petite bagnole qu'elle pilotait, un truc léger en tout cas, parce que le camion, vu son poids, il s'est tout de suite enfoncé dans un trou, et après ça, pour le faire repartir, ça a été coton.

Il y avait de la boue qui volait tout autour, et j'avais beau enfoncer la pédale, on n'avançait pas des masses.

« Dans deux cents mètres, vous êtes arrivés à destination, qu'elle a dit la dame.

— Bon, j'ai dit, ben, on va y aller à pied, vu qu'on y est presque. »

C'est comme ça qu'on s'est retrouvés dans cette forêt remplie de satanés sapins. Il y en avait aussi, bien sûr, à Valmont et dans les environs, mais ici c'était pire, à croire qu'il y avait personne pour les arracher de temps à autre ainsi que les gars faisaient, par chez nous. Ils avaient eu le temps de laisser tomber leurs aiguilles pendant des années, et ça formait une couche épaisse dans laquelle on s'enfonçait. J'espérais qu'on allait trouver Marinval dans pas trop longtemps, parce que j'aimais pas trop me balader de cette manière.

« Il y a une voiture sur le toit, par là-bas, qu'elle a dit Christelle. Les gens sont dingues de laisser des carcasses de bagnole au milieu de la forêt. »

Je sais pas pourquoi j'y ai été voir. Je me sentais poussé par une sorte de vilain démon qui me soufflait ce que je devais faire à l'oreille. Ça battait dans ma tête, comme une sorte de marteau à l'intérieur de mon crâne qui me frappait en cadence.

Avant d'arriver près de la voiture qu'elle avait dit, Christelle, je l'ai reconnue. C'était l'Opel au vieux Léopold.

C'est comme ça que j'ai su que c'était pas un diable qui m'avait amené jusqu'ici. C'était le Seigneur en personne qui avait guidé mes pas.

Il tenait à ce que je retrouve mon père. Celui que j'avais jamais connu, d'une certaine façon, vu que j'avais toujours cru que c'était François et personne d'autre.

Il avait tracé mon chemin au milieu des ténèbres pour me permettre de me tenir enfin face à mon vrai créateur.

Il était là, Léopold, dans les aiguilles de sapin, et son corps était tout sec comme une vieille momie abandonnée.

Il était allongé par terre, la tête juste sous un sapin, à moitié retourné.

« Oh, ben ça ! qu'elle a fait Christelle. C'est quoi, ce machin ?

— Tais-toi », j'y ai dit.

Elle a compris qu'elle avait pas intérêt à parler. Je l'ai vue qui se reculait pour aller se planquer à quelque distance.

Je me suis mis à genoux et je me suis penché vers mon père pour lui prendre la main. Il était devenu tout dur et j'ai bien failli lui arracher un bras rien qu'à le toucher. Il tombait en poussière.

Il avait attendu là que je revienne auprès de lui. Il me souriait. Je l'ai bien reconnu en approchant mon visage du sien.

Il semblait vouloir me dire quelque chose. C'était pour ça que le Seigneur avait veillé à tout. Il avait guidé mes pas jusqu'à mon vrai père, qui tenait à me dire une dernière phrase.

Ça s'est allumé dans ma tête et j'ai su que mon père était en train de me parler. Je suis resté à attendre que ses mots me parviennent. J'étais prêt à rester là jusqu'à la fin des temps, s'il le fallait.

Mais ça n'a pas pris si longtemps.

J'ai entendu. Et j'ai compris.

C'était Céline la créature du diable qui avait provoqué la mort de mon papa.

Et maintenant, la chose qui me restait à faire, donc, c'était de la retrouver et de mettre fin à sa mission pour l'empêcher de nuire plus longtemps aux créatures du Seigneur.

Céline

J'ai été prise d'un frisson en sortant de la caravane. Ça m'était déjà arrivé souvent, parce que Nanou branchait le radiateur électrique à fond chez elle, sans jamais réussir à se réchauffer. Dès que je mettais le nez dehors, la différence de température était si brutale que j'en avais la chair de poule. Mais ça n'avait rien à voir ce jour-là. J'ai eu l'impression d'être épiée, à la manière de ce que j'avais ressenti dans les premiers temps de ma fuite, quand j'avais craint d'être suivie pour ce que j'avais fait à Michel.

Sur toute la longueur du terrain de camping qui descendait en pente douce vers la rivière, dans la lueur jaune des lampes accrochées ici et là, les arbres au milieu desquels les résidants avaient installé leurs caravanes à demeure étaient figés par le froid eux aussi, et j'ai compris que l'hiver s'annonçait. Je me figurais toujours que c'était de moi que venaient les frissons et les pressentiments que j'éprouvais, avant de comprendre que c'était seulement l'atmosphère qui en était le plus souvent responsable.

J'ai attendu un moment, plantée devant la porte de la caravane de Nanou, les bras serrés contre mon corps pour en retenir la chaleur, l'oreille tendue pour guetter les pleurs d'Emmanuel, même si je savais qu'à cette heure-ci il dormait paisiblement. C'était juste avant le matin, juste avant que la lumière du soleil pénètre dans l'habitacle en se glissant par les rideaux entrebâillés, que son sommeil était le plus profond. Il paraissait inanimé, ne faisant plus aucun geste de ses petits membres, ne se retournant pas sur sa couche, son souffle ne faisant même pas frémir ses lèvres entrouvertes, au point qu'il m'était arrivé plusieurs fois de me pencher vers lui et de poser une oreille sur sa poitrine pour entendre battre son cœur à petits coups saccadés. Incroyable comme le cœur d'un bébé bat rapidement.

L'éclat bleuté de la télévision de Freddy et Solange luisait à la fenêtre de leur caravane. J'en étais à me dire qu'il ne l'éteignait jamais, et qu'il se contentait de couper le son pour dormir. Sans doute que lorsqu'il s'éveillait au cours de la nuit, les images qui s'agitaient sur l'écran le rassuraient. Le monde continuait de tourner, et Freddy pouvait se rendormir tranquille.

J'ai suivi le sentier étroit entre les deux caravanes et j'ai continué en direction de la rivière. Mes pas faisaient crisser les touffes d'herbe maigre et je percevais le gel qui montait du sol. J'ai aspiré à pleins poumons et l'air glacé s'est insinué en moi si profondément que j'ai failli laisser échapper un gémissement.

Le ciel était débarrassé de tout nuage et quelques étoiles scintillaient encore à l'opposé de la ligne rose orange qui annonçait le lever du soleil. Je me suis arrêtée à quelques mètres de la rivière. Son flot faisait un bruit étrangement mécanique, qui rappelait celui d'un moteur tournant au ralenti. L'eau était plus sombre que les deux berges et ressemblait à une entaille découpant la terre en deux parts inégales.

Est-ce que l'avenir était écrit quelque part au-dessus de moi ? Est-ce que certains d'entre nous arrivent à déchiffrer les signes qui sont inscrits là, comme les caractères d'une écriture inconnue ?

Peut-être valait-il mieux ne rien savoir.

Je me suis avancée autant que possible en dépassant les derniers bosquets qui poussaient au bord de la rivière. La terre était grasse et glissante sous mes pieds, et la berge s'enfonçait d'un coup dans l'eau. Malgré le froid piquant qui montait vers moi, je me suis accroupie et, légèrement inclinée vers l'avant, j'ai tendu la main et j'ai plongé les doigts dans le courant. L'eau filait sur ma peau, me procurant une sensation proche de la démangeaison, mais très vite, en raison du froid, mes doigts se sont engourdis. J'observais le liquide qui tourbillonnait autour de mon poignet, comme s'il s'agissait d'un spectacle étrange produit à ma seule intention.

J'étais si parfaitement immobile qu'un oiseau est venu se poser juste en face de moi sur l'autre rive et s'est mis à piqueter la terre de son bec, en toute quiétude. J'ai retiré lentement de l'eau ma main engourdie par le courant glacial et je l'ai observée dans la pénombre. Aucune couleur n'était encore apparue, tout ce qui m'entourait était dans les tons gris et métalliques. J'aurais tout aussi bien pu me trouver dans un décor de théâtre attendant d'être peint.

L'oiseau a pris son envol avec un cri de surprise en découvrant enfin ma présence. J'ai porté la main à ma bouche. Sur la peau de mes joues, mes doigts étaient raides et humides comme de fins bâtonnets de glace. Je me suis mise à les lécher les uns après les autres, toujours accroupie à proximité de la rivière dont les flots eux-mêmes paraissaient ralentis. Cela n'avait aucun goût. Le sang s'est remis à circuler dans mes veines et ça m'a chatouillé à nouveau. J'ai fermé les yeux, en resserrant les mâchoires sur le gras de mon pouce endolori. J'ai mordu jusqu'à sentir mes dents s'enfoncer dans ma chair.

Et puis, au bout d'un temps infini, une sorte de cri étouffé m'a fait rouvrir les yeux. Le gel qui immobilisait le monde autour de moi s'est fissuré d'un coup alors qu'un autre bruit se faisait entendre, plus grave et plus sonore. Des voix fusaient des caravanes réunies en haut de la pente.

Je me suis redressée et j'ai lentement gravi le terrain glissant, sans inquiétude. Souvent, des résidants échangeaient des paroles un peu agressives. Le fait de vivre d'un bout à l'autre de l'année sur un si petit territoire créait des tensions. Parfois entre couples, parfois entre mari et femme. C'était souvent les mêmes reproches qui sortaient. Sans parler de l'état d'esprit de la plupart des gens qui habitaient ce camping, parce qu'ils avaient d'une manière ou d'une autre échoué à vivre ailleurs. Certains d'entre eux avaient même des difficultés à payer le loyer que réclamait le propriétaire.

C'est pour ça que je ne me suis pas alarmée. En tout cas, pas avant de voir la porte de la caravane de Nanou ouverte au large. Ce n'était pas son genre de laisser le froid du matin entrer dans l'habitacle. Et puis, je l'ai vue, elle, qui passait par l'ouverture et qui s'affalait aussitôt comme si ses jambes ne la portaient plus ou comme si elle avait raté le petit escalier. Elle n'a pas poussé de cri en tombant, elle s'est contentée de valser au bas des deux marches de métal et de rouler devant l'entrée de la caravane. C'est moi qui ai poussé un cri en voyant cela.

Je me suis précipitée pour lui venir en aide et, du coin de l'œil, j'ai aperçu une silhouette qui s'éloignait, en prenant la direction de la forêt.

« Ton bébé », a fait Nanou que j'essayais de relever, ce qui n'était pas facile, vu son poids.

J'ai senti un pincement dans ma nuque, et un nouveau frisson remonter du bas de mon dos, mais ça n'avait plus rien à voir avec le froid ou le gel.

« Quoi ? ai-je dit. Emmanuel ? Quoi ? »

Nanou s'est mise à gémir en se mettant sur les genoux. Elle a réussi à tendre la main dans la direction qu'avait prise la forme floue que je venais de voir.

« Par-là, a dit Nanou. Il est parti avec ton bébé.

— Tu es folle ? »

C'est la seule phrase qui m'est venue à l'esprit. Elle devait avoir perdu la tête. Qui aurait pu partir avec Emmanuel ?

« Vite, a ajouté Nanou qui s'appuyait d'une main sur le sol. Rattrape-le. Vite. »

Je me suis mise à courir avant même d'y penser. Comme si c'était mon corps qui avait pris les commandes. Je me suis dit que j'étais en train de faire une bêtise, et que sans doute Emmanuel était toujours couché dans son lit, le pouce en bouche, les yeux fermés, au chaud sous sa couverture.

J'ai croisé un des résidants, un gros type chauve qui passait les trois quarts de son temps à entretenir une voiture aussi vieille que lui. Il m'a jeté un regard alors qu'il sortait de sa caravane. Et comme s'il avait saisi ce qui était en train de se passer, au lieu de me parler et de me souhaiter le bonjour ainsi qu'il l'aurait fait n'importe quel autre jour, il a lui aussi tendu le bras et a dit : « Il est parti par-là. »

J'ai senti la chair de poule hérisser mes bras. Le fait que cet homme ait vu lui aussi un inconnu passer au milieu des caravanes et des parcelles donnait tout à coup une réalité à toute l'affaire. J'ai foncé au milieu des premiers arbres, et en dépassant le grillage à moitié défoncé qui délimitait le camping, j'ai vu l'homme qui s'éloignait en courant, à une centaine de mètres.

Aussitôt, il a disparu à ma vue, s'enfonçant dans la forêt plus profonde.

« Arrêtez ! ai-je crié. Arrêtez ! »

Ma voix ne portait pas, mes jambes se sont mises à trembler. Je n'avais pas encore compris, mais j'étais déjà morte de peur.

Les buissons m'empêchaient d'aller aussi vite que je voulais. J'avais l'impression de vivre ce cauchemar où vous avez envie de courir sans y parvenir, parce que vos jambes sont lourdes et vos muscles engourdis. J'ai couru pourtant, j'ai couru comme une folle pour empêcher cet homme de disparaître une fois pour toutes.

Lui aussi a été arrêté par les bosquets qui poussaient entre les arbres. D'autant qu'il était embarrassé par un paquet qu'il portait dans les bras. Un bébé emmitouflé dans une couverture.

J'ai poussé un hurlement de douleur. Une flèche de feu s'est enfoncée dans ma poitrine et j'ai bien cru que mon corps se déchirait.

Je courais toujours, m'éraflant le bas des jambes, me cognant aux troncs, ne voyant plus qu'à peine ce qui m'entourait, les yeux fixés sur cet homme qui s'en allait. À toutes jambes, j'ai réussi à atteindre le sentier forestier où j'allais parfois me promener avec Emmanuel.

J'aurais voulu crier à cet homme qu'il ne pouvait pas emmener mon bébé, qu'il n'avait aucune raison de le faire, qu'il devait absolument s'arrêter de fuir et m'attendre et me rendre ce qu'il était en train d'emporter, mais j'avais couru à perdre haleine et je n'avais plus de souffle pour parler.

L'homme s'est retourné en m'entendant, sans doute que j'avais réussi à crier d'une manière ou d'une autre, sans même m'en rendre compte, et je l'ai reconnu, et son visage a aussitôt provoqué une panique plus intense encore que celle que j'avais ressentie jusque-là. C'était Josselin. C'est lui qui venait de me voler mon enfant.

Je suis tombée d'un coup, ma joue a raclé le sol, j'ai fermé les yeux, les bras tendus, tendus pour retenir mon bébé qui s'en allait, là-bas tout au loin, si loin, trop loin, beaucoup trop loin.

Josselin

Il avait pas l'air de saisir ce que je lui disais, parce qu'il se contentait de chialer comme à peu près tous les moutards que j'avais pu voir dans ma vie. Alors que celui-ci aurait dû comprendre qu'à partir du moment où j'avais décidé de m'occuper de lui, sa vie ne serait plus jamais la même. De le tenir dans mes bras bien serrés, j'en avais presque les larmes qui me venaient aux yeux. Je crois bien que j'avais jamais tenu quelqu'un de cette manière-là. J'avais l'impression que Léopold nous voyait du haut du paradis, là où que Notre-Seigneur l'avait accueilli quand il avait clamsé, et qu'il souriait en nous voyant ainsi réunis.

Mais bon, faut avouer que j'étais aussi en train de me demander à quel moment il allait arrêter de pleurer, parce que je commençais à avoir les oreilles qui chauffaient, de l'entendre hurler tant et plus.

« Ne t'inquiète plus de rien, j'y ai dit en me penchant sur lui. Je m'appelle Josselin et le Seigneur a voulu qu'on soit ensemble, toi et moi, et il a guidé mes pas jusqu'à toi pour t'arracher à la fille du démon qui t'a enfanté. »

C'était pas tout à fait vrai, ce que je venais de dire là, parce qu'en réalité, j'avais dû chercher un bon bout de temps dans le coin de Marinval avant de trouver l'endroit où c'est qu'elle était à cette heure, la Céline. Mais bon, j'allais pas espliquer tout ça à ce bébé, en tout cas, pas tout de suite. J'attendrais qu'il ait quelques années de plus, et je garderais bien tous les détails de l'histoire pour lui raconter en long et en large.

Je me suis rendu compte qu'il y avait plus personne derrière moi à me poursuivre. La Céline, elle avait abandonné la lutte en comprenant que le Seigneur était de mon côté, et qu'il valait mieux pour elle de pas insister.

« Je vais prendre soin de toi, j'y ai dit au bébé que je tenais comme un précieux trésor dans mes bras. Tu vas voir. La vie sera comme une longue coulée de liqueur qui nous remplira de satiété. »

Ça l'a pas calmé, à croire qu'il entendait même pas les belles paroles que je lui disais.

J'ai débouché sur la route qui remontait vers les maisons, les queques-unes qui formaient le gros de Marinval, c'est-à-dire pas grand-chose. J'étais occupé à me demander ce qu'elle était devenue, Christelle, depuis que je l'avais laissée pour aller au camping pour voir si c'était vrai ce qu'un gars venait de me dire, concernant une femme qui vivait là dans une caravane et qui avait accouché d'un bébé il y avait pas longtemps. Christelle, elle avait pas voulu me suivre, malgré que je lui avais dit qu'il y avait pas d'ennui possible. Faut dire que depuis qu'elle avait vu le vieux Léopold tout séché dans la forêt, elle était devenue un peu nerveuse. J'avais eu beau lui dire que c'était mon vrai père et qu'il m'avait parlé pour me demander de retrouver la fille du démon qu'avait causé sa mort, elle s'était pas calmée. Même qu'elle s'était mise à détaler comme une souris apeurée par un chat quand j'avais voulu la prendre par la main. Elle avait couru sans plus se retourner et je l'avais perdue de vue. J'avais attendu, allongé à côté de mon père tout sec et tout mort, et dans le silence de la forêt de sapins, couché sur les aiguilles, j'avais écouté tout ce qu'il avait à me dire. Et c'était comme paroles d'Évangile qui m'entraient dans les oreilles et qui faisaient de moi enfin un homme meilleur. Je serais bien resté là jusqu'à la fin des temps, jusqu'à ce que le Seigneur revienne d'entre les tombes pour reprendre sa place, mais mon papa m'avait demandé de faire une chose pour lui, et ça pouvait pas attendre jusque-là, c'était bien sûr.

Je m'étais donc retrouvé seul à guetter les caravanes. Et puis, j'avais aperçu une porte qui s'ouvrait et j'avais vu dans la lueur du matin la fille Céline qui sortait. J'étais si près que je voyais les petits nuages de buée blanche qui sortaient de ses lèvres. Elle avait descendu le terrain sans me voir, caché derrière un muret où que les gens laissaient les sacs de poubelles.

J'avais failli la suivre pour lui régler son compte et puis l'idée qu'elle avait eu son bébé m'a fait penser que la vengeance que j'étais chargé d'administrer pouvait prendre un tour plus puissant que le simple fait de m'attaquer à elle.

C'est pour ça que j'étais entré dans la caravane. Pour le chercher.

Il était là, emmitouflé dans une couverture dont ne dépassait que le haut de son crâne, et j'avais bien failli ne pas le voir tant qu'il était minuscule. Je m'étais penché sur lui et j'avais écarté le tissu et il avait les yeux ouverts et il m'avait reconnu.

C'est alors que la caravane s'était mise à trembler et j'avais d'abord cru que c'était un signe que le Seigneur m'envoyait pour me faire comprendre que ma mission était accomplie et qu'il en était content pour moi, mais puis j'avais vu le monticule de chair qui se dressait dans le noir et qui s'avançait vers moi.

C'était une femme en vérité, ça avait dû être un genre de femme il y avait pas mal de temps, parce que là, elle ressemblait plutôt à une femelle d'ours. Elle s'est approchée et elle a vu que je venais de saisir le bébé dans son lit et elle a voulu me le reprendre.

Mais bon, c'était pas une grosse pareille qu'allait m'empêcher de faire quoi que ce soit. Je lui ai donné un coup de poing sur l'épaule, tout en tenant le bébé sous mon bras, et elle s'est mise à basculer vers l'arrière. Le temps qu'elle retrouve son équilibre, j'étais sorti de la caravane. J'ai pris le chemin vers les bois de sapins pour rejoindre la route.

Christelle, je l'ai vue nulle part au village, mais après tout, je m'en foutais, parce que je savais qu'elle serait de retour à la ferme en moins de deux, et même si elle repointait pas son nez, c'est pas moi que ça allait ennuyer.

En arrivant près de la première maison de pierre le long de la route, j'ai entendu le bruit d'un moteur derrière moi et je me suis retourné en espérant que la voiture s'arrête et qu'elle me prenne pour un bout de chemin. C'était une vieille Taunus qui devait avoir dans les cent cinquante ans, on se demandait comment elle parvenait encore à rouler. Elle faisait une fumée pas possible. Mais je pouvais pas faire le difficile, dans l'état où j'étais.

« C'est lui ! a crié une voix. Il est là ! »

C'est comme ça que j'ai compris que mes affaires tournaient pas trop rond et que j'allais pas pouvoir profiter d'un voyage peinard pour rentrer chez moi. Derrière la Taunus, il y avait une autre bagnole, et une troisième encore un peu plus loin. Et toutes ces voitures se sont mises à foncer dans ma direction. C'était après moi qu'ils en avaient et j'ai pensé à leur dire qu'ils se trompaient et à leur espliquer que j'étais venu tirer l'enfant des griffes de sa mère maudite et que j'allais me consacrer à lui jusqu'à la fin des siècles. Mais je ne sais pas pourquoi, j'ai senti qu'ils allaient pas avaler ce que je voulais leur dire. Les gens refusent de croire que certains d'entre nous ont une mission à accomplir. Il y avait là une quinzaine de personnes, et au milieu d'eux j'ai reconnu la Céline qui me criait des mots que je ne souhaitais pas écouter.

Si bien que je me suis faufilé sous le barbelé qui courait le long de la route et j'ai bien failli lâcher le bébé en me redressant. Je l'ai rattrapé par un bras avant qu'il tombe dans les herbes, ce qui l'a fait pleurer un peu plus fort. J'ai escaladé le champ rempli de chardons et j'ai foncé vers le bois le plus proche.

Derrière moi, j'entendais les voix de ceux qui s'étaient lancés à mes trousses, comme une meute de chiens acharnés sur une proie. J'allais pas vite, parce que j'avais ce paquet gigotant dans les bras, et parce que le champ était troué de flaques dans lesquelles mes pieds s'enfonçaient de temps à autre, en manquant me faire glisser. Si ça avait été le cas, je suis sûr que ces gens me seraient tombés dessus, mais le Seigneur a veillé à m'éviter ça, parce qu'il savait que mon combat était juste. Je m'attendais presque à ce qu'il envoie un éclair depuis les hauts du ciel pour foudroyer d'un coup ceux qui me poursuivaient. Au lieu de ça, il s'est mis à pleuvoir et avant même d'atteindre les premiers sapins, je me suis retrouvé trempé.

Je suis passé sous les branches basses et je me suis faufilé entre les buissons et les fougères. C'était une partie de la forêt laissée à l'abandon. Les arbres avaient poussé tout en hauteur et avaient formé une sorte de couronne d'aiguilles entremêlées qui filtraient la lumière. Il n'y avait devant moi que des coins d'ombre, entrecoupés de traits de lueur grise, si bien qu'on n'arrivait pas à distinguer ce qui pouvait se cacher là. Je me suis arrêté un moment, pour reprendre mon souffle et pour m'orienter. Mais derrière moi, les gens se rapprochaient et je percevais les cris qu'ils poussaient dès qu'il y en avait un qui m'apercevait. Je ne pouvais pas perdre de temps. J'ai échangé un regard avec l'enfant, parce que c'était pour lui que je subissais cette épreuve. Puis, je me suis remis en marche sans attendre qu'il ait compris ce que je voulais lui dire.

J'ai alors marché vers les ténèbres, et je les ai trouvées.

Céline

Michel n'avait été qu'un signe de ce qu'avait été toute ma vie, ce coup de couteau que je lui avais donné dans le bas du dos alors qu'il était occupé à me violer dans cette horrible cabane au fond du jardin, ce n'était qu'un épisode de plus dans la longue suite de ce qui avait été ma vie, ballottée par-ci par-là par les événements, sans jamais vraiment avoir de prise sur elle, voilà ce que je me disais en courant à perdre haleine dans cette prairie, avec autour de moi les gens qui s'étaient rassemblés afin de poursuivre celui qui venait d'emporter mon bébé. Pourquoi, mais pourquoi cet homme s'était-il introduit dans la caravane de Nanou et surtout pourquoi pourquoi pourquoi avait-il pris Emmanuel dans son berceau et était-il parti avec mon enfant, je ne parvenais tout simplement pas à trouver le moindre début de réponse et cela me glaçait plus que le froid du matin et que la brume qui montait de la rivière. J'aurais tout aussi bien pu être transformée en statue de glace.

À tout moment, j'avais au fond de moi l'envie

de laisser aller, de m'allonger sur le sol détrempé par la pluie, au milieu de ces touffes d'herbe, de me coucher et d'attendre que quelque chose survienne, le visage fouetté par les rafales tombant du ciel, m'étendre sur la terre humide et laisser advenir ce qui devait arriver, ce qui ne pouvait manquer d'arriver, ce qui arriverait quoi que je fasse.

Si je tenais, alors que je sentais que j'étais à bout de force, alors que dans mes jambes, j'éprouvais une sorte de raideur qui m'empêchait de courir aussi vite que je l'aurais voulu, comme dans ces cauchemars où les choses s'échappent et se retrouvent hors de votre portée malgré tous vos efforts, si je continuais malgré l'immense fatigue et le désespoir plus immense encore qui m'avaient envahie, oui, si je tenais, c'était uniquement parce que je savais que c'était ma dernière chance, la toute dernière qui me serait offerte. Mon bébé venait d'être volé par un homme et je n'avais pas la moindre idée de ce qui avait bien pu l'amener à commettre un acte pareil.

Mais je l'avais mérité. Oui, je méritais mon sort, je méritais mon malheur. Pour toutes les erreurs que j'avais commises, pour toutes les fautes que j'avais faites, pour tout ce que j'avais négligé, pour tout ce que j'avais abandonné, pour tout ce que j'avais oublié. S'il m'avait retrouvée et s'il avait emporté mon enfant, c'était pour me faire payer mes fautes et rien de plus.

J'ai couru jusqu'à la forêt et autour de moi les gens continuaient de courir aussi, ils partaient dans plusieurs directions et quelqu'un a dit, il ne peut pas nous échapper, et j'ai senti que ce n'était pas vrai, mais qu'on ne pouvait pas penser autre chose, sans quoi il valait mieux s'arrêter tout de suite et se laisser tomber dans une flaque et ne plus respirer.

La pluie s'était mise à tomber et j'étais trempée de la tête aux pieds en arrivant sous les arbres, je ne savais même plus dans quelle direction courir. J'ai essayé de regarder ce que faisaient les autres, mais il n'y avait plus que Freddy à côté de moi et il tenait une branche dans la main, comme s'il comptait bien la casser sur le dos de celui qu'on pourchassait dès qu'on l'aurait rattrapé. Il m'a dit quelque chose que je n'ai pas compris et j'ai continué de courir, allant simplement devant moi, tout en scrutant les environs pour essayer d'apercevoir Josselin.

Il m'avait suivie jusque-là, sans doute qu'il m'épiait depuis des jours ou plus longtemps encore, qu'est-ce qu'il y avait donc dans son esprit pour qu'il ait fait l'effort de me retrouver, je me suis souvenue du chien et de Maurice et de la haine qu'il éprouvait pour moi, mais je n'arrivais pas à croire qu'on m'avait pris mon enfant parce que j'avais frappé un chien. Ce n'était qu'une goutte d'eau dans l'océan de mes fautes. J'avais tué Michel, et j'avais écrasé Maurice, et j'avais laissé mourir Léopold. Et puis, lui. Il était parti, il nous avait abandonnées, ma mère et moi, et je n'avais jamais voulu croire autre chose que ce que j'avais tout de suite imaginé. Il s'en allait, je le voyais qui s'éloignait sans plus se retourner, il avait disparu à tout jamais, sans plus revenir sur ses pas, et c'était à cause de moi. Mon fils m'avait été arraché parce que je ne méritais pas le bonheur d'avoir donné la vie. C'était la seule raison. Mon père s'était détourné de moi et je paierais ça jusqu'à la fin.

La forêt était de plus en plus sombre et il n'y avait plus personne auprès de moi. Ils s'étaient éparpillés au milieu des arbres, et de temps en temps j'entendais l'un d'eux crier pour se faire entendre des autres. Je me suis essuyé les yeux. Je me suis arrêtée de courir. Mon cœur sautait comme un réveil détraqué dans ma poitrine. J'aspirais l'air avec force mais on aurait dit qu'il refusait de pénétrer en moi, au point que je suffoquais.

Sans doute qu'il fallait s'enfoncer plus encore au milieu des arbres. Dans la noirceur sans doute que c'était là qu'il se trouvait, avec mon bébé dans les bras, dans l'obscurité profonde, se tenant dans l'ombre la plus noire, oui, voilà ce qu'il me fallait trouver, et je pouvais y arriver puisque mon âme elle aussi était noire, c'est comme ça que j'ai compris ce que je devais faire, ça ne servait à rien de courir, ni de chercher dans la lumière, c'était dans l'ombre épaisse qu'il se trouvait et nulle part ailleurs.

Mes pieds se sont enfoncés dans une couche d'aiguilles sèches, une odeur de résine flottait dans l'air, et ma respiration s'était calmée. J'ai écarté une grande branche basse d'où sont tombées des écailles comme celles qui tombent des yeux de ceux qui jusque-là ne voyaient pas et voient enfin.

J'ai marché lentement parce qu'il ne fallait pas déranger ce qui se trouvait là, pas l'effrayer, pas le troubler. Il ne m'a fallu marcher que quelques instants avant que mes yeux l'aperçoivent. En vérité, ce ne sont pas mes yeux qui l'ont aperçu, mais ce sont mes bras, ma peau s'est en un instant couverte de chair de poule et j'avais les mains qui tremblaient comme des feuilles dans le vent quand je suis arrivée à l'endroit où il reposait.

Il était niché dans un creux au milieu des aiguilles, seul point de lumière au milieu de l'obscurité.

J'ai attendu un moment avant de me pencher vers lui et de le prendre dans mes bras. Le monde aux alentours avait cessé de remuer. Pas la moindre petite branche ne bougeait. Le temps s'était figé une fois pour toutes. Et lui aussi.

Je l'ai soulevé et un rayon de lumière a alors traversé le rideau des branches et a éclairé mon bébé.

Je me suis mise à danser lentement, à danser et à danser de plus en plus vite, tournoyant sur moi-même, tournant et tournant à en perdre la tête, à danser sans plus pouvoir m'arrêter, dans la lueur tombant du ciel et illuminant les ténèbres.

Remerciements

L'auteur remercie le Centre national des lettres, ainsi que le ministère de la Culture de la Fédération Wallonie-Bruxelles (Promotion des Lettres) pour les aides accordées lors de l'écriture de cet ouvrage.

Merci à Michel Dufranne, qui sait pourquoi.

Merci également à Léo Beeckman pour sa lecture attentive et ses conseils.

DU MÊME AUTEUR

Aux Éditions Gallimard

Dans la collection Série Noire

SI TOUS LES DIEUX NOUS ABANDONNENT, 2016, Folio Policier n° 870.

Romans

COUP DE FROID, Éditions Actes Sud, coll. Polar sud, 1992. Babel noir, 2006.

CHANTS DES GORGES, Sabine Wespieser Éditeur, 2005. Éditions Espace Nord, 2014.

UN PEU APRÈS LA FIN DU MONDE, Éditions Le Grand Miroir, 2010.

MIRADOR, Onlit Éditions, 2012.

PATRICK DELPERDANGE EST UN SALE TYPE, Onlit Éditions, 2014.

COMME DES CHIENS, Onlit Éditions, 2015.

Bandes dessinées

ASSASSINE (dessins : André Taymans), Place du Sablon, 2015.

COLLECTION FOLIO POLICIER

Dernières parutions

575.	Jo Nesbø	*Le bonhomme de neige*
576.	René Reouven	*Histoires secrètes de Sherlock Holmes*
577.	Leif Davidsen	*Le dernier espion*
578.	Guy-Philippe Goldstein	*Babel Minute Zéro*
579.	Nick Stone	*Tonton Clarinette*
580.	Thierry Jonquet	*Romans noirs*
581.	Patrick Pécherot	*Tranchecaille*
582.	Antoine Chainas	*Aime-moi, Casanova*
583.	Gabriel Trujillo Muñoz	*Tijuana City Blues*
584.	Caryl Férey	*Zulu*
585.	James Sallis	*Cripple Creek*
586.	Didier Daeninckx	*Éthique en toc*
587.	John le Carré	*L'espion qui venait du froid*
588.	Jeffrey Ford	*La fille dans le verre*
589.	Marcus Malte	*Garden of love*
590.	Georges Simenon	*Les caves du Majestic*
591.	Georges Simenon	*Signé Picpus*
592.	Carlene Thompson	*Mortel secret*
593.	Thomas H. Cook	*Les feuilles mortes*
594.	Didier Daeninckx	*Mémoire noire*
595.	Graham Hurley	*Du sang et du miel*
596.	Marek Krajewski	*Les fantômes de Breslau*
597.	François Boulay	*Traces*
598.	Gunnar Staalesen	*Fleurs amères*
599.	James Sallis	*Le faucheux*
600.	Nicolas Jaillet	*Sansalina*
601.	Jean-Bernard Pouy	*Le rouge et le vert*
602.	William Lashner	*Le baiser du tueur*
603.	Joseph Bialot	*La nuit du souvenir*
604.	Georges Simenon	*L'outlaw*

605.	Kent Harrington	*Le serment*
606.	Thierry Bourcy	*Le gendarme scalpé*
607.	Gunnar Staalesen	*Les chiens enterrés ne mordent pas*
608.	Jo Nesbø	*Chasseurs de têtes*
609.	Dashiell Hammett	*Sang maudit*
610.	Joe R. Lansdale	*Vierge de cuir*
611.	Dominique Manotti	*Bien connu des services de police*
612.	Åsa Larsson	*Horreur boréale*
613.	Saskia Noort	*Petits meurtres entre voisins*
614.	Pavel Kohout	*L'heure étoilée du meurtrier*
615.	Boileau-Narcejac	*La vie en miettes*
616.	Boileau-Narcejac	*Les veufs*
617.	Gabriel Trujillo Muñoz	*Loverboy*
618.	Antoine Chainas	*Anaisthêsia*
619.	Thomas H. Cook	*Les liens du sang*
620.	Tom Piccirilli	*La rédemption du Marchand de sable*
621.	Francis Zamponi	*Le Boucher de Guelma*
622.	James Sallis	*Papillon de nuit*
623.	Kem Nunn	*Le Sabot du Diable*
624.	Graham Hurley	*Sur la mauvaise pente*
625.	Georges Simenon	*Bergelon*
626.	Georges Simenon	*Félicie est là*
627.	Ken Bruen	*La main droite du diable*
628.	William Muir	*Le Sixième Commandement*
629.	Kirk Mitchell	*Dans la vallée de l'ombre de la mort*
630.	Jean-François Vilar	*Djemila*
631.	Dashiell Hammett	*Moisson rouge*
632.	Will Christopher Baer	*Embrasse-moi, Judas*
633.	Gene Kerrigan	*À la petite semaine*
634.	Caryl Férey	*Saga maorie*
635.	James Sallis	*Le frelon noir*
636.	Gabriel Trujillo Muñoz	*Mexicali City Blues*
637.	Heinrich Steinfest	*Requins d'eau douce*
638.	Simon Lelic	*Rupture*
639.	Jenny Siler	*Flashback*

640.	Joachim Sebastiano Valdez	*Les larmes des innocentes*
641.	Kjell Ola Dahl	*L'homme dans la vitrine*
642.	Ingrid Astier	*Quai des enfers*
643.	Kent Harrington	*Jungle rouge*
644.	Dashiell Hammett	*Le faucon maltais*
645.	Dashiell Hammett	*L'introuvable*
646.	DOA	*Le serpent aux mille coupures*
647.	Larry Beinhart	*L'évangile du billet vert*
648.	William Gay	*La mort au crépuscule*
649.	Gabriel Trujillo Muñoz	*Mezquite Road*
650.	Boileau-Narcejac	*L'âge bête*
651.	Anthony Bourdain	*La surprise du chef*
652.	Stefán Máni	*Noir Océan*
653.	***	*Los Angeles Noir*
654.	***	*Londres Noir*
655.	***	*Paris Noir*
656.	Elsa Marpeau	*Les yeux des morts*
657.	François Boulay	*Suite rouge*
658.	James Sallis	*L'œil du criquet*
659.	Jo Nesbø	*Le léopard*
660.	Joe R. Lansdale	*Vanilla Ride*
661.	Georges Flipo	*La commissaire n'aime point les vers*
662.	Stephen Hunter	*Shooter*
663.	Pierre Magnan	*Élégie pour Laviolette*
664.	James Hadley Chase	*Tu me suivras dans la tombe* et autres romans
665.	Georges Simenon	*Long cours*
666.	Thomas H. Cook	*La preuve de sang*
667.	Gene Kerrigan	*Le chœur des paumés*
668.	Serge Quadruppani	*Saturne*
669.	Gunnar Staalesen	*L'écriture sur le mur*
670.	Georges Simenon	*Chez Krull*
671.	Georges Simenon	*L'inspecteur Cadavre*
672.	Kjetil Try	*Noël sanglant*
673.	Graham Hurley	*L'autre côté de l'ombre*
674.	John Maddox Roberts	*Les fantômes de Saigon*
675.	Marek Krajewski	*La peste à Breslau*
676.	James Sallis	*Bluebottle*

677.	Philipp Meyer	*Un arrière-goût de rouille*
678.	Marcus Malte	*Les harmoniques*
679.	Georges Simenon	*Les nouvelles enquêtes de Maigret*
680.	Dashiell Hammett	*La clé de verre*
681.	Caryl Férey & Sophie Couronne	*D'amour et dope fraîche*
682.	Marin Ledun	*La guerre des vanités*
683.	Nick Stone	*Voodoo Land*
684.	Frederick Busch	*Filles*
685.	Paul Colize	*Back up*
686.	Saskia Noort	*Retour vers la côte*
687.	Attica Locke	*Marée noire*
688.	Manotti – DOA	*L'honorable société*
689.	Carlene Thompson	*Les ombres qui attendent*
690.	Claude d'Abzac	*Opération Cyclope*
691.	Joe R. Lansdale	*Tsunami mexicain*
692.	F. G. Haghenbeck	*Martini Shoot*
693.	***	*Rome Noir*
694.	***	*Mexico Noir*
695	James Preston Girard	*Le Veilleur*
696.	James Sallis	*Bête à bon dieu*
697.	Georges Flipo	*La commissaire n'a point l'esprit club*
698.	Stephen Hunter	*Le 47e samouraï*
699.	Kent Anderson	*Sympathy for the Devil*
700.	Heinrich Steinfest	*Le grand nez de Lilli Steinbeck*
701.	Serge Quadruppani	*La disparition soudaine des ouvrières*
702.	Anthony Bourdain	*Pizza créole*
703.	Frederick Busch	*Nord*
704.	Gunnar Staalesen	*Comme dans un miroir*
705.	Jack Ketchum	*Une fille comme les autres*
706.	John le Carré	*Chandelles noires*
707.	Jérôme Leroy	*Le Bloc*
708.	Julius Horwitz	*Natural Enemies*
709.	Carlene Thompson	*Ceux qui se cachent*

710.	Fredrik Ekelund	*Le garçon dans le chêne*
711.	James Sallis	*Salt River*
712.	Georges Simenon	*Cour d'assises*
713.	Antoine Chainas	*Une histoire d'amour radioactive*
714.	Matthew Stokoe	*La belle vie*
715.	Frederick Forsyth	*Le dossier Odessa*
716.	Caryl Férey	*Mapuche*
717.	Frank Bill	*Chiennes de vies*
718.	Kjell Ola Dahl	*Faux-semblants*
719.	Thierry Bourcy	*Célestin Louise, flic et soldat dans la guerre de 14-18*
720.	Doug Allyn	*Cœur de glace*
721.	Kent Anderson	*Chiens de la nuit*
722.	Raphaël Confiant	*Citoyens au-dessus de tout soupçon...*
723.	Serge Quadruppani	*Madame Courage*
724.	Boileau-Narcejac	*Les magiciennes*
725.	Boileau-Narcejac	*L'ingénieur aimait trop les chiffres*
726.	Inger Wolf	*Nid de guêpes*
727.	Seishi Yokomizo	*Le village aux Huit Tombes*
728.	Paul Colize	*Un long moment de silence*
729.	F. G. Haghenbeck	*L'Affaire tequila*
730.	Pekka Hiltunen	*Sans visage*
731.	Graham Hurley	*Une si jolie mort*
732.	Georges Simenon	*Le bilan Malétras*
733.	Peter Duncan	*Je suis un sournois*
734.	Stephen Hunter	*Le sniper*
735.	James Sallis	*La mort aura tes yeux*
736.	Elsa Marpeau	*L'expatriée*
737.	Jô Soares	*Les yeux plus grand que le ventre*
738.	Thierry Bourcy	*Le crime de l'Albatros*
739.	Raymond Chandler	*The Long Goodbye*
740.	Matthew F. Jones	*Une semaine en enfer*
741.	Jo Nesbø	*Fantôme*
742.	Alix Deniger	*I cursini*

Composition : APS-Ie
Impression Novoprint
le 20 octobre 2018
Dépôt légal : octobre 2018

ISBN 978-2-07-281957-5/ Imprimé en Espagne.

341308